dtv

Susanne Hornfeck

Mulan

Verliebt in Shanghai

Roman

dtv

Ausführliche Informationen über
unsere Autoren und Bücher
www.reihehanser.de

Susanne Hornfeck in der *Reihe Hanser*:
»Ina aus China oder Was hat schon Platz in einem Koffer« (62330)
»Torte mit Stäbchen – Eine Jugend in Schanghai« (62609)

Wir danken Anjie Heinrich
für die Kalligrafie

MIX
Papier aus verantwortungsvollen Quellen
FSC® C013736

Umschlaggestaltung: Katharina Netolitzky
unter Verwendung eines Fotos von plainpicture/Philip Provily
Satz: Fotosatz Amann, Memmingen
Gesetzt aus der Berling 11/14
Druck und Bindung: Druckerei Kösel, Krugzell
Gedruckt auf säurefreiem, chlorfrei gebleichtem Papier
Printed in Germany · ISBN 978-3-423-65022-9

1

Mulan wurde durch ein sanftes Rütteln an der Schulter geweckt. Im ersten Moment wusste sie nicht, wo sie war. Vor ihr stand eine Stewardess und hielt ihr mit einer Zange einen gerollten Waschlappen hin. Aha, im Flugzeug. Dann war sie also doch noch eingeschlafen. Während der endlos langen Nacht hatte sie immer wieder auf die Uhr geschaut, deren Zeiger einfach nicht vorankamen. Der winzige Flieger auf dem Display im Vordersitz hatte sich quälend langsam über die riesige Landmasse Richtung Osten bewegt.

Sie rappelte sich aus ihrer unbequemen Schlafposition hoch und entwirrte die langen Beine. Als sie nach dem Waschlappen griff, wäre sie fast zurückgezuckt, das Ding war feucht und heiß. Wozu sollte das gut sein? Sie tat es den anderen nach und legte sich das Tuch aufs Gesicht. Wunderbar! Genüsslich sog sie das leichte Menthol-Aroma ein, eine Wohltat für die brennenden Augen, die trockene Nase, die gespannte Haut. Einen Moment lang blieb sie so, in ihren Sitz zurückgelehnt, geschützt vor dem grellen Licht, das jetzt die Kabine durchflutete.

Worauf hatte sie sich da nur eingelassen? Um die halbe Welt fliegen, zu unbekannten Menschen, die zwar zur

Familie gehörten, ihr aber fremder nicht hätten sein können. In eine Stadt mit 12 Millionen Einwohnern – 12 Millionen Chinesen!

Sie rubbelte sich kräftig Gesicht und Hände, aber die Panik ließ sich nicht wegwischen. Und das alles wegen des ständigen Zoffs mit Mama. Nein, nicht nur deshalb. Sie würde ihren Eltern beweisen, dass sie allein zurechtkam.

Entschlossen fasste Mulan das lange schwarze Haar zu einem Pferdeschwanz zusammen, den sie auf dem Kopf zu einem lockeren Knoten drehte und mit zwei Stäbchen feststeckte. Die »Staberl-Frisur«, wie ihre Freundinnen daheim in München das nannten. »Allzeit bereit, falls ein leckerer Happen des Weges kommt«, zogen sie Mulan gern auf.

Gleich darauf wurde ein Frühstückstablett auf ihr Klapptischchen geschoben. Mulan stocherte lustlos in dem pappigen Rührei. Ihr Magen schlief noch, war derzeit an Nahrung nicht interessiert. Welche Zeit war hier eigentlich? Mulan schob die Jalousie an ihrem Fensterchen hoch. Von draußen sprang sie ein knallblauer Himmel an.

Sie warf einen Blick auf das Display und stellte fest, dass es da, wo sie bald ankommen würden, bereits Nachmittag war. Auf dem dreizehnstündigen Flug durch mehrere Zeitzonen hatten sie sich um acht Stunden vorgearbeitet. Mulan stellte ihre Uhr.

»Immer vorwärtsdenken, nicht an der alten Zeit festhalten, dann kommst du leichter über den Jetlag hinweg.« Diesen Rat hatte Papa Gregor ihr mit auf den Weg gegeben. Er war in seinem Job notgedrungen ein Vielflieger. Vorwärtsdenken.

Doch stattdessen drängte sich die Erinnerung an den trotz allem Ärger so tränenreichen Abschied am Münchner Flughafen auf. Aber Moment mal. Konnte man Heimweh kriegen, bevor man überhaupt angekommen war? Reiß dich zusammen, Mulan, sagte sie sich. Jetzt bloß nicht weinerlich werden, sondern an das denken, was bevorstand: ihr chinesisches Abenteuer.

»Wir befinden uns im Landeanflug auf den Internationalen Flughafen Shanghai, Pudong. Wir bitten Sie, Ihre elektronischen Geräte jetzt auszuschalten. Schnallen Sie sich an, und stellen Sie die Rücklehnen gerade«, kam die viel zu muntere Stimme der Stewardess über den Lautsprecher, zuerst auf Chinesisch, dann auf Deutsch.

Mulan schreckte aus einem leichten Dämmerschlaf hoch, in den sie nach dem Bordfrühstück noch einmal gefallen war. Gott sei Dank, endlich raus aus dieser Käfighaltung. Mulan schlüpfte in die Schuhe. Unter ihr wurde jetzt rumpelnd das Fahrwerk ausgefahren. Durchs Fenster sah sie abgeerntete Felder und graue Industrieanlagen in verwegenem Winkel auf sich zukommen. Als die Maschine zu einem weiteren Schwenk ansetzte, blitzte für einen Moment das Wasser des Küstenstreifens auf. Dann kam die Welt wieder ins Lot; das Flugzeug richtete sich zur Landung aus. Sanftes Aufsetzen, kurzes Nachfedern. Mulan wollte gerade klatschen, wie sie es von den Ferienfliegern gewohnt war, die sie und ihre Eltern in den Badeurlaub gebracht hatten. Gerade noch rechtzeitig merkte sie, dass das hier nicht üblich war. In dieser Maschine saßen Geschäftsleute und andere routinierte Reisende, für die Fliegen eine normale Fortbewegungsart und kein Ferienspaß war. Wie peinlich. Plötzlich bremsten die Triebwerke mit lautem Dröhnen den Schub der Maschine ab,

Mulan hob es fast aus ihrem Sitz, sie konnte die ausgestreckten Hände gleich dazu benutzen, sich gegen die Lehne des Vordersitzes zu stemmen.

»Wir sind soeben auf dem Internationalen Flughafen Shanghai, Pudong, gelandet«, verkündete die Stimme der Stewardess. »Bitte bleiben Sie sitzen, bis das Flugzeug seine endgültige Parkposition erreicht hat. Captain Wang und seine Crew bedanken sich für Ihr Vertrauen. Wir hoffen, Sie bald wieder auf einem Flug der China Airline begrüßen zu dürfen.«

Handys wurden gezückt, Smartphones aus dem Flugmodus geweckt, und der Sturm auf die Gepäckfächer begann, lange bevor die Maschine richtig zum Stehen gekommen war. Mulan blieb ruhig auf ihrem Fensterplatz sitzen. Sollten die anderen nur drängeln, sie hatte es nicht eilig.

Was wollte sie hier?

Mulan Meinhard, eine Deutsche mit chinesischem Vornamen, eine Münchnerin mit Mandelaugen, ein Halbdrache, wie ihre Mutter sie manchmal nannte. Außer ihrem Kinderchinesisch und der Fertigkeit, mit Stäbchen zu essen, verband sie nichts mit dem Heimatland ihrer Mutter.

Ein Bus brachte die Passagiere in den Ankunftsbereich des Flughafengebäudes. Dort musste man erst mal Schlange stehen, um überhaupt reingelassen zu werden in dieses Land. Mulan reihte sich bei den »Foreigners« ein. Das war sie schon gewohnt: Sie war überall Ausländer.

Der Mann am Einreiseschalter nahm ihren deutschen Pass, verglich mit geübtem Blick das Gesicht auf dem Bild mit dem vom Schlaf zerknautschten Original und blätterte, bis er das Visum fand. Dann fragte er sie auf Chinesisch nach dem Zweck ihres Aufenthalts. Verständnislos starrte Mulan ihn an. Den Sinn seiner chinesischen Frage ahnte sie mehr, als dass sie sie verstand.

»Besuch«, stammelte sie und suchte in ihrem zeitverschobenen Hirn krampfhaft nach den richtigen Silben und den richtigen Tönen, »bei Verwandten.«

Der Zollbeamte schenkte ihr ein mitleidiges Lächeln und ließ seinen Stempel auf den Pass niedersausen.

Jetzt war sie also in China. Bei dem Gedanken wurden Mulan die Knie weich, sie musste sich auf eine der Bänke am Rand des langen Korridors setzen. Die Welt schien auf einmal stillzustehen, um sie herum war alles auf Zeitlupe geschaltet. Sie konnte das eigene Blut in den Ohren rauschen hören, die Außengeräusche drangen wie durch Watte zu ihr. Am liebsten wäre sie ewig so sitzen geblieben im Niemandsland des Flughafens – gelandet, aber nicht angekommen.

Plötzlich merkte sie, dass sie zitterte. War es Aufregung, Schlafmangel oder die Kälte hier drinnen? Trotz oder gerade wegen des strahlenden Sonnenscheins draußen war das Flughafengebäude auf winterliche Temperaturen heruntergekühlt. Mulan kramte ihren Hoodie aus dem Rucksack und zog ihn an. Schon besser. Jetzt der Koffer. Im Strom der Ankommenden ließ sie sich zur Gepäckausgabe treiben.

Schon von Weitem sah sie, wie ihr riesiger grüner Schalenkoffer auf dem Gepäckkarussell einsame Kreise zog. Wie lange hatte sie auf der Bank gesessen?

In den Koffer hatte sie alles hineingestopft, was ihr für einen dreimonatigen Aufenthalt nötig erschien. Aber hatte sie das Richtige eingepackt? Schließlich war sie noch nie so lange von zu Hause fort gewesen. Dazu die ganzen Geschenke für die Verwandtschaft, die Mama ihr aufgedrängt hatte.

Mulan zerrte vergeblich ein paarmal am Griff, doch das Ungetüm bewegte sich nicht; ungerührt setzte es seine Fahrt auf dem Karussell fort, Mulan lief hilflos nebenher. Wieder biss die Panik zu. Wie sollte sie diesen Aufenthalt stemmen, wenn sie noch nicht mal ihren Koffer vom Band hieven konnte. Zum Glück kam ihr ein kräftiger Chinese zu Hilfe, der das Riesenteil lässig vom Band hob und vor sie hinstellte.

»*Xièxie*«, bedankte sie sich artig.

»*Bú yào kèqi* – Keine Ursache«, erwiderte er, ohne mit der Wimper zu zucken, und ging seiner Wege.

Diesmal war sie als »echt« durchgegangen. Offenbar hatte sie die Töne richtig getroffen. Der erste gelungene Dialog in meinem Leben als Chinesin, dachte sie.

Mulan straffte die Schultern und rollte mit ihrem Koffer los. Alle anderen schienen ein Ziel zu haben, steuerten mit ihren beladenen Trolleys einem Wiedersehen entgegen. Nur Mulan wusste nicht, was sie erwartete. Oder doch, natürlich, Onkel und Tante würden sie abholen, das hatte ihre Mutter alles eingefädelt. Aber das waren wildfremde Menschen. Wie sollte sie die erkennen? Was sollte sie zu ihnen sagen? Nun ließ sich die Begegnung nicht länger hinauszögern.

Die Mutter hatte ihr eingebläut, wie sie die neuen Familienmitglieder, die Familie ihres jüngeren Bruders, anzureden hatte. Man nannte sie nicht einfach beim Vornamen, sondern musste die genaue Bezeichnung im komplizierten System der chinesischen Verwandtschaftsbeziehungen benutzen. Mulan wiederholte ihre Beziehungsvokabeln: Onkel und Tante mütterlicherseits hießen *jiùfu* und *jiùmā*.

Auch wenn Mulan genervt war von so viel ferngesteuerter Fürsorge, war sie doch froh, sich dieser riesigen Stadt nicht allein stellen zu müssen, unausgeschlafen und mit einem riesigen Koffer an den Hacken. Aber dazu musste sie ihre chinesische Familie erst einmal finden.

Als die automatische Tür sich vor ihr teilte, stockte Mulan der Atem. Ihr schlug ein zwitscherndes Stimmengewirr entgegen, ein vielstimmiger Singsang, wie früher, wenn sie zum Spaß das alte Tonband ihres Vaters auf höhere Geschwindigkeit gestellt hatte. So klang es also, wenn viele Chinesen gleichzeitig Chinesisch redeten. Vor ihr ein Meer aus schwarzhaarigen Köpfen, unzählige dunkle Augenpaare, die ihr entgegenstarrten. Erwartungsvoll musterten sie jeden, der in die Ankunftshalle trat, verloren aber augenblicklich das Interesse, wenn es nicht der Richtige war. Wie sollte sie sich hier zurechtfinden?

Ratlos stand sie inmitten ihres Gepäcks wie in einer kleinen Festung. Niemand schrie »Hier«, niemand wollte sie haben. Sie hatte zwar Fotos von ihren Verwandten gesehen, aber irgendwie sahen alle Chinesen gleich aus.

Mulan spürte, wie sich in ihrem Hals ein Kloß bildete. Da bemerkte sie die Namensschilder, die den Ankommenden entgegengereckt wurden. Galt eines davon vielleicht ihr? Sie fasste sich ein Herz, warf den Rucksack über die Schulter und griff nach ihrem Koffer. Langsam schritt sie noch einmal den Empfangsparcour ab.

»Welcome Miss Lin« – war damit sie gemeint? Ihre Mutter hieß Lin, ein Familienname, der in China in etwa so häufig war wie Meier in Deutschland. Vorsichtig näherte sie sich dem Mann, der das Schild hochhielt: weißes Hemd, schwarze Hose, in der Hand ein Smartphone.

»Hi, ich bin Mulan.«

Er sah sie verständnislos an und hielt weiter sein Schild hoch. Kein Wiedererkennen leuchtete in seinem Gesicht auf. Dann glitt sein Blick über Mulans Schulter hinweg. Mulan hörte das aggressive Klacken von Highheels und wandte sich um. Eine elegante junge Chinesin, ein kleines Köfferchen im Schlepptau, kam winkend auf sie zugestöckelt.

»Hallo, ich bin Miss Lin. Sind Sie von der China Logistics Corporation?«

»Yes, Madam.«

»Gut, dann fahren wir am besten gleich in die Firma.«

Eine chinesische Geschäftsfrau und der Fahrer. Die beiden wandten sich ab und ließen Mulan einfach stehen.

Das fing ja gut an. Bestellt und nicht abgeholt. Wo war sie, ihre chinesische Familie? Hatten die sie vergessen? Der Kloß im Hals nahm bedrohliche Ausmaße an.

»Mulan!«

Ihr Kopf flog herum. Waren das jetzt die Richtigen? Sie sah, wie eine zierliche Chinesin in Shorts und Trägertop durch die Empfangshalle auf sie zugerannt kam. Ihr folgte ein ungewöhnlich großer Chinese, der auf den ersten Blick keinerlei Ähnlichkeit mit seiner Schwester, ihrer Mutter, aufwies. Die Nachhut bildete ein schlaksiger Junge mit Igelfrisur, der mit dem nun überflüssigen Schild »Mulan welcome!« fuchtelte.

Oje, wie redete man den jetzt gleich wieder an? Mulans Hirn raste. Das musste ihr *biǎogē* sein, der ältere Cousin mütterlicherseits. Er war zwei Jahre älter als sie, sah aber eher jünger aus als seine siebzehn Jahre.

»Hallo!«, rief Mulan erleichtert. Der Kloß sackte nach unten.

Ein aufgeregtes chinesisches Kauderwelsch ging über sie nieder, in dem sie nur die Worte »Stau« und »Bus« ausmachen konnte. Dazu ein vielstimmiges *»Duìbuqǐ, duìbuqǐ«* – Entschuldigung, Entschuldigung.

War das dieselbe Sprache, die sie zu Hause mit ihrer Mutter gesprochen hatte? Doch das war lange her. In letzter Zeit hatte Mulan sich konsequent geweigert, Chinesisch zu sprechen. Die »Muttersprache« war ihr zur Fremdsprache geworden.

Warum stelle ich mich so blöd? Warum verstehe ich das jetzt nicht ..., dachte Mulan wütend. Doch für Reue war es jetzt zu spät.

Sie ging auf ihre Verwandten zu und streckte ihnen die Hand entgegen, doch die blieb in der Luft hängen. Händeschütteln war hier offenbar nicht angesagt.

»Huānyíng, huānyíng, wir dachten schon, wir verpassen dich!« Sie fassten Mulan an den Schultern und zogen sie in ihre Mitte. Dann redeten alle gleichzeitig auf sie ein:

»Wie war der Flug?«

»Bist du müde?«

»Gab's ordentliches Essen?«

»Wie geht es deiner Mama?«

Während sie sich die Antwort auf eine Frage zurechtlegte, wurde bereits die nächste auf sie abgeschossen. Zum Antworten blieb gar keine Zeit. Und alle schienen als selbstverständlich vorauszusetzen, dass Mulan sie verstand.

Unterdessen wurde das neue Familienmitglied mit unverhohlener Neugier gemustert. Da war ein langbeiniges, hoch aufgeschossenes Wesen in ihrer Mitte gelandet, das kritisch, aber neugierig unter dem kerzengerade geschnittenen Pony hervorlugte und sich nervös eine entwischte Strähne in den aufgesteckten Haarknoten zurückstopfte.

Unbarmherzig forschten die Verwandten in Mulans Gesicht nach dem fremden Einfluss. Ihre Augen waren runder als in China üblich und hatten eine Lidfalte, die Wangenknochen nicht ganz so prominent, die Nase schmal und etwas höher, nur das dicke, glänzend schwarze Haar war zweifelsfrei chinesisch. In diesem Gesicht waren zwei Welten eine harmonische, wohlproportionierte Verbindung eingegangen, Vertrautes und Fremdartiges mischte sich auf reizvolle Weise.

Mulan war es gewohnt, angestarrt zu werden. Nur dass zu Hause die Exotik andersherum funktionierte. Dort war es das geheimnisvoll Asiatische, das die Blicke der Menschen, vor allem männlicher Menschen, auf sich zog. Hier musste der Betrachter schon zweimal hinschauen, um die Ausländerin in ihr zu erkennen, aber das Fremde war eindeutig da.

»Wir nehmen den Bus. Der fährt dort drüben ab«, rettete Biaoge die Situation.

Endlich setzte sich der kleine Trupp Richtung Ausgang in Bewegung. Ihr Cousin hatte den Koffer übernommen.

»Nicht den Maglev?«, rutschte es Mulan heraus, bevor sie überlegen konnte, ob solche Vorschläge ihrerseits vielleicht unhöflich waren. Der Vater hatte ihr extra nahegelegt, die nach deutschen Plänen konstruierte Magnetschwebebahn, die damals erste ihrer Art auf der Welt, unbedingt auszuprobieren.

Biaoge schüttelte den Kopf. »Das ist teuer und total unpraktisch. Kostet dreimal so viel wie der Bus und endet am Stadtrand, von dort muss man dann mit der U-Bahn weiterfahren.«

Enttäuscht trottete Mulan hinter ihren Verwandten her. Zu Hause hätte sie jetzt gebettelt und geschmollt und schließlich ihren Willen durchgesetzt. Aber sie war nicht zu Hause.

»Ist dir nicht warm?«, erkundigte sich die Tante, als sie sich dem Ausgang näherten.

»Ist dir nicht kalt?«, wollte Mulan mit einem Blick auf das dünne Trägertop gerade erwidern, da traf sie die feuchtheiße Luft mit voller Wucht. Sie hatten die Flughafenhalle verlassen, und Mulan kam es vor, als legte sich noch einmal ein feuchtwarmer Waschlappen über ihr Gesicht wie vorhin im Flieger. Statt einer Antwort zog sie rasch den Hoodie aus.

Ihre Verwandten steuerten auf die Bushaltestelle zu, wo Busse mit unterschiedlichem Ziel bei laufendem Motor auf die Abfahrt warteten und schwarze Abgasschwaden in die Luft bliesen. Pfui Teufel! Als sie in den richtigen einstiegen – allein wäre Mulan aus den chinesichen Aufschriften niemals schlau geworden –, meinte sie, einen Kühlschrank zu betreten. Klar, die machten den Motor nicht aus, damit die Klimaanlage weiterlief. Mulan kannte das Spiel jetzt schon. Also den Hoodie wieder an. Die Tante grinste.

Mulan und sie nahmen einen Doppelsitz, die Männer saßen in der Reihe dahinter. Als der Bus auf die Autobahn einbog, war es Mulan kaum noch möglich, im grellen Nachmittagslicht die Augen offen zu halten, doch sie war zu müde, um müde zu sein, sie war hellwach, alle Sinne in Alarmbereitschaft. Zum Glück verschonte die Tante sie mit weiteren Fragen. So konnte sie, in den Sitz versunken, die

Landschaft wie einen Film an sich vorüberziehen lassen. Die Tonspur bildete das Rattern des Busses über die Fahrbahnnähte, unterbrochen von aggressivem Hupen, wenn ein Wagen auf halsbrecherische Weise die Fahrbahn wechselte.

Die Gegend war flach, sonnenverbrannt und langweilig. Riesige Plakatwände kündeten von künftigen Wohnanlagen in aberwitzigen Stilmischungen. Je näher sie Shanghai kamen, desto mehr war von dieser Fototapete bereits Wirklichkeit geworden, eine Stadt, die über ihre Ufer schwappte. Allmählich wechselte die Bebauung von der Horizontalen in die Vertikale; Reihenhaussiedlungen wurden von Wohnblocks und Hochhäusern abgelöst, viele davon noch im Entstehen begriffen. Der Verkehr wurde dichter, Ampeln bremsten den Bus aus, jetzt wurde es spannend.

Als die Tante merkte, dass Mulan langsam aus ihrem Sitz auftauchte, deutete sie aus dem Fenster auf Mulans Seite, wo sich eine Brücke in kühnem Bogen über den Fluss spannte.

»Wir fahren jetzt gleich über die Lupu-Brücke, und wenn du schnell bist, kannst du unten auf dem Uferstreifen das ehemalige Expo-Gelände sehen. Der chinesische Pavillon steht noch.«

Mulan verstand nur »Expo«, die 2010 von Shanghai ausgerichtete Weltausstellung, und richtete sich ruckartig auf. Sie konnte gerade noch einen Blick auf einen knallroten Tempel mit überdimensioniertem Dach erhaschen, das erste »chinesische« Gebäude, das sie bis jetzt gesehen hatte, alles andere hätte überall auf der Welt stehen können.

Am gegenüberliegenden Ufer verdichtete sich die Stadtlandschaft noch einmal, nicht nur Häuser, sondern auch Straßen konkurrierten um den wenigen Platz und verliefen auf Stelzen über- und untereinander. Von der Hochstraße konnte man in die Wohnzimmer der angrenzenden Häuser sehen. Mulan war jetzt klar, warum man von »Straßenschluchten« sprach – München hatte für dieses Wort kein passendes Anschauungsmaterial geboten. Unten am Talgrund, wo Fußgänger und Fahrzeuge sich bewegten, war es ziemlich schattig.

Dann verließ der Bus die Hochstraße und tauchte in den immer dichter werdenden Verkehr eines älteren Stadtviertels ab. Auch hier war es schattig, aber nicht wegen der Hochstraßen und Hochhäuser, sondern wegen der riesigen, die Straße überspannenden Platanen. Dahinter lagen in großzügigen Gärten historische Gebäude, die überhaupt nicht chinesisch aussahen.

Die Tante, die Mulans wachsendes Interesse bemerkte, erklärte: »Jetzt sind wir im Franzosenviertel. Hier haben vor dem Krieg viele Ausländer gelebt.«

Aha, die *wàiguórén* – die »Außen-Land-Menschen« –, das war eine Spezies, mit der Mulan sich auskannte, war sie doch selbst immer »außen vor«, ganz gleich, in welcher Kultur sie sich bewegte. Immer gab es etwas an ihr, das nicht so recht passte.

Plötzlich wurde die Leinwand dunkel. Der Film fand ein abruptes Ende, als der Bus in eine Tiefgarage einfuhr.

»Mulan, wir müssen aussteigen!«

Biaoge holte das Gepäck aus dem Bauch des Busses. Dann wurde sie samt Koffer fürsorglich hinaus auf die Straße geschoben, mitten hinein ins brodelnde Leben der chinesischen Metropole.

Im Gegensatz zu Deutschland trug sie ihr Gesicht hier wie eine Tarnkappe. Allerdings unter einer Bedingung: Sie durfte den Mund nicht aufmachen. Ihr Chinesisch verriet sie; es war zu simpel, zu unbeholfen, zu kindlich. Und dann waren da noch die vier Töne, die den Silben unterschiedliche Bedeutung gaben. Mulan wusste, dass ein falscher Ton zu fatalen Missverständnissen führen konnte. Chinesisch war die Kindersprache, die sie mit ihrer Mutter verband. Doch dann war der Punkt gekommen, an dem die deutsche Mulan kein Kind mehr sein wollte und schon gar keine Chinesin. Damit hatte der ganze Ärger begonnen.

Hätte sie doch nur …

Aber für solche Überlegungen war jetzt keine Zeit. Mulan musste zusehen, dass sie ihre Verwandten in dem Gewimmel nicht verlor. Sie waren in eine U-Bahn-Station abgetaucht und steuerten auf die Sperre zu. Bevor man den Bahnsteigbereich betreten durfte, mussten Taschen und Gepäck eine Röntgenschleuse passieren wie auf dem Flughafen. Fragend blickte Mulan die Tante an.

»Keine Sorge. Das wurde während der Expo eingeführt und danach nicht wieder abgeschafft. Ist einfach nur lästig.«

Máfan – lästig, umständlich, unbequem, dieses Wort war Mulan vertraut; es war immer dann zur Anwendung gekommen, wenn die Mutter sie wieder mal zum Chineschlernen anhalten wollte, *tài máfan* – zu lästig, zu umständlich, zu unbequem – hatte die Tochter dann erwidert. Doch jetzt, wo diese Sprache ihr einziges Verständigungsmittel war, bereute sie ihre Verweigerung.

Hätte sie doch nur …

Während Biaoge den Koffer aufs Band hievte und Mulan Rucksack und Umhängetasche dazulegte, begann sich hinter ihnen eine Schlange zu bilden. Ein knappes Nicken der Kontrolleurin hinter dem Bildschirm erlaubte ihnen, das Gepäck auf der anderen Seite wieder vom Band zu nehmen. Als sie endlich in der richtigen U-Bahn stand – Sitzplätze waren hier rar –, seufzte Mulan erleichtert auf. Allein hätte sie sich niemals zurechtgefunden. Jetzt war sie heilfroh um ihre Familieneskorte. Aber die eigentliche Herausforderung kam erst: das Umsteigen am Volksplatz – dem größten U-Bahnhof, den sie je gesehen hatte. Im Strom der Menschenmassen trabten sie durch schier endlose unterirdische Gänge, die auch als Verkaufsflächen genutzt wurden. Den Pfeilen auf dem Boden folgend, kamen sie endlich am Bahnsteig der Linie 1 heraus.

»Merk dir die rote Linie Richtung Fujin Lu, die fährt zu uns«, erklärte ihr Cousin. »An der Yanchang Lu müssen wir raus. Das ist der fünfte Halt nach dem Volksplatz.« Er deutete auf die Anzeigentafel über dem Ausstieg, dort leuchtete die jeweils nächste Haltestelle auf – in chinesischen Schriftzeichen.

An der richtigen Station auszusteigen war gar nicht so einfach. Statt die aussteigenden Fahrgäste durchzulassen, drängten die Zusteigenden in den Waggon, kaum dass die Türen sich öffneten. Dadurch entstand ein heilloses Gedränge, bei dem geschimpft und gerempelt wurde. Von wegen chinesische Höflichkeit. Zimperlich durfte man hier nicht sein, stellte Mulan fest. Wer zu höflich war, fuhr zur Strafe bis zur Endstation durch. Sie konnten ganz schön nerven, die Chinesen, und hier gab es so viele! Die Tante nahm Mulan mit beherztem Griff bei der Hand und schleuste sie aus dem Waggon.

»Du musst den Ausgang nehmen, wo's zum Krankenhaus geht«, fuhr Biaoge in seiner Unterweisung fort, nachdem sie endlich draußen waren. Doch als er merkte, dass

Mulan verständnislos auf die Schriftzeichen starrte, um sich unter den vielen Ausgängen den richtigen einzuprägen, rutschte ihm heraus: »Ich hab ganz vergessen, dass du ein *wénmáng* bist. Zu Hause schreib ich's dir auf.«

Mulan zuckte zusammen. Das war ja charmant. Aber ihr Cousin hatte recht, sie war hier zwar nicht sprachlos, aber schriftlos. Da die Schriftzeichen ihre Aussprache nicht preisgaben, war sie praktisch Analphabetin. Jetzt bereute sie, dass sie sich standhaft geweigert hatte, die chinesische Schrift zu lernen, eine Anstrengung, die ihr in Deutschland sinnlos und komplett überflüssig erschienen war. Eine von Mamas lästigen Ideen – *máfan* eben.

Hätte sie nur ...

An einer viel befahrenen Kreuzung tauchten sie aus der Unterwelt auf. Biaoge deutete auf ein großes Gebäude auf der gegenüberliegenden Straßenseite.

»Das ist das Krankenhaus. Falls du mal mit dem Taxi heimkommst, musst du einfach sagen, du willst zum Volkskrankenhaus Nummer 10. Das kennt jeder. Aber für heute sind wir erst mal angekommen.«

Sie bogen von der Straße in eine Toreinfahrt, die von einem Mann in grüner Uniform bewacht wurde. Der Wachmann grüßte zackig, und der Onkel stellte Mulan als neues Familienmitglied vor. »Damit er weiß, dass du zu uns gehörst«, erklärte er Mulan.

In der von Mauern umgrenzten Anlage standen mehrstöckige graue Wohnblocks in Reih und Glied, dazwischen gab es kleine Grünanlagen mit Büschen und Bäumen. Aus Fenstern und Balkonen spießten lange Bambusstangen, auf denen Wäsche zum Trocknen aufgefädelt war. Vor den Eingängen saßen alte Frauen und Männer auf ausrangierten Stühlen oder Rattansesseln, strickten, spielten chinesisches Schach, dösten in der Sonne oder hüteten ihre Enkelkinder, die hier ungehindert Dreirad fahren und toben konnten.

Der Neuankömmling der Familie Lin wurde ausgiebig begafft und lauthals kommentiert.

»Frau Lins Enkelin ...«

»Herrn Lins Nichte ...«

»Aus Deutschland, wie ich gehört habe ...«

»Ein hübsches Ding ...«

»... und der Vater?«

»Ist Deutscher, soviel ich weiß.«

»Hab ihre Mutter noch als kleines Mädchen gekannt.«

»Aus Frau Lins erster Ehe, glaube ich ...«

Mulan schnappte nur Gesprächsfetzen auf. Hier wurde man von den Nachbarn ja noch hemmungsloser observiert als in der Reihenhaussiedlung im Münchner Westen.

Selbst auf der Treppe blieben sie nicht unbemerkt. Da die Küchenfenster der Etagenwohnungen zum Treppenhaus gingen, konnte man beim Kochen beobachten, wer kam und ging. Und jetzt, um sechs, war Essenszeit. Überall zischten die Woks, und in jedem Stockwerk wehte einem der Duft eines anderen Abendessens entgegen. Mulan lief das Wasser im Mund zusammen. Es war der vertraute Geruch von gebratenem Knoblauch, Frühlingszwiebeln und Ingwer, der Grundlage von nahezu jedem chinesischen Gericht, dazu das Aroma von gebratenem Fleisch und Fisch. Der Weg durchs Treppenhaus glich einer begehbaren Speisekarte. Ihr Magen machte sie knurrend darauf aufmerksam, dass sie seit den paar Gabeln Rührei im Flugzeug nichts mehr gegessen hatte.

Der Onkel schloss eine Tür im dritten Stock auf. »*Huānyíng* – willkommen in unserem bescheidenen Heim.« Mulan betrat die Wohnung und landete direkt in der Küche. Auch hier wurde gekocht. Eine kleine Frau in blauer Mao-Jacke und schwarzer Hose stand am Herd und rührte in einem Wok. Die grauen Haare hatte sie im Nacken zu einem winzigen, festen Knoten gebunden. Aus wachen schwarzen Augen sah sie Mulan prüfend an.

»Das also ist meine *wàisūnnü* – meine Äußere Enkelin.« Für eine so zierliche Person war ihre Stimme erstaunlich tief und rau.

»Waipo«, stammelte Mulan. Die *wàipó* war Mulans »Äußere Oma«, die Großmutter mütterlicherseits, denn in China ist immer die Frau diejenige, die »von außen« in eine Familie einheiratet, die vom Sohn, dem Stammhalter, weitergeführt wird.

Waren ihr die anderen Familienmitglieder sofort vertraut gewesen, so strahlte diese Oma eine Autorität aus, die das Gegenüber auf Abstand hielt. Mulan spürte ihren forschenden Blick auf sich ruhen. Die Augen ihrer Großmutter waren auf der Suche nach der Tochter und nach einem Schwiegersohn, den sie nie kennengelernt hatte. Warum eigentlich nicht? Vor lauter Verlegenheit wurde Mulan rot, und die chinesischen Sätze blieben ihr im Hals stecken. Aber auch Mulan suchte in diesem Gesicht nach etwas Vertrautem, dem mütterlichen Erbteil.

So vertieft waren beide ineinander, dass die Oma den Wok völlig vergaß. Die Tante rettete die Situation, indem sie ihrer Schwiegermutter den Pfannenwender aus der Hand nahm und durch kräftiges Schaben das Gemüse wieder in Schwung brachte.

»Hier ist dein Zimmer.« Der Onkel führte sie in einen kleinen Raum, der von Bett und Schreibtisch fast völlig ausgefüllt wurde. »Und da drüben ist das Bad, falls du dich frisch machen willst. Lass dir Zeit, wir essen in einer Viertelstunde.« Damit schloss er die Tür hinter sich.

Seit vielen, vielen Stunden war Mulan zum ersten Mal allein. Sie atmete tief durch und ließ sich erschöpft auf das mit einem Überwurf bedeckte Bett fallen. Doch sie fand keine Ruhe, die Gedanken überschlugen sich, ihr Kopf arbeitete auf Hochtouren. Wie war das noch mit den Mitbringseln? Sollte sie die jetzt gleich überreichen? Sie stand wieder auf und wühlte in ihrem Koffer nach den von ihrer Mutter liebevoll verpackten Geschenken. Und war der Hinweis aufs Badezimmer womöglich ein dezenter Fingerzeig gewesen? Von ihrer Mutter wusste sie, dass chinesische Nasen sehr empfindlich auf den Schweißgeruch von Westlern reagierten. Mulan machte rasch den Schnuppertest unter der Achselhöhle, ein bisschen Deo und ein frisches T-Shirt würden genügen. Mulan hoffte, in dieser Hinsicht die Gene ihrer Mutter geerbt zu haben.

»Ach, Mama, wieso hast du mich in diese Zwickmühle gebracht?«, seufzte Mulan und stieß hörbar die Luft aus. Wohin sie auch kam, immer war etwas anders an ihr. Doch jetzt gab es kein Kneifen mehr, sie musste sich diesem Anderen stellen. Mulan riss sich zusammen und stand auf. Draußen wartete ihre chinesische Familie.

Mit Päckchen beladen, tauchte sie schließlich wieder in der Diele auf, in der auch der Esstisch stand.

»Mama und Papa lassen euch herzlich grüßen. Sie sind sehr dankbar, dass ich bei euch sein darf.« Diese kleine

Ansprache hatte sie sich vorher zurechtgelegt. »Und ich natürlich auch«, schob sie eilig nach.

Die Geschenke wurden dankend entgegengenommen, aber nicht ausgepackt. Waren die denn nicht neugierig, was sie mitgebracht hatte?

»Setz dich erst mal. Du musst doch hungrig sein«, sagte die Tante.

Das war die erste Regel chinesischer Gastlichkeit: dem Gast etwas zu essen anbieten. Hier begrüßte man sich ja sogar mit der Frage *chī fànle méiyǒu* – Hast du schon gegessen?.

Nachdem die Verwandtschaft sich mit dezenten Seitenblicken vergewissert hatte, dass Mulan mit Stäbchen essen konnte, wurden ihr von Tante und Onkel immer wieder besonders gute Happen in ihre Reisschale gelegt. Und es war nicht nur Höflichkeit, die Mulan alles brav aufessen ließ. Sie hatte tatsächlich einen Bärenhunger, außerdem waren die Gerichte total lecker. Es gab Reisnudeln mit Hackfleisch – schon wegen des lustigen Namens eines von Mulans Lieblingsgerichten, denn aus unerfindlichen Gründen hieß es »Die Ameisen klettern auf den Baum«. Dazu kurz gebratenen Spinat mit viel Knoblauch, einen knusprig gebratenen Fisch und zum Schluss, wie das in China üblich war, die Suppe. Genau die simple, aber schmackhafte chinesische Hausmannskost, die auch Mama zu Hause kochte. Das einzig Chinesische, wogegen Mulan nie aufbegehrt hatte, war das Essen. In dieser Hinsicht waren Mutter und Tochter sich immer einig gewesen. Allerdings hatte ihre Mutter stets darauf geachtet, dass an ihrem deutschen Esstisch keine chinesischen Tischsitten Einzug hielten. Umso irritierter war Mulan jetzt, als Waipo sich die Schale dicht vors Gesicht hob und die Nudeln mit Unterstützung der Stäbchen geräuschvoll einsaugte. Auch Schmatzen und Rülpsen schienen ganz normale Äußerungen der Zufriedenheit zu sein und keinen zu stören. Das war gewöhnungsbedürftig. Mulan hielt den Blick auf ihre Schale gesenkt, damit man ihr das Missfallen nicht ansah.

Kaum war die Suppe, die man schlürfend aus der Schale trank, verzehrt, ging die Fragerei von Neuem los. Vor allem die Tante wollte alles ganz genau wissen.

»Wie wohnt ihr denn zu Hause?«

»Wir haben ein halbes Haus«, antwortete Mulan wahrheitsgetreu. Keine Ahnung, was Doppelhaushälfte auf Chinesisch hieß.

»Und da wohnt ihr ganz allein? Wo ist denn die andere Oma?«

»Die ist schon ein bisschen ... äh ... verwirrt. Sie wohnt in einem Haus für alte Leute – sagt man so?«

»Altenheim«, kam ihr ihr Cousin zu Hilfe.

»Ja, genau.«

»Was macht denn deine Mutter den ganzen Tag, wenn sie keine Schwiegermutter zu versorgen hat?«, fragte die Tante verwundert.

»Sie kocht, wenn ich mittags von der Schule heimkomme, sie kümmert sich um Haus und Garten, und oft hat sie auch Aufträge.« Mulan musste sich ihre Antworten mühsam zusammensuchen, mal fehlten die Wörter, mal die Töne, aber sie schien verstanden zu werden.

Nun schaltete sich auch der Onkel in das Gespräch ein; entweder war er besser informiert oder nicht so neugierig wie seine Frau. Mulan wusste, dass ihre Mutter mit ihm in regelmäßigem Mail-Kontakt stand. Jedenfalls überschüttete er sie nicht gleich mit Fragen.

»Ich habe vorhin eine kurze Mail an deine Mutter geschrieben. Dass du gut angekommen bist. Dein Biaoge wird dafür sorgen, dass du bald auch selbst vernetzt und verkabelt bist«, sagte er mit einem Seitenblick auf seinen Sohn.

Mulan sah ihren Onkel dankbar an. Wenigstens das blieb ihr erspart. Sie war einfach zu kaputt für Kommunikationen mit den Eltern.

»Arbeitet sie noch als Dolmetscherin?«, erkundigte sich ihr Onkel.

»Sie ist – wie heißt das? – geschworen? Sie kann auch im Gericht dolmetschen und offizielle Papiere übersetzen.«

»Vereidigt.« Der Onkel nickte befriedigt.

»Und abends kocht sie dann noch einmal«, warf die Tante ein, »wenn dein Vater von der Arbeit nach Hause kommt, ja?«

»Nein, abends gibt's kalt, Brot und Käse und so was, oder einen Salat.«

Vier entsetzte Augenpaare starrten Mulan an.

»Papa bekommt doch mittags in der Kantine warmes Essen. Er sagt, Mama soll ihn nicht so füttern, sonst wird er zu dick.«

Hier meldete sich Waipo zu Wort, die bisher nichts gefragt, aber umso genauer zugehört hatte. Mit ruhiger Autorität verkündete sie: »Sie sollte abends aber warm kochen. Kaltes Essen schwächt das Qi. Und Rohes am Abend ist ganz schlecht, das liegt einem die Nacht über unverdaut im Magen.«

Niemand am Tisch wagte zu widersprechen. Oh, oh – Mama wird es mit ihrer Mutter auch nicht immer leicht gehabt haben, dachte Mulan. Hier wurde eine erwachsene Frau, die einen halben Globus weit entfernt war, vor aller Ohren gerügt wie ein kleines Kind. Verwundert stellte Mulan fest, dass sie den Drang verspürte, ihre Mutter in Schutz zu nehmen, eine Regung, die ihr völlig neu war.

Aber da setzte Oma schon zum nächsten Frontalangriff an, diesmal betraf er Mulan. »Und die Wievielte bist du in der Schule?«

Zuerst begriff Mulan gar nicht, was gemeint war.

»Sie will wissen, wo du in der Rangfolge deiner Klasse stehst?«, erläuterte ihr Cousin.

»So was gibt's bei uns nicht.«

Jetzt reichte es Mulan. Sie gähnte demonstrativ. »Ich glaube, ich gehe jetzt ins Bett. Mir fallen schon die Augen zu, muss an der Zeitverschiebung liegen.«

Biaoge, der sich aus der Fragerei herausgehalten und unterdessen die Vorlegteller leer geräumt hatte, blinzelte ihr verschwörerisch zu.

Sie half noch beim Abräumen, dann verzog sie sich in ihr Kämmerchen. Nach der im Sitzen verbrachten endlosen Flugnacht war es herrlich, sich wieder in einem Bett ausstrecken zu können. Sie lag auf einer kühlenden Bambusmatte, das Leintuch diente als Zudecke – mehr als genug bei dieser Hitze. Die Klimaanlage, die über dem Fenster hing, wollte sie nach den Erfahrungen im Flughafen lieber nicht einschalten. Ihr letzter Gedanke vor dem Einschlafen galt ihrer chinesischen Familie: Jetzt bin ich um die halbe Welt geflogen, nur um wieder im Klammergriff der Familie zu landen. Trotzdem war sie zufrieden, es bis hierher geschafft zu haben.

2

Am nächsten Morgen erwachte Mulan schweißgebadet. Oder war es schon Mittag? Sie fühlte sich wie aus der Zeit gefallen. Sie lauschte, es war ganz still in der Wohnung. Barfuß tapste sie zu der kleinen Nasszelle, dem nachträglich eingebauten Bad, auf das die Familie so stolz war. Beim Abendessen gestern hatten sie ihr erzählt, wie sie die von der Arbeitseinheit ihres Onkels zugewiesene Wohnung auf Vordermann gebracht hatten: Bad, Kühlschrank, Fernseher, Mikrowelle. Was auf Mulan höchst bescheiden und beengt wirkte, galt hier als hoher Wohnstandard.

Der erfrischende Effekt der Dusche hielt nur kurz an. Schon während Mulan sich abtrocknete, brach ihr erneut der Schweiß aus, da half auch die sommerliche Kleidung nichts.

Mulan setzte sich erst einmal an den Tisch und betrachtete in Ruhe die neue Umgebung. Von der offenen Diele, die auch als Esszimmer diente, gingen drei Türen ab. Eine gehörte zu ihrem Schlafkämmerchen, eine weitere öffnete sich in ein lichtdurchflutetes Zimmer mit Balkon. Über das große Bett war eine Tagesdecke gebreitet, das Bettzeug in einer großen Rolle am Kopfende verstaut. Am Fußende des Betts stand ein zusammengeklapptes Feldbett. Ein Kleiderschrank und ein kleiner Schreibtisch war alles an Mobiliar, was in dem kleinen Raum sonst noch Platz fand. Die dritte Tür war geschlossen, doch der Geruch nach kaltem Zigarettenrauch, der unter dem Türspalt durchzog, sagte Mulan, dass es sich um Waipos Zimmer handeln musste. Und das war's dann auch schon.

Beschämt stellte Mulan fest, dass das Zimmer, das sie bewohnte, normalerweise Biaoge gehören musste, der jetzt offenbar auf einem Feldbett am Fuß des elterlichen Ehebetts kampierte. Das eigene Zimmer, das sie ganz selbstverständlich für sich beansprucht hatte, würde er ihr für die nächsten Monate überlassen. Mulan stellte sich vor, wie es umgekehrt wäre: Wenn sie für ihren Cousin ihr komfortables eigenes Reich mit dem gemütlichen Hochbett würde räumen müssen, um stattdessen im Elternschlafzimmer zu nächtigen. Undenkbar!

Dann fiel ihr Blick auf den Tisch. Unter einer Haube aus Fliegengitter hatte jemand ein Frühstück für sie bereitgestellt: ein dickes Dampfbrötchen aus weißem Mehl, ein Schälchen gesalzene Erdnüsse und eines mit winzigen getrockneten Fischchen und Streifen aus dunkelgrünem Seetang. Auf der Anrichte stand ein Heißwasserspender, daneben eine Auswahl an Teedosen. Sie brühte sich Tee auf, biss beherzt in die Dampfnudel und angelte sich mit den Stäbchen kleine salzige Happen, die den neutralen Geschmack des Dampfbrötchens bestens ergänzten.

Während Mulan mit vollen Backen kaute, drehte sich ein Schlüssel im Schloss der Eingangstür. Mulan fuhr herum. In der Tür stand Waipo, ein Netz mit Gemüse in der Hand.

»Mulan, *nǐhǎo*«, begrüßte sie ihre Enkelin. »Gut, dass du

alles gefunden hast. Das Dampfbrötchen hättest du dir eigentlich warm machen sollen«, dabei deutete sie auf die Mikrowelle in der Küche, »aber kalt schmeckt es auch. Hast du dich ordentlich ausgeschlafen?«

Mulan nickte. Ihre Oma plapperte einfach drauflos, während sie den Inhalt ihres Einkaufsnetzes auspackte. Mulan begriff rasch, dass sie Waipo einfach nur reden lassen musste, um selbst nicht viel sagen zu müssen.

»Ich gehe jeden Tag in der Markthalle einkaufen. Die Kinder haben zwar einen Kühlschrank angeschafft, aber meinetwegen wäre das nicht nötig gewesen, bei mir kommen keine alten Sachen auf den Tisch. Die Gerichte fürs Abendessen koche ich täglich frisch.«

Keinen Kühlschrank? In diesem Klima? Mulan glaubte, sich verhört zu haben.

»Wo sind die anderen?«, fragte sie, damit die Unterhaltung nicht versiegte.

»Die gehen morgens früh aus dem Haus. Mein Sohn arbeitet in einer Computerfirma, und die Schwiegertochter ist Sekretärin in einer Grundschule. Großer Enkel hat einen ziemlich weiten Weg, er geht auf eine besonders gute Schule.«

Das Gemeine an den Verwandtschaftsbeziehungen war, dass sie sich je nach Bezugspunkt veränderten; Mulans Tante war für die Oma die Schwiegertochter, und Mulans Onkel war ihr jüngerer Sohn. Kaum meinte man, die richtige Bezeichnung gelernt zu haben, hatte sich alles schon wieder verschoben. Erst allmählich durchschaute Mulan, von wem jeweils die Rede war.

»Mittags essen alle in der Kantine, und gegen sechs kommen sie zum Abendessen nach Hause.«

Daraus folgerte Mulan, dass sie tagsüber mit ihrer Waipo allein in der Wohnung sein würde. Das machte die Aussicht auf den Sprachkurs, den sie ab übernächster Woche besuchen sollte, geradezu angenehm. Mulan fühlte sich in Gegenwart dieser energischen kleinen Frau eingeschüchtert und befangen. Wenn man seine Großmutter, die einen eigentlich als Baby auf den Armen hätte wiegen sollen, erst mit fünfzehn kennenlernte, war sie praktisch eine Fremde. Aber umgekehrt war es vermutlich auch nicht anders: Auf Waipos Türschwelle war ein deutsch-chinesisches Mischwesen aufgeschlagen, das sie um Haupteslänge überragte und behauptete, ihre Äußere Enkelin zu sein.

Vorsichtig beobachtete Mulan ihre Waipo aus den Augenwinkeln. Im Hosenbund hatte sie ein kleines Frotteehandtuch stecken, mit dem sie sich gelegentlich den Schweiß von Gesicht und Hals tupfte. Zwischendurch verschwand sie immer mal wieder auf dem Balkon, um eine zu rauchen, und spuckte dann unter geräuschvollem Räuspern in einen bereitstehenden Spucknapf. Ständig hatte sie ein Marmeladenglas mit Schraubdeckel bei sich, in dem grüne Teeblätter schwammen. Daraus nahm sie immer wieder kleine Schlucke und goss regelmäßig heißes Wasser nach. Auch heute hatte sie ihre blaue Mao-Jacke an, ein Kleidungsstück, das, wie Mulan gestern festgestellt hatte, ansonsten völlig aus dem Straßenbild verschwunden war. Von wegen blaue Ameisen. Die Shanghaierinnen waren bunt und modebewusst gekleidet und schienen jeden Trend mitzumachen.

Als Mulan gerade überlegte, wie sie dem wachsamen Blick der Großmutter entgehen könnte, kam die Aufforderung: »Wenn du mit dem Frühstück fertig bist, kannst du mir beim Gemüseschneiden helfen.« Sie schien testen zu wollen, ob mit dieser ausländischen Enkelin etwas anzufangen war. Zum Glück hatte Mulan den Umgang mit einem chinesischen Küchenbeil von ihrer Mutter gelernt, die selbst winzigste Zutaten mit einem solchen Monstermesser schnitt.

Unter Waipos kritischem Blick ließ Mulan das Küchenbeil auf Frühlingszwiebeln, Ingwer und Karotten niedersausen, bis alle Zutaten in Häufchen feiner Streifen vor ihr lagen. Die erste Prüfung hatte sie bestanden. Doch statt eines Lobs hatte Oma ein Konfuzius-Zitat parat: »Schon Kongzi hat gesagt, dass das Schneiden ein wichtiger Bestandteil der chinesischen Küche ist«, dozierte sie. »Das Auge isst mit, und die Zutaten eines Gerichts müssen auch optisch miteinander harmonieren.«

Nachdem das Schweinefleisch und der Tofu ebenfalls in die entsprechende Form gebracht worden waren, warf Oma den Gasherd an, tat Öl in den Wok und machte Anstalten, mit dem Kochen zu beginnen. War es denn schon Zeit fürs Abendessen? Sie hatte doch gerade erst gefrühstückt. Mulan warf einen Blick auf die Wanduhr in der Diele und stellte überrascht fest, dass es bereits fünf Uhr war. Sie hatte bis in den Nachmittag hinein geschlafen. War wohl nötig gewesen nach dem langen Flug und den acht verlorenen Stunden.

Bald darauf drehte sich zu Mulans Erleichterung erneut ein Schlüssel im Schloss. Diesmal war es Biaoge.

»So lange Schule?«, begrüßte ihn Mulan.

»Ja, leider. Ich bin im letzten Jahr. Da bereiten wir uns auf die Uni-Zulassungsprüfung vor. Nur wer gut abschneidet, bekommt einen Platz an einer der angesehenen Universitäten. Das entscheidet über die späteren Berufschancen und die Möglichkeit, ins Ausland zu gehen. Und mit dem Unterricht ist es nicht getan, abends muss ich auch noch Hausaufgaben machen.«

»Puh.« Eine andere Antwort fiel Mulan darauf nicht ein. War ihr Cousin womöglich ein hoffnungsloser Streber?

»Willst du deine Mails checken oder skypen? Du hast doch bestimmt deinen Laptop dabei, oder?«

»Tragbares Elektronenhirn« – damit konnte nur ihr Computer gemeint sein. »Elektronische Post« war auch klar. Und was wie *sikaipi* klang, musste wohl »skypen« bedeuten. Solche Begriffe fehlten in Mulans Wortschatz, sie waren in ihrem Kinderchinesisch nicht vorgekommen. Doch zum Glück gab es hier jemanden, der die elektronischen Grundbedürfnisse einer Jugendlichen kannte und sie auch so verstand. Biaoge schien ja doch ganz in Ordnung zu sein.

»Ja, das wäre super, danke.«

Er folgte ihr in sein/ihr Zimmer.

»Du, sag mal, wegen dem Zimmer ...« Weiter kam sie nicht. Ihr Cousin schnitt ihr das Wort ab.

»Benimm dich hier nicht wie ein Gast. Du gehörst zur Familie, das geht schon in Ordnung. Unsere Wohnung ist sowieso ziemlich groß, weil Waipo bei uns wohnt.«

Groß nannte er das? Mulans kleine Familie hatte ein ganzes Reihenhaus für sich und immer noch nicht genug Platz. Aber für Biaoge war das offenbar kein Thema. Er war bereits dabei, ihren Laptop hochzufahren und das Passwort für den Wlan-Rooter einzugeben.

»So, jetzt kannst du loslegen.«

»Und was ist mit Facebook?« Mulan hatte bereits vergeblich versucht, ihre Freundinnen übers Smartphone zu erreichen.

»Läuft hier nicht. Da ist die ›Great Firewall‹ vor, die elektronische Version der Chinesischen Mauer«, erklärte ihr Cousin. »Es gibt zwar Programme, die ›die Mauer überspringen‹ oder sie ›untertunneln‹, aber das ist in letzter Zeit zunehmend schwieriger geworden. Die Zensur greift immer mehr durch. Statt Facebook haben wir WeChat – *wēixìn*, kleine Nachricht – oder den Mikroblogging-Dienst Weibo, aber das wird dir nichts nützen, weil deine ganzen *fěnsī* dort nicht angemeldet sind.«

Glasnudeln? Mulan glaubte, sich verhört zu haben?

Als Biaoge ihre ratlose Miene sah, musste er lachen. »Das ist das chinesische Wort für Fans, so wie man bei euch auf Facebook ›Freunde‹ hat.«

Eigentlich war Mulan ganz froh, dass sie ihre Glasnudeln abgehängt hatte und nicht alles immer gleich kommentieren musste. Sie schickte eine Mail an die Eltern, dass alles in Ordnung war. So konnte sie die beiden auf Abstand halten. Einer Skype-Session fühlte sie sich noch nicht gewachsen. Ihre chinesische Familie fragte ihr schon genug Löcher in den Bauch. Auch die neugierigen Freundinnen zu Hause würden sich noch ein bisschen gedulden müssen. Sie musste das hier erst mal selber auf die Reihe kriegen.

Während des Abendessens war wieder Fragestunde angesagt. Wie viel ihr Vater verdiente – »Keine Ahnung.« – Ob das Haus, in dem sie wohnten, ihnen gehörte – »Ja.« – Welchen Wagen ihr Vater fuhr – »Einen Volvo.« (Dies provozierte ihren Cousin, dem die hemmungslose Neugier seiner Eltern offenbar peinlich war, zu seiner einzigen Äußerung: »Diese Firma gehört jetzt den Chinesen«, bemerkte er grinsend.) – Ob ihre Mutter mehr chinesisch oder mehr deutsch kochte (eine Frage von Oma) – »Gemischt.« – Ob Mulan getauft sei – »Nein.« – Ob sie einen Hund hatten – »Nein, leider nicht.« – Wie viel ihre Mutter verdiente – »Weiß nicht. Kommt darauf an.« – Warum sie keine Geschwister habe – »Da müsst ihr meine Eltern fragen.«

Gab es hier denn überhaupt keine Tabus? Kein bisschen Privatsphäre? Mulan merkte, wie sie allmählich sauer wurde. Andererseits war die Neugier ihrer chinesischen Familie verständlich. Die hatten Nachholbedarf. Eine aus ihrer Mitte hatte der eigenen Familie, dem eigenen Land den Rücken gekehrt und war in eine fremde Kultur abgewandert (Wieso eigentlich? – Diesmal war es Mulan, die sich das insgeheim fragte). Und jetzt nutzten sie die Gelegenheit, um Genaueres zu erfahren.

Zum Glück flaute das Interesse an ihrer Person irgendwann ab. Die anderen berichteten von ihrem Tag, und Mulan konnte endlich in Ruhe essen.

Als sie sich bald nach dem Abendessen wieder auf ihrer Bambusmatte ausstreckte, brummte ihr der Kopf. Um all die Fragen zu beantworten und dem Gespräch auf Chinesisch folgen zu können, musste sie sich so konzentrieren, dass sie meinte, ihr Gehirn knirschen zu hören. Oft waren es nur wenige Wörter, die sie aus dem Redefluss aufschnappte und aus denen sie sich den Rest zusammenreimen musste. In der Zwischenzeit waren die anderen längst schon einen Gedanken weiter. Trotzdem merkte Mulan, dass es da etwas gab, worauf sie zurückgreifen konnte, einen Schatz aus Wörtern, der zwar lange ungenutzt geblieben, aber zum Glück noch vorhanden war – ihre »Muttersprache«. Die brauchte nur wach gekitzelt zu werden.

3

In den nächsten Tagen erkundete Mulan nach und nach die nähere Umgebung. Sie stellte fest, dass in der Wohnanlage erstaunlich viel los war, vor allem morgens. In den ersten Tagen, in denen sie ihren Jetlag ausschlafen musste, hatte sie das gar nicht mitgekriegt. Jetzt beobachtete sie fasziniert das seltsame Treiben. Alte Leute machten gemeinsam Tai Chi oder Qi Gong und nutzten jedes Geländer und jeden Zaun für ihre Dehnübungen, unterdessen wurde der neueste Tratsch austauscht. Das war Infobörse und Fitnessstudio in einem und kostete kein Geld. Doch Waipo hatte noch weitere feste Termine. Zweimal pro Woche ging sie in den Altenclub zum Tischtennistraining. Und am Sonntag, so hatte sie Mulan informiert, traf sie sich mit Altersgenossen im nahe gelegenen Zhabei Park, um rote Lieder zu singen. Alle Achtung, die Senioren hier hielten sich fit. Wie anders ging es da in dem Altenheim zu, in dem Mulan ihre deutsche Oma gelegentlich besuchte.

Allmählich entdeckte sie, dass die Wohnanlage weit mehr war als eine Ansammlung grauer Blocks, sie war ein Kosmos für sich, der vielen Bedürfnissen gerecht wurde.

Die Ältesten und die Jüngsten verbrachten hier ihren Tag, und die Berufstätigen konnten auf dem Heimweg noch schnell das Nötigste besorgen. Gleich beim Eingang gab es einen Obststand, dessen üppiges Angebot an exotischen Früchten Mulans besonderes Interesse erregte. Als sie staunend davor stehen blieb, drückte ihr der Besitzer, ein junger Chinese, sofort eine kugelrunde violette Frucht, etwas kleiner als ein Tennisball, in die Hand. Mulan bedankte sich schüchtern.

»Hast du so was schon mal gegessen?«

»Nein, was ist das?«

»*Bǎixiāngguǒ.*«

Bǎixiāngguǒ? Hundert-Düfte-Frucht? Damit konnte Mulan nichts anfangen.

»Warte, ich zeig dir, wie's geht.« Er nahm eine andere Kugel, halbierte sie mit dem Messer und schlürfte den flüssigen Inhalt wie aus einer Schale. »Jetzt du.« Damit reichte er ihr die andere Hälfte. Als Mulan zögerte, fügte er grinsend hinzu: »Zu Hause kannst du das natürlich auch mit dem Löffel machen. Na, wie schmeckt es dir?«

Mulan, die nicht zimperlich sein wollte, tat es ihm nach. Ihr Mund füllte sich mit säuerlichem Fruchtfleisch, in dem kleine Kerne schwammen. Der Name passte. Der Geschmack vereinigte viele verschiedene Nuancen. Aber, Moment, irgendwie kam ihr das bekannt vor. War das nicht? ... Genau, Maracuja. Mulan kannte das Aroma nur als Joghurtzusatz, nicht als Frucht, die bei diesem heißen Wetter wunderbar erfrischend schmeckte.

»Danke, sehr gut.« Mulan fühlte sich daraufhin verpflichtet, etwas bei ihm zu kaufen. »Ein Pfund Pflaumen – *lǐzi*.« Mulan deutete auf die Birnen.

»Du meinst wohl Birnen – *lízi*. Pflaumen sind um diese Jahreszeit nicht im Angebot«, korrigierte der Verkäufer sie lachend.

Richtige Silbe, falscher Ton – wie peinlich – ein Fehler, der Mulan wahrscheinlich ständig unterlief, ohne dass sie es merkte. Ihr Gegenüber dachte sich dann vermutlich sein Teil, war aber zu höflich, sie zu korrigieren. Diesmal war das Missverständnis offensichtlich, Mulan hatte sich im Ton vergriffen.

»Willst du sie heute oder erst morgen essen?«

»Heute und morgen«, erwiderte Mulan, die sich nicht entscheiden konnte.

Sorgfältig suchte er reifere und weniger reife Früchte für sie aus und legte sie in eine gestreifte Plastiktüte, die er an seine Stabwaage hängte. Blitzschnell hantierte er mit den Gewichten, legte noch eine dazu, dann nannte er ihr den Preis.

Mulan, die sich mit den neuen Münzen und Scheinen noch nicht auskannte, wühlte in ihrem Portemonnaie, fand schließlich das Passende und schlenderte davon.

»*Zài lái a!* – Komm wieder«, rief ihr der Obsthändler zum Abschied nach.

Auf dem Gelände gab es außerdem noch eine Wäscherei mit Reinigung, eine Imbissbude mit Hockern und Klapptischchen vor der Tür und mehrere fliegende Händler, die morgens anrückten und ihre Lasträder als Verkaufsfläche nutzten. Mulan fragte sich, wie man ein so voll bepacktes Rad überhaupt fortbewegen konnte. Einer von ihnen bot Küchen- und Haushaltsutensilien an und hatte sein Rad über und über mit Kleiderbügeln, Bürsten, Staubwedeln, Putzeimern und dergleichen behängt. Sogar die mehrere Meter langen Bambusstangen zum Wäschetrocknen hatte er dabei. Ein anderer bot Unterwäsche und Schlafanzüge feil und präsentierte seine Ware an einem Wäscheseil, das er zwischen zwei Bäumen gespannt hatte. Keiner schien das peinlich zu finden. Alte Frauen umringten den Wagen, prüften Stoff und Größe und hielten sich ungeniert die unförmigsten Unterhosen vor den Bauch. Alles wurde von den Umstehenden ausführlich diskutiert und kommentiert, die Stoffqualität immer wieder mit den Fingern geprüft. Sie schienen allerdings eher Spaß an der Unterhaltung als ernsthafte Kaufabsichten zu haben.

Mulan merkte, wie sie die Blicke auf sich zog und wie ihr freundlich zugenickt wurde. Bestimmt hatte der Bambustelegraf längst überall verbreitet, woher sie kam und wohin sie gehörte. Die anderen schienen das besser zu wissen als sie selbst.

Als sie mit ihrer Tüte nach Hause kam und ihren Beitrag in die Obstschale auf der Anrichte legen wollte, fragte Waipo streng: »Wo hast du die Birnen gekauft?«

»An dem Stand beim Eingang. Der Mann ist total nett.«

»Ein Schlitzohr, das ist er«, gab Waipo zurück. »Mit dem musst du handeln. Du darfst nie widerspruchslos den Preis bezahlen, den er dir nennt. Er probiert's einfach, noch dazu bei einer Ausländerin, die sich nicht auskennt.«

Mulan zuckte zusammen. In Deutschland hatte Mulan nie als Chinesin gelten wollen, aber genauso wenig gefiel ihr hier die Bezeichnung »Ausländerin«.

»Er hat mir aber was geschenkt.« Trotzig zeigte Mulan die violette Passionsfrucht vor. Sie wollte sich ihren ersten selbstständigen Einkauf nicht vermiesen lassen.

»Du musst noch viel lernen«, beharrte Waipo. »Morgen gehst du mit mir einkaufen. Dann zeige ich dir, wie man das macht.«

Am nächsten Morgen zogen die beiden los, Oma wie immer im Mao-Look und mit dem unvermeidlichen Einkaufsnetz.

»Wir gehen in die Markthalle und kaufen fürs Abendessen ein.«

Mulan nickte. Alles war besser, als mit Oma zu Hause rumzuhocken.

»Wir haben auch einen Supermarkt in der Nähe, aber den mag ich nicht«, erklärte Waipo.

Mulan verstand auch bald, warum. Kaum hatten sie die zweistöckige Halle aus schmucklosem grauen Beton betreten, als die Verkäuferinnen an den zahlreichen Obst- und Gemüseständen sie lauthals begrüßten und zu sich winkten. *»Láiláì«*, versuchten sie die Stammkundin mit ihrem Warenangebot zu locken. Doch Waipo drehte erst mal unbeirrt ihre Runde, prüfte hier, drückte da, schnüffelte dort und stellte sich dann an einem der Stände ihr Gemüsesortiment zusammen. Niemals hätte ein welkes Blättchen oder eine angeschlagene Frucht den Weg in das Plastikkörbchen gefunden, das sie der Händlerin schließlich zur Abrechnung reichte. Diese wog, addierte im Kopf die einzelnen Posten, legte noch ein Büschel Frühlingszwiebeln gratis dazu und packte dann alles in Waipos Einkaufsnetz.

Jetzt begannen die Verhandlungen.

»Der Spinat war letzte Woche aber billiger«, klagte Oma.

»Das liegt am Wetter«, verteidigte sich die Verkäuferin.

»Bei dem Taifun neulich hatten die Bauern große Verluste.«

»Ich habe zwei Rettiche gekauft, da müsste ich eigentlich Rabatt kriegen.«

Und so ging das munter weiter, bis Waipo alle Artikel durchhatte. Mulan wäre am liebsten im Boden versunken. Es war ihr peinlich, wie da um Beträge geschachert wurde, die sich in Cent kaum mehr ausdrücken ließen. Und das alles so laut, dass die ganze Markthalle mithörte. Doch die beiden schienen ihren Spaß zu haben, jedenfalls wirkte die Verkäuferin keineswegs verstimmt; mal verteidigte sie ihren Standpunkt, mal machte sie kleine Zugeständnisse, gab ihrer Kundin aber stets das Gefühl, sie könne Einfluss auf den Preis nehmen. Das hier war ein Spiel mit festen Regeln, vermutlich hatte die Händlerin schon vorab draufgeschlagen, was sie sich nachher wieder abhandeln ließ. So waren beide zufrieden und gingen in bestem Einvernehmen auseinander.

»Hast du gesehen, wie das geht?«, fragte Oma und sonnte sich in ihrem Erfolg.

Mulan nickte. Im Supermarkt, wo jedes Produkt mit einem festen Preis ausgezeichnet war, hätte Waipo längst nicht so viel Spaß gehabt.

Auch unter den Händlern und Händlerinnen galt das Interesse Waipos »neuer« Enkelin, hemmungslos fragten sie nach, und Oma erzählte bereitwillig, während Mulan dumm dabeistand. In kürzester Zeit war sie in der Halle bekannt wie ein bunter Hund.

Von der appetitlichen Fülle an exotischen Früchten und Gemüsen im Erdgeschoss stiegen sie die Treppe zu den Fleisch- und Fischständen im ersten Stock hinauf. Da konnte einem der Appetit gleich wieder vergehen. Mulan hatte sich schon zu Hause immer geniert, wenn ihre Mutter kaufte, was deutsche Hausfrauen liegen ließen: Fischköpfe, Schweinepfoten, Knochen und Innereien. Aber hier ging es noch viel krasser zu. Der Fischhändler war damit beschäftigt, Fische auszunehmen, deren schleimige Innereien er einer lauernden Katze zuwarf. Die Metzger vertrieben mit der Hand die Fliegen von den blutigen Fleischstücken auf ihren Verkaufstischen, und in einer Ecke gackerten lebendige Hühner in viel zu engen Käfigen. Igitt! – Mulan wandte sich angeekelt ab.

Waipo, der die Reaktion ihrer Enkelin nicht entging, erklärte streng: »Meine Schwiegertochter sagt auch immer, ich soll das verpackte Fleisch aus dem Supermarkt kaufen, von wegen Hygiene und so. Aber wie soll ich wissen, ob es noch gut ist, wenn ich nicht dran riechen kann?«

»Da steht doch ein Datum drauf«, gab Mulan zu bedenken.

»Die können viel behaupten, da verlasse ich mich lieber auf meine Nase. Besonders hysterisch ist meine Schwiegertochter seit dem Ausbruch der Vogelgrippe, aber die beste Garantie für ein frisches Huhn ist immer noch, dass man es lebendig gesehen hat.«

Mulan wäre es lieber gewesen, wenn sie die Herkunft ihres Abendessens nicht so genau gekannt hätte.

Als sie mit vollem Netz heimkamen, wusch Mulan sich erst einmal gründlich die Hände. Sie fühlte sich schlapp, der Ausflug hatte sie müde gemacht. Wahrscheinlich steckte ihr der Jetlag doch noch in den Knochen. Sie verzog sich in ihr Zimmer, um ein bisschen zu mailen oder mit Matti oder den Freundinnen zu skypen. Diese elektronische Kommunikation war weniger anstrengend als das Gespräch mit Oma. Doch ein Blick auf die Uhr sagte ihr, dass in Deutschland alle noch schliefen.

Was hatte sie auch schon zu melden? Ihre Freundinnen erwarteten Berichte von abenteuerlichen Shoppingtrips, Besuchen in hippen Discos, Begegnungen mit exotischen Jungs. Aber alles, was sie bisher von dieser Stadt kennengelernt hatte, waren überfüllte U-Bahnen, graue Wohnblocks und eine unappetitliche Markthalle. Und natürlich ihre chinesische Familie. Aber wen interessierte die schon? Mich – hörte Mulan sich zu ihrer eigenen Überraschung denken.

4

Am nächsten Tag erwachte Mulan mit laufender Nase und kratzendem Hals. Der Kopf tat ihr weh, der ganze Körper fühlte sich an wie zerschlagen. Eine Grippe bei 38 Grad im Schatten. Na wunderbar! So was konnte sie jetzt überhaupt nicht gebrauchen. Übermorgen war der Einstufungstest für den Sprachkurs. Hustend und schniefend kam Mulan aus ihrem Zimmer.

Der Appetit aufs Frühstück war ihr vergangen, stattdessen nahm sie sich eine Banane aus der Obstschale.

»*Búyào* – das sollst du nicht!«, kam es scharf von Waipo, die Mulan in dem Sessel an der Balkontür überhaupt nicht bemerkt hatte. »Banane ist nicht gut, wenn man erkältet bist. Das ist ein kaltes Nahrungsmittel, und du hast ohnehin schon zu viel krank machende Kälte im Körper.«

Erschrocken legte Mulan die Banane wieder zurück. Was bitte war an einer Banane kalt?

Jetzt kam Waipo erst richtig in Fahrt. »Ich mache dir eine Reisschleimsuppe und Ingwertee. Ingwer wärmt. Und auf Schokolade solltest du jetzt auch verzichten, die fördert die Entzündung.« Sie legte ihr Strickzeug beiseite und rückte einer Ingwerknolle mit dem Küchenbeil zu

Leibe. Die Scheiben wurden in einem Topf mit Kandiszucker und Wasser aufgesetzt.

Mulan wollte gerade im Bad verschwinden, als Waipo ihr nachrief: »Und nicht Haare waschen. Das schadet deinem Qi!«

Genau das hatte Mulan eigentlich vorgehabt. Schließlich wollte sie in der Sprachschule nicht mit fettigen Haaren erscheinen. Mulans bis zur Hüfte reichendes Haar mit dem knapp über den Augenbrauen endenden Pony war ihr ganzer Stolz, und sie pflegte es mit Hingabe. Warum musste sich diese Frau in alles einmischen? Die nervte doch total, echt *máfan*. Aber gegen Waipo kam man nicht an. Als Mulan wieder aus dem Bad kam – mit ungewaschenen Haaren –, stand bereits eine dampfende Schüssel Reissuppe auf dem Tisch, der Ingwertee köchelte noch auf dem Herd.

»Lass mich mal deinen Puls fühlen.«

»Ich hab doch nichts am Herzen«, wehrte Mulan erschrocken ab.

»Die chinesische Pulsdiagnose sagt mir etwas über deinen Allgemeinzustand, mit dem Herzen hat das nichts zu tun.« Waipo tastete an drei unterschiedlichen Stellen des rechten und linken Handgelenks nach dem Puls und starrte dabei konzentriert ins Leere. Mulan machte keinen Mucks, sie wagte kaum zu atmen.

Schließlich verkündete Waipo ihre Diagnose: »Dachte ich mir schon. Dein Körper ist durch Ortswechsel und Zeitverschiebung geschwächt, du befindest dich in ungewohnter Umgebung. Wir nennen das *shuĭ tŭ bù fú*: Wasser und Erde passen nicht. Das macht dich anfällig, sodass schädliche Kälte in den Körper eindringen kann. Aber wir kriegen das schon hin. Nachher gehen wir zum Apotheker, der mischt dir ein paar Kräuter, aus denen ich dir einen Sud koche.«

Mulan machte zwar eher die überall auf Hochtouren laufenden Klimaanlagen für ihren Zustand verantwortlich, konnte eine gewisse Bewunderung aber nicht verleugnen. »Woher weißt du das alles, Waipo?«

»Ich war Barfußärztin«, gab Waipo stolz zurück.

Mulan, die sich wieder mal nicht sicher war, ob sie richtig verstanden hatte, blickte unwillkürlich auf Omas Füße, die in schwarzen Stoffschuhen steckten. Als ihre Großmutter merkte, dass dieser Begriff erklärungsbedürftig war, holte sie weiter aus.

»Bevor ich Ende der Sechzigerjahre aufs Land verschickt wurde, habe ich eine Ausbildung als Barfußärztin erhalten, medizinische Grundversorgung nach den Regeln der traditionellen chinesischen Medizin. Mao wollte, dass wir von den Bauern lernen, gleichzeitig sollten wir ihnen aber auch nützlich sein. Ich bin nach Dongbei verschickt worden, in den Tausende von Kilometern entfernten Nordosten des Landes. Dort waren die Leute arm, Medikamente gab es nicht, aber durch Kräutermedizin, Akupunktur und Ernährungsregeln konnten sie sich Gesundheit und Arbeitskraft wenigstens einigermaßen erhalten. Außerdem kann ich Verbände anlegen und Geburtshilfe leisten.«

Dafür gab es zum Glück keinen Bedarf. Mulan konnte nur staunen. Diese Oma wurde ihr von Tag zu Tag rätselhafter.

»Jetzt kommt mir das wieder zugute«, fuhr Waipo fort. »Früher unter Mao, da waren wir alle über unsere Arbeitseinheit versichert, auch die Rentner. Heutzutage, wo alles auf Gewinn ausgerichtet ist, muss sich jeder selber um die Krankenversorgung kümmern. Am härtesten trifft es die alten Leute, die kaum Rente bekommen. Deshalb versuchen wir, uns möglichst fit zu halten.«

Während Waipo erzählte, löffelte Mulan ihre Reissuppe. Gar nicht unangenehm, so ein magenfreundliches Frühstück, das warm durch die raue Kehle rann. Und man kam sich dabei nicht gleich so krank vor wie bei deutschem Haferschleim.

»Wenn du fertig bist, gehen wir – aber nicht in diesem Hemdchen, das den Bauchnabel frei lässt. Ich bin gewiss nicht prüde, aber in der traditionellen Medizin weiß man, wie wichtig es ist, die Leibesmitte warm zu halten. Noch dazu, wenn der Körper schon geschwächt ist.«

Mulan wollte schon aufbegehren. Diese ständigen Verhaltensmaßregeln gingen ihr echt auf die Nerven. Das war ja schlimmer als zu Hause. Andererseits wollte sie ihre Erkältung möglichst bald loswerden. Also holte sie sich widerspruchslos ein Sweatshirt, band es sich um die Taille und trabte brav hinter ihrer Waipo her.

Auf dem Weg durch die Wohnanlage wurden sämtliche Nachbarn davon unterrichtet, dass die Äußere Enkelin erkältet sei und sie jetzt in die Apotheke gingen. Selbst der Torwächter wurde informiert. Mulan wäre am liebsten im Erdboden versunken, doch es blieb ihr nichts anderes übrig, als freundlich zu grüßen.

Endlich tauchten sie in die Anonymität der Straße ein, wo Waipo zum Glück nicht mehr jeden kannte. Hier wimmelte es von Krankenhausbesuchern, die an Obst- und Imbissständen Mitbringsel für den Besuch bei ihren kranken Angehörigen kauften. Einige hatten ihre Patienten gleich mitgebracht, die ungeniert in Schlafanzügen Nudeln oder Teigtäschchen verzehrten. Offenbar befürchtete man, dass sie im Spital nicht satt wurden. Aber in China war Essen, das hatte Mulan bereits erkannt, nicht nur lebenserhaltende Notwendigkeit, sondern zugleich eine Form der Zuwendung.

Die Apotheke war gleich um die Ecke, ein großer kühler Raum, in dem es streng nach Kräutern roch. Es gab einen westlichen Teil, wo die vertrauten bunten Pillenschachteln in den Regalen lagen, und einen chinesischen Teil, auf den Waipo zielstrebig zusteuerte. Während sie dem Apotheker Mulans Symptome schilderte und mit ihm über eine geeignete Therapie fachsimpelte, betrachtete Mulan, die sowieso bloß Bahnhof verstand, den riesigen Schrank mit den vielen Schubladen, der diese Hälfte der Apotheke beherrschte. Einer groben Schätzung nach waren es etwa zweihundert, jede mit einem für sie unverständlichen Schriftzeichen versehen.

Inzwischen hatten sich die beiden über die richtige Zusammensetzung des Kräutertees verständigt. Der Apotheker zog mit kundigem Griff einzelne Schubladen heraus, wog jede Zutat ab und verteilte sie auf mehrere Bogen weißes Papier, die er auf dem Tresen ausgebreitet hatte. Die meisten Zutaten ihrer individuellen Erkältungsmedizin sahen wie Pflanzenteile aus: getrocknete Blüten, Blätter oder Wurzeln. Es war allerdings auch manches dabei, dessen Herkunft Mulan nicht geheuer war. Der Blick auf die getrockneten Seepferdchen im Schaufenster hatte ihr schon gereicht. Besser nicht fragen, sie würde das Zeug sowieso trinken müssen. Nachdem alle Ingredienzien gleichmäßig auf den Papierquadraten verteilt waren, wurden die Bogen zu ordentlichen Päckchen gefaltet, fünf an der Zahl, die Oma in ihr Netz packte und an der Kasse bezahlte.

»Daraus koche ich dir jetzt jeden Tag einen frischen Sud, das wird dich aufbauen.«

Als sie wieder zu Hause waren, verzog Mulan sich in ihr Zimmer und döste auf dem Bett sofort weg.

Mulan erwachte davon, dass ihr der Schweiß in kleinen Bächen über das Gesicht lief. Sie musste mehrere Stunden geschlafen haben, denn draußen wurde es bereits dämmrig. Ihr war aufgefallen, dass es hier viel früher dunkel wurde als zu Hause, außerdem ging die Sonne so rasch und unvermittelt unter, als hätte jemand am Dimmer gedreht. Sie hörte Waipo in der Küche hantieren, durch die geschlossene Tür zog ein bitterer, gerbiger Geruch zu ihr herein. Das musste Omas Wundermedizin sein.

Als Mulan, noch ganz benommen von Schlaf und Schnupfen, aus ihrem Zimmer kam, drückte Waipo ihr einen Becher mit einem dunkelbraunen Gebräu in die Hand.

»Das trinkst du jetzt in kleinen Schlucken, solange es noch warm ist. Den Rest habe ich dir in eine Thermosflasche getan, den gibt's vor dem Schlafengehen.« Ihr Ton machte klar, dass Widerstand zwecklos war.

Mulan musste ein Würgen unterdrücken, sie hielt sich die Nase zu und nahm einen vorsichtigen Schluck. Pfui Teufel, war das bitter. Mulan versuchte sich vorzustellen, wie die Medizin die Kälte aus ihrem Körper vertrieb. Ein Kampf der Guten gegen die Bösen. So wie das Zeug schmeckte, musste es hoch wirksam sein. Also, Augen zu und durch, schließlich musste sie bis Montag wieder gesund sein. Bald darauf kam auch Biaoge nach Hause.

»Ich hab dir eine SIM-Card für dein Smartphone besorgt«, verkündete er, kaum dass er zur Tür herein war. »Jetzt können wir dich unbesorgt allein losschicken. Wenn du nicht mehr weiterweißt, rufst du einen von uns an und gibst dem Taxifahrer dein Handy, wir erklären ihm dann, wie er dich heimbringt.«

»Cool«, hätte Mulan am liebsten gesagt, aber wieder einmal fehlte ihr das passende Vokabular. Stattdessen bedankte sie sich mit einem einfachen *xièxie*.

»Ich hab eine besonders preiswerte Nummer ausgesucht, eine mit vielen Vieren drin. Wir Chinesen mögen diese Zahl nicht. Am teuersten sind die Nummern mit vielen Achten, weil die angeblich Glück bringen. Aber ich dachte, dass du auf chinesischen Aberglauben sowieso nichts gibst. Dir kann es ja egal sein, und es kommt billiger.«

Da war es wieder, dieses »wir Chinesen«, das sie ausgrenzte. Sie, die nie als Chinesin hatte gelten wollen, reagierte zu ihrer eigenen Überraschung plötzlich sauer, wenn man sie hier als Ausländerin abstempelte. Auch wenn sich in diesem Fall Geld damit sparen ließ. Und das ausgerechnet mit der vertrackten Silbe *si*, die je nach Ton »vier« oder »sterben« heißen konnte. Ihre Mutter hatte ihr erzählt, dass sie anfangs bei der deutschen Verabschiedung »tschüss« makabrerweise immer an *qùsǐ* – »geh sterben« – denken musste.

Aber natürlich musste sie ihren umsichtigen Cousin loben: »Super, danke. Eure bösen Geister sind für mich nicht zuständig.« Mulan gab Biaoge das Geld und auch gleich ihr Smartphone, damit er die Karten auswechselte.

»Ich speichere dir die Nummern von mir und meinen Eltern, damit du uns immer erreichen kannst«, sagte Biaoge, während er auf ihrem Smartphone herumtippte. Als er es ihr zurückgab, warf sie einen unauffälligen Blick auf seine Nummer. Tatsächlich – keine einzige Vier, dafür jede Menge Achten. Konnte es sein, dass ihr sonst so rationaler Cousin abergläubisch war?

Bei so viel Fürsorge wurde Mulan ganz warm ums Herz. Und das lag nicht allein an Waipos Erkältungsmedizin. Was konnte einem in einem fremden Land Besseres passieren, als eine Barfußärztin und einen Computernerd in der Familie zu haben? Meine chinesische Familie, dachte Mulan nicht ohne einen gewissen Stolz.

Am Sonntag ging es ihr schon wesentlich besser. Nachdem sie sich ausgeschlafen hatte, saß sie allein bei einem späten Frühstück am runden Tisch in der Diele. Diese Mahlzeit unterlag nicht dem gleichen Gruppenzwang wie das Abendessen. Jeder aß, wann und was er wollte, und goss sich dazu seinen Lieblingstee auf. Das kam Mulan, die ein Morgenmuffel war, sehr entgegen. Sie würde es heute ruhig angehen lassen, um morgen ausgeruht zu sein für den Einstufungstest.

»Ich mach mal kurz 'ne Runde um den Block«, verkündete sie den anderen, die mit sich selbst beschäftigt waren. Waipo war offenbar schon unterwegs. Dann erinnerte sich Mulan, dass die ja heute ihren Singtag hatte. Das wollte sie sich nicht entgehen lassen und schlug diesmal nicht den Weg zum Haupteingang ein, sondern verließ die Anlage durch ein kleines Pförtchen, das direkt auf die mehrspurige Schnellstraße führte. Nach einer ziemlich gewagten Querung unter der Hochstraße hindurch kam sie zum Zhabei-Park, wo heute, wahrscheinlich weil Sonntag war, ziemlicher Trubel herrschte. Am Eingang, wo man für einen winzigen Betrag ein Ticket lösen musste, hatte sich sogar eine Schlange gebildet. Als Mulan das Drehkreuz hinter sich hatte, stellte sie fest, dass keine der großen Rasenflächen tabu war. Sie wurden von Federballspielern, Amateur-Jongleuren oder Leuten genutzt, die Drachen steigen ließen. Und das war hier kein Kinderspiel, sondern ein bis zur Meisterschaft getriebener Sport. Komplexe, vielfarbige Gebilde mit langen, flatternden Schwänzen hoben sich vor dem blauen Himmel ab und schlugen, von ihren Lenkern teils durch mehrere Schnüre dirigiert, ihre Kapriolen. Wunderschön sah das aus, Mulan konnte sich gar nicht satt sehen.

Als sie weiterschlenderte und den kleinen Teich fast umrundet hatte, hörte sie schon von Weitem zackige Marschrhythmen. Unter der weit ausladenden Krone eines riesigen Baumes hatte sich eine Gruppe von Senioren aufgestellt, die unter der Leitung einer Dirigentin mit Inbrunst sang und dabei von einem scheppernden Ghettoblaster begleitet wurde. Das mussten Waipo und ihre Genossen sein. Mulan stellte sich ein wenig abseits, um nicht von ihrer Großmutter entdeckt zu werden, aber da hätte sie sich keine Sorgen zu machen brauchen. Waipo stand in der ersten Reihe, die Augen fest auf die energischen Bewegungen der Dirigentin gerichtet, und schmetterte aus voller Kehle. Die Singenden, vornehmlich Frauen, trugen ein ähnliches Outfit wie Waipo – Mao-Jacken über schwarzen Hosen.

Mulan musste nicht viel verstehen, um zu begreifen,

was mit »roten Liedern« gemeint war. Irgendetwas in diesen Texten war immer rot: die Sonne, der Osten, das Herz – und das schlug natürlich für den großen Führer Mao Zedong. Offenbar handelte es sich um Revolutionslieder aus der Zeit, als diese alten Herrschaften noch jung waren. Ob nun aus politischer Überzeugung oder nostalgischer Erinnerung, das gemeinsame Singen schien eine Art Verjüngungskur für sie zu sein. Sie strahlten übers ganze Gesicht und schienen sich nicht daran zu stören, dass keiner ihnen zuhörte.

Auch Mulan zog sich bald darauf diskret zurück. Es kam ihr vor, als hätte sie einen Blick in die Vergangenheit geworfen.

5

Omas bitterer Sud hatte tatsächlich Wunder gewirkt. Am Montag hatte Mulan den Einstufungstest, der aus einem mündlichen und einem schriftlichen Teil bestand, mit einigermaßen klarem Kopf hinter sich gebracht. Wenige Tage später saß sie am Schreibtisch des Übungsleiters ihrer Sprachschule. Die lag in der Julu Lu, einer kleinen, von Platanen gesäumten Straße im Jing'an-Viertel, und ließ sich ohne Umsteigen mit der Linie 1 und einem kurzen Fußweg erreichen.

»Was machen wir bloß mit Ihnen, Fräulein Meinhard?«, sagte der junge Chinese, der sie in perfektem Deutsch ansprach.

»Ihr Hörverständnis ist gut, der sprachliche Ausdruck lässt noch zu wünschen übrig, aber beim Lesen und Schreiben sieht es ganz schlecht aus. Ich kenne das. Sie haben das typische Sprachprofil von Kindern, die aus Mischehen stammen und in nicht-chinesischer Umgebung aufgewachsen sind.«

Mulan schwieg. Wenn er sowieso schon wusste, was los war, brauchte sie ihm ja nicht zu erklären, wie dieses sprachliche Ungleichgewicht zustande gekommen war.

»Für die Anfänger sind Sie zu gut, und bei den Fortgeschrittenen dürfte es mit den Schriftzeichen Probleme geben. Zum Glück habe ich noch ein paar andere Kandidaten, deren Fälle ähnlich gelagert sind. Wir werden eine Kleingruppe mit höchstens fünf Schülern bilden, in der wir speziell auf Ihre Bedürfnisse eingehen können. Sie werden an fünf Wochentagen jeweils drei Stunden Unterricht haben. Hier ist Ihr Stundenplan, Fräulein Meinhard. Am kommenden Montag um neun Uhr geht's los.«

Als sie wieder auf der Straße stand, beschloss Mulan, einen ihrer letzten freien Tage allein zu genießen. Sie hatte keinen Bock, mit Oma zu Hause zu hocken. Sie trödelte die Julu Lu entlang, wo es viele kleine Geschäfte, Restaurants, Bars und Cafés gab. In einem der kleinen Lokale konnte man durch ein Schaufenster einem Mann in weißer Schürze dabei zusehen, wie er auf einem mehlbestäubten Brett hauchdünne Teigfladen ausrollte. Die warf er dann einer neben ihm stehenden Frau hin, die sie mit einem Gemisch aus Hackfleisch und anderen Zutaten füllte und blitzschnell zu Täschchen formte. Immer sechs davon wurden in ein geflochtenes Bambuskörbchen gesetzt und zum Dämpfen in einen Wärmeschrank gestellt. Mulan lief das Wasser im Mund zusammen. Sollte sie sich da allein reintrauen? Los, Mulan, ermutigte sie sich selbst. Was macht es schon, wenn du dich blamierst? Hier kennt dich ja keiner.

Die Frau an der Kasse, wo man bestellen und auch gleich zahlen musste, sah sie fragend an. Doch wie sollte sie bestellen, wenn sie die Namen der Gerichte auf der an der Wand angeschlagenen Speisekarte nicht lesen konnte?

»*Zhège* – das da.« Mulan deutete auf das hinter dem Schaufenster arbeitende Paar. »*Yīge* – eins.«

»*Xiăo lóngbāo, ah*!«

Wieder was gelernt. »Kleine Drachenpäckchen« hießen die Dinger. Drachenfutter – genau das Richtige für sie. Und wie immer lernte man die wirklich wichtigen Sachen nicht in der Schule. Mulan zahlte, bekam einen winzigen Zettel in die Hand gedrückt und parkte sich und ihren Hocker an einem Tisch zwischen anderen Gästen, die ihr freundlich Platz machten. Die nächste fertige Portion wurde zu ihr durchgereicht. »Achtung, heiß!«

Mulan griff sich mit den Stäbchen eine der Teigtaschen, tunkte es kurz in ein Schälchen mit Sojasoße und biss beherzt hinein. Sofort schoss ihr heiße, aromatische Brühe in den Mund und kleckerte auf ihr T-Shirt. Wo kam denn die her? Sie hatte doch dabei zugesehen, wie die Täschchen gefüllt wurden.

»Du isst das wohl zum ersten Mal, wie?« Die Umsitzenden lachten gutmütig. Mulan wurde rot. Sie war hier nicht nur Analphabetin, sie konnte nicht mal ordentlich essen.

Einer ihrer Tischgenossen machte es ihr vor: »*Zhè yàngzi* – so geht das.« Vorsichtig knabberte er ein Loch in die Teighülle, ließ den heißen Dampf entweichen und schlürfte dann ungeniert die Brühe, bevor er das restliche Teigtäschchen in den Mund schob.

»Die Brühe ist das Beste«, strahlte er mit fettglänzenden Lippen.

Mulan tat es ihm nach, und beim zweiten Mal ging es schon besser. Der ganze Tisch nahm Anteil an ihren Fortschritten. Als Nächstes würde unweigerlich die Frage nach ihrer Herkunft kommen. Rasch leerte Mulan ihr Körbchen und verließ das Lokal, bevor sie Wildfremden ihre

Lebensgeschichte erzählen musste. Trotzdem stand fest: Hier würde sie noch öfter essen.

Ihre nächste Anlaufstelle war der Bund, die imposante Uferstraße am Huangpu, nur ein paar Haltestellen entfernt. Mulan hatte rasch gelernt, sich in drängelnden, rempelnden Menschenmassen zu behaupten. Hier war sie eine unter – sehr – vielen, denn um den kleinen Unterschied festzustellen, der ihr ins Gesicht geschrieben war, hätte man zweimal hinschauen müssen, aber die Zeit nahm sich hier kaum einer, alle hasteten irgendwohin. Sie hatte also nicht den Langnasen-Bonus, der ihr in der Menge vielleicht ein bisschen Freiraum verschafft hätte, und bekam so manchen Ellbogen zu spüren. Inzwischen teilte sie aber auch kräftig aus, wenn ihr jemand zu nahe kam.

Als Mulan aus der Unterführung in den grellen Sonnenschein hinaustrat, musste sie erst einmal tief Luft holen. Hier konnte man freier atmen als in den engen Straßen, die von der Abluft der vielen Klimaanlagen zusätzlich aufgeheizt wurden. Trotz der Hitze wehte am Wasser ein kühler Wind. Die Stadt wurde durch den breiten Fluss, der hier einen eleganten Bogen beschrieb, in zwei Welten geteilt: die Seite westlich des Flusses, *pǔxī,* wo die imposanten Bankgebäude und Geschäftshäuser aus der Kolonialzeit standen, und ihr modernes Spiegelbild am Ostufer, *pǔdōng,* wo abenteuerlich geformte Wolkenkratzer um die Lufthoheit stritten. Die Pyramidenspitze des Jinmao Tower, das World Financial Center, das an einen überdimensionalen Flaschenöffner erinnerte, und der schlanke, alles überragende Shanghai Tower, der sich in den Himmel schraubte und die anderen weit unter sich zurückließ. Neben diesen drei Giganten wirkte der Oriental TV-Tower wie ein aus

Bauklötzchen zusammengestecktes Spielzeug. Auch der Huangpu war nicht einfach ein Fluss, er war Wasserstraße und Lebensraum. Mulan lehnte sich an die Kaimauer und schaute fasziniert dem geschäftigen Treiben auf dem Wasser zu: Ausflugsdampfer und Linienschiffe, Fähren und Lastkähne, Sampans und Hausboote sorgten dafür, dass das eindrucksvolle Panorama in ständiger Bewegung blieb.

An der dicht bevölkerten Uferpromenade war es wieder mal von Vorteil, kein westliches Gesicht zu haben. Die Touristen wurden von aggressiven Andenkenverkäufern umlagert, doch auf Mulan achtete niemand. Nur ein chinesisches Pärchen wollte vor der futuristischen Hochhauskulisse am gegenüberliegenden Ufer fotografiert werden, ein Gefallen, den Mulan ihnen gern tat. Überhaupt schien das hier ein Ort für Verliebte zu sein. An die Ufermauer gelehnt, küssten und knutschten die Pärchen ziemlich ungeniert und hatten nur Augen füreinander. Die waren ganz offensichtlich nicht wegen der Aussicht gekommen. Inzwischen konnte Mulan sich die beengten Wohnverhältnisse vorstellen und verstehen, warum Verliebte die Anonymität in der Menge suchten. Nicht auszudenken, wie schnell die Neuigkeit zarter Bande in der neugierigen Nachbarschaft die Runde gemacht hätte. Offenbar konnte man in Shanghai nur unter vielen Menschen wirklich allein sein.

Sie schlenderte die Uferpromenade entlang und kam in einen kleinen Park mit Kieswegen, Rasenflächen und einem Musikpavillon. Hier war weniger los, und sie fand eine Bank mit Blick aufs Wasser. Es war ein besonderer Ort, eine Insel der Ruhe, in dieser brodelnden Stadt, wo man die Blicke und Gedanken schweifen lassen konnte.

Die Liebespaare an der Kaimauer gingen ihr nicht aus

dem Sinn. Mulan hatte keinen festen Freund; da gab es nur den Nachbarsjungen Matti, einen guten Kumpel, den sie von Kindesbeinen an kannte, ein Vertrauter und Freund, aber mehr war zwischen ihnen nicht gewesen. Sie kannten sich einfach zu gut, es fehlte der Kitzel, die Neugier, das spannungsgeladene Knistern zwischen zwei Körpern, die sich füreinander interessierten.

An Interesse von Seiten der Jungs in ihrer Klasse oder im Sportverein mangelte es nicht. Auch erwachsene Männer ließen den Blick gelegentlich einen Moment zu lange auf ihr ruhen. Mulan wusste, welche Wirkung es auf männliche Wesen hatte, wenn sie mit einer raschen Handbewegung das lange, glänzende Haar zurückwarf und dabei herausfordernd unter ihrem Pony hervorsah oder wenn ein kurzer Rock ihre langen Beine noch länger machte. Mulan sah gut aus, und das wusste sie. Dennoch war ihr nicht wohl bei solchen Blicken. Sie galten der exotischen Erscheinung, nicht dem Mädchen Mulan mit allen seinen Widersprüchen. Und doch würde sie zu gern auch an dieser Kaimauer stehen – nicht allein, sondern zu zweit.

Das Tuten eines Schleppers, der eine ganze Kette von Lastkähnen hinter sich herzog, holte sie in die Gegenwart zurück. Eben setzte die Sonne zu einem ihrer kitschigroten Untergänge an. Es sah zwar sehr romantisch aus, wenn der glühend rote Ball zwischen den Hochhäusern abtauchte, aber Mulan wusste inzwischen, dass dieser Effekt vor allem auf die Luftverschmutzung zurückzuführen war. Dicke Luft reflektiert die Sonnenstrahlen besser. So schön kann Dreck sein, dachte Mulan. Dann atmete sie noch einmal tief durch und stürzte sich ins Getümmel der Rushhour.

Als Mulan sich mit den anderen zum Abendessen setzte, reichte ihr die Tante ein Briefkuvert mit blau-roten Luftpoststreifen.

»Das ist heute für dich gekommen.«

»Danke.« Verwundert drehte Mulan das archaische Objekt mit den bunten deutschen Briefmarken in den Händen. Es trug den Absender ihrer Mutter. Warum schrieb sie keine E-Mail, wenn sie was mitzuteilen hatte? Warum sagte sie nicht beim Skypen, was los war? Das war ja so was von 20. Jahrhundert! Alle schauten sie erwartungsvoll an. Den Gefallen, den Brief hier unter aller Augen zu öffnen, würde sie der neugierigen Verwandtschaft allerdings nicht tun. Selbst durch das Kuvert hindurch konnte Mulan spüren, dass der Inhalt nur sie und ihre Mutter etwas anging. Sie legte den Brief neben ihre Essstäbchen.

Stattdessen musste Mulan die alltägliche Fragestunde über sich ergehen lassen: Was hast du heute gemacht? Wie ging's in der Sprachschule? Und natürlich wollte Oma wissen, wo und was sie zu Mittag gegessen hatte. Die Geschichte von den *xiǎo lóngbāo* nötigte ihr ein anerkennendes Lächeln ab. Aber natürlich hatte sie sofort einen gut gemeinten Rat auf Lager: »Achte darauf, dass du nur verpackte Einwegstäbchen nimmst, denen, die in einem Köcher auf dem Tisch stehen, ist nicht zu trauen. Am besten, du hast immer ein Paar verpackte Stäbchen in der Tasche. Für alle Fälle.«

Das war doch wenigstens mal was Praktisches und stammte nicht von Konfuzius oder Mao, obwohl Mulan es durchaus für möglich hielt, dass einer von beiden sich zur Hygiene von Essstäbchen geäußert hatte.

In ihrem Zimmer drehte Mulan den Umschlag lange in den Händen. Etwas in ihr sträubte sich, ihn zu öffnen. Sie wollte sich nicht einholen lassen von der mütterlichen Fürsorge, die neu gewonnene Freiheit nicht gleich wieder aufs Spiel setzen. Außerdem war zwischen ihnen beiden noch eine Rechnung offen. Mulan befürchtete, dass ihre Mutter auf den Vorfall zu sprechen käme, der das Fass zum Überlaufen gebracht hatte, etwas, worauf sie im Nachhinein nicht gerade stolz war.

Sie starrte auf den Absender: Hongmei Lin-Meinhard. Eines der seltenen Male, dass die Mutter ihren chinesischen Vornamen benutzte. Normalerweise versteckte sie ihn hinter dem deutschen Vornamen Meike. »Wer will schon Rote Essigpflaume heißen«, hatte sie Mulan einmal erklärt. »Im Chinesischen klingt das poetisch. Damit sind die roten oder rosa Blüten gemeint, die im Winter blühen und erste Vorboten des Frühlings sind. Aber meiner Mutter, der strammen Maoistin, ging es weniger um Poesie, sondern um eine politische Aussage. Mao hat nämlich ein Gedicht über diesen Baum geschrieben, eine Durchhalteparole in harten Zeiten, die dem Volk einen baldigen Frühling im Sozialismus versprach.« Offenbar war auch die Mutter unzufrieden mit ihrem Namen, Mulan konnte das gut nachvollziehen.

Sie drehte das Kuvert um. Es war an Lin Mulan adressiert, in der chinesischen Schreibweise, bei der der Familienname zuerst kommt. Dabei hätte Mulan doch viel lieber Anna oder Lena, notfalls sogar Jasmin geheißen. Stattdessen hatten ihr die Eltern diesen bescheuerten chinesischen Namen verpasst, mit dem sie überall auffiel – als ob ihr Gesicht dazu nicht schon ausreichte. Eigentlich war es ja ganz schön, »Magnolie« zu heißen, aber das wusste in Deutschland ja niemand, jeder dachte sofort an den Disney-Film nach einer alten chinesischen Sage. Den hatte Mulan als Kind auch toll gefunden; damals konnte sie sich mit der tapferen Heldin identifizieren, die für ihren kranken Vater in den Krieg zog. Begeistert hatte sie den Song »Mulan, sei ein Mann!« vor sich hin geträllert und mit einem imaginären Schwert die Hunnen vertrieben. Das Befremden hatte erst eingesetzt, als sie älter wurde und sich wünschte, einfach nur ein ganz normales Mädchen zu sein – so deutsch wie möglich. Und natürlich hatten ihre Mitschüler auch gleich einen Spitznamen parat gehabt: »He, Muli, kannst du mal meinen Ranzen tragen?« Und wenn's böse gemeint war, hatte sie auch mal »Schlitzauge« oder »Hundefresserin« zu hören bekommen.

So trug jede in ihrem Namen ein Päckchen an mütterlichen Erwartungen mit sich herum, das sich so leicht nicht abschütteln ließ. Und jetzt auch noch dieses Kuvert. Eine E-Mail konnte man wegklicken, das Smartphone konnte man ausschalten, den Laptop herunterfahren, aber dieser Brief hatte eine herausfordernde, ganz und gar materielle Präsenz. Und sein rot-blauer Streifenrand verlieh ihm zusätzlich Bedeutung. Mulan schwankte zwischen Neugier und Verweigerung, zwischen Heimweh und Trotz. Schließlich siegte die Neugier; sie riss den Umschlag auf und entfaltete zwei raschelnde hellblaue Bögen Luftpostpapier:

München, den 26. August

Liebe Mulan, mein kleiner Drache,

Du wunderst Dich sicher, dass Du einen Brief von mir bekommst. Einen richtigen Brief auf Papier, mit der Hand geschrieben. Das mag Dir hoffnungslos altmodisch erscheinen. Natürlich haben wir einfachere und schnellere Kommunikationsmittel, und ich bin ja auch froh, wenn Deine Mails mir berichten, dass es Dir gut geht, und ich mich via Skype davon überzeugen kann, dass Du wohlauf und guter Dinge bist. Das ist sehr beruhigend für eine Mutter.
Aber das Briefschreiben lässt mir mehr Zeit, meine Gedanken in einer Sprache auszudrücken, die nun mal nicht meine Muttersprache ist. Und was ich Dir schreiben will, wird nicht einfach sein; denn sonst hätten wir längst darüber gesprochen.
Lass mich Dir zuerst sagen, wie leer das Haus ist ohne Dich, auch wenn wir es in letzter Zeit nicht immer leichthatten miteinander, ich mit Dir und Du mit mir. Und, ehrlich gesagt, bin ich froh, dass mein schnaubender Drache mir auf diese Weise nicht gleich ins Wort fallen und widersprechen kann – auch das ein Vorteil des Briefschreibens. In meiner Vorstellung sitzt Du mir gegenüber, und ich kann Dir ungestört erzählen, was ich auf dem Herzen habe. Auch Dir bleibt mehr Zeit, über das Geschriebene nachzudenken, es vielleicht ein zweites Mal zur Hand zu nehmen und mit größerer Distanz noch einmal zu lesen.
Ich wünsche mir, dass Dein Aufenthalt Dir hilft, Dir darüber klar zu werden, was Du bist und einmal sein möchtest. Aus eigener Erfahrung weiß ich, wie schwer es ist, ein Leben zwischen zwei Kulturen zu führen. In Deinem Fall dürfte es noch schwieriger sein, denn Du hast es Dir ja nicht selbst ausge-

sucht. Als Tochter von Gregor und mir ist Dir die andere, die fremde Seite, immer ins Gesicht geschrieben, egal, wo Du bist. In letzter Zeit hatte ich den Eindruck, als ob es Dir zunehmend schwergefallen ist, diese beiden Seiten miteinander in Einklang zu bringen. Ich kann ja verstehen, dass Du am liebsten ein ganz normaler Teenager wärst, der nicht auffällt und keine neugierigen Blicke und Fragen provoziert. Aber hast Du Dir mal überlegt, wie es mir dabei geht? Es hat mir wehgetan, dass Du plötzlich nichts mehr mit Deiner »Muttersprache« und dem Land meiner Herkunft zu tun haben wolltest.

Als sich Dein Papa und ich auf unser Baby freuten, haben wir beschlossen, es zweisprachig zu erziehen. Ich selbst habe Deutsch sehr mühsam und langsam gelernt, als ich schon erwachsen war. Deshalb dachte ich mir, welch ein Geschenk es sein würde, schon als Kind in eine zweite Sprache hineinzuwachsen. Natürlich war auch Eigennutz dabei. Ich war froh, endlich eine Verbündete zu haben, jemanden, mit dem ich »meine« Sprache sprechen konnte. Zunächst hat das auch gut funktioniert. Gregor hat Deutsch mit Dir gesprochen, ich Chinesisch, Du hast uns beide verstanden und konntest auch bald in beiden Sprachen reagieren. In den ersten Jahren ist die Mutter bei einer solchen Regelung natürlich im Vorteil, weil sie viel mehr Zeit mit dem Kind verbringt als der berufstätige Vater; nicht umsonst spricht man von »Muttersprache«. Das Chinesische wurde eine Art Geheimsprache zwischen uns. Aber auf Dauer hat sich meine Sprache in der deutschen Umgebung nicht behaupten können. Als Du mit der Zeit den Kreis der Familie verlassen hast und zu einer eigenständigen Person herangewachsen bist, kam Dir diese zusätzliche Sprache auf einmal überflüssig und lästig vor. Von heute auf morgen hast Du mir nicht mehr Chinesisch geantwortet, sondern hast nur noch

Deutsch gesprochen. Und meine Versuche, Dir die Schriftzeichen nahezubringen, sind schon in den Anfängen gescheitert. Dass Du mich deshalb in aller Öffentlichkeit vor meinen Landsleuten bloßgestellt hast, hat mir sehr wehgetan.
Ich hoffe, dass Du China jetzt für Dich entdecken kannst, nicht als etwas, das Deine Mutter Dir aufdrängt, sondern als Teil von Dir. Und endlich lernst Du auch Deine chinesische Familie kennen.
Ist es nicht lustig, dass ausgerechnet ich es bin, die Dir jetzt deutsche Briefe schreibt und dafür sorgt, dass Du vor lauter Chinesisch Deine »Vatersprache« nicht verlernst? ☺
Aber genug jetzt. Richte Tante und Onkel, natürlich meiner Mutter und auch meinem Neffen unbekannterweise die herzlichsten Grüße aus. Ich bin ihnen sehr dankbar, dass sie Dich aufgenommen haben.

Es umarmen Dich Dein Papa und
Deine Mama

Was sollte das denn? Mulan war wie vor den Kopf gestoßen. Ihre erste Reaktion war Empörung: Musste die Mutter jetzt auch noch aus der Ferne nerven? Sollte sie der Kummerbriefkasten ihrer Mutter werden? Mulan schaute auf das Datum des Briefs. Er war sieben Tage unterwegs gewesen. Die Mutter musste sich also gleich nach Mulans Abflug hingesetzt und diesen Brief geschrieben haben.

Klar, es war ziemlich ätzend gewesen in letzter Zeit. Zu dem üblichen Eltern-Kind-Knatsch, den sie auch von ihren Klassenkameradinnen kannte, war bei ihr noch ein kultureller Graben gekommen, der sich zu einem regelrechten Grabenkrieg ausgewachsen hatte. Die Mutter war ihr mit ihrem ewigen Chinesisch echt auf den Geist gegangen, hatte einfach nicht kapieren wollen, dass sie für die Schule schon genug zu tun hatte und ihre Nachmittage lieber mit Freundinnen verbrachte, anstatt eine Sprache zu pauken, die ihr rein gar nichts brachte. Weder gute Schulnoten noch Anerkennung bei den Klassenkameraden.

Und das Oberlästigste war die Chinesische Schule an den Samstagen gewesen. Wenn die anderen ihr freies Wochenende genossen, musste sie Schriftzeichen pauken und dämliche chinesische Gedichte auswendig lernen. Zu diesem Zweck hatte die Mutter sie jeden Samstag nach München gekarrt und wieder abgeholt. Die Lehrer dort fand Mulan autoritär, die Mitschüler doof. Wie oft hatte sie versucht, ihrer Mutter klarzumachen, dass sie keinen Bock mehr auf diese Schule hatte. Das ganze Gerede von wegen Herkunft und chinesischen Wurzeln konnte ihr gestohlen bleiben.

Ihr Vater war eigentlich immer ein verlässlicher Verbündeter gewesen, wenn es um Chinesisch ging. Er selbst hatte nie ernsthaft den Versuch unternommen, die Sprache seiner Frau zu lernen. Und wenn Mulan keine Lust hatte, Schriftzeichen zu üben, brauchte sie ihm nur ihr Leid zu klagen, dann nahm er seine Tochter prompt in Schutz: »Quäl doch das Kind nicht so, sie hat schon genug Hausaufgaben auf«, hieß es dann, und damit stand es 2:1. Die Abendessen glichen einem Ringen, bei dem Mutter und Tochter versuchten, Gregor auf ihre Seite zu ziehen. Meist kriegten sich die Eltern dann in die Haare, und Mulan verzog sich in ihr Zimmer. Auf diese Weise war die kleine Familie in eine emotionale Schieflage geraten, die am Ende ziemlich unerträglich gewesen war. Und dann kam der Samstag, wo Mulan ihrer Mutter vor den versammelten Eltern im Schulfoyer verkündet hatte, dass sie künftig nicht mehr in diese bescheuerte Schule gehen würde. Damit war die Sache endgültig gekippt.

Die Eltern hatten Kriegsrat gehalten, dann hatte der Vater ein Machtwort gesprochen. Er könne den ständigen Streit zwischen seinen beiden Frauen nicht mehr ertragen, erklärte er. Wenn nicht China light an Samstagen, dann eben China satt in Form eines dreimonatigen Aufenthalts mit Sprachkurs. Die pubertierende Tochter musste für eine Weile aus dem Haus.

Zuerst hatte Mulan sich verletzt und zurückgewiesen gefühlt. Wie konnte ihr allerbester Gregorpapa sie einfach wegschicken? Doch mit der Zeit war ihr der Plan immer verlockender erschienen. Ihre Chance, dem Clinch mit der Mutter zu entkommen. Das wirkliche China wäre viel spannender als die doofe Schule, nicht mehr mütterliche Erblast, sondern echtes Abenteuer. Um drei Monate in der hippen Stadt Shanghai würden ihre Freundinnen sie glühend beneiden. Aber natürlich hatten die Eltern sie nicht einfach ziehen lassen. Die Schulbefreiung war damit erkauft, dass sie einen Sprachkurs besuchen musste und ihre chinesische Familie an den Hacken hatte.

Als ihr Blick auf den Smiley fiel, wurde etwas in ihr ganz weich. Sie musste schlucken, damit sich kein Heimwehkloß in der Kehle festsetzte. Energisch faltete sie die Briefbögen zusammen und steckte sie zurück ins Kuvert. Immerhin schien die Mutter keine Antwort auf ihre Seelenergüsse zu erwarten.

Mulan war fest entschlossen, sich ihren Shanghai-Aufenthalt nicht vermiesen zu lassen.

6

»Kannst du mich mal mit in deine Schule nehmen?«, fragte Mulan Biaoge. Normalerweise näherte sie sich solchen Orten nicht freiwillig, aber es interessierte sie doch, wie das hier ablief: Schule auf Chinesisch.

»Das machen wir am besten, bevor dein Sprachkurs anfängt. Ich werde mal fragen, ob es geht. Dazu musst du aber ganz schön früh aufstehen. Um 7:30 Uhr beginnt der Unterricht. Abmarsch Viertel vor sieben. Schulschluss ist um halb fünf.«

Das waren ja – Moment mal – neun Stunden. Mulan sah ihn mit großen Augen an. »Ist das dein Ernst? Das ist ja mehr als ein Arbeitstag.«

»Ein Arbeitstag bei euch«, entgegnete Biaoge. »Aber zwei Stunden davon sind Mittagspause. Da essen wir in der Kantine, und man kann schlafen oder Sport machen.«

Schlafen in der Schule? Sport in dieser Mittagshitze?

Als er ihr ungläubiges Staunen sah, erklärte er: »Ist dir noch nicht aufgefallen, dass Chinesen in jeder Lebenslage schlafen können? Selbst stehend in der U-Bahn oder mit dem Kopf auf den Armen am Tisch?«

Wieder so eine typisch chinesische Fähigkeit, die ihr offenbar abging – so wie lautes Nudelnschlürfen.

Am Freitag war es dann so weit. Mulan hatte ihren Jetlag zwar überwunden, stellte sich aber vorsichtshalber den Wecker. Kaum hatte er geklingelt, sprintete sie ins Bad. Dort hatte sie morgens keine Konkurrenz zu befürchten: der Rest der Familie duschte, wie das in China üblich war, abends. Als sie fertig war, stand Biaoge bereits am Esstisch und stopfte sich ein warmes Hefebrötchen in den Mund. Er trug seine Schuluniform: graue Hose (Jeans waren nicht erlaubt) und weißes Hemd, jetzt im Sommer lässig über der Hose getragen. Dazu gehörte noch eine graue Jacke mit dem aufgestickten Schulemblem, die bei diesen Temperaturen allerdings nicht zum Einsatz kam. Seine Schulsachen hatte er in einem trendigen Rucksack verstaut. Mulan nahm nur die Wasserflasche und ihren MP3-Player mit, so konnte sie sich jederzeit akustisch ausklinken, falls es öde wurde.

Wenn Mulan bislang gemeint hatte, in überfüllten U-Bahnen gefahren zu sein, so merkte sie nun, dass sich das noch steigern ließ. Jetzt wurde ihr klar, warum in den U-Bahnhöfen zwischen Gleisbett und Bahnsteig eine Glasfront hochgezogen war, in der sich auf Höhe der Waggontüren Schiebetüren öffneten, aber erst nachdem die Bahn eingefahren war. So sollte verhindert werden, dass die vorn am Bahnsteig Stehenden von den Nachdrängenden aufs Gleis gestoßen wurden. Krass.

Sobald der Zug kam, ließ Mulan sich mit Biaoge in den Waggon schieben. Als die beiden im Gedränge getrennt wurden, rief Biaoge ihr zu: »Umsteigen am Volksplatz.«

Mulan signalisierte mit dem hochgereckten Daumen, dass sie verstanden hatte.

Der riesige U-Bahnhof war um diese Zeit ein Meer aus Köpfen. Mulan versuchte, sich immer dicht hinter ihrem Biaoge zu halten, der sich unbeirrt einen Weg durch die Menschenmassen bahnte. Dann rein in eine weitere überfüllte U-Bahn. In einem Neubauviertel gelangten sie schließlich wieder an die Oberfläche. Das riesige Schulgelände mit modernen Gebäuden aus Glas und Beton war schon von Weitem auszumachen, die Schülerdichte nahm auf dem Weg dorthin stetig zu. Jetzt sah Mulan auch die weibliche Version der Schuluniform, grauer Faltenrock und kurzärmlige weiße Bluse. Allerdings fiel bei den Mädchen auf, dass sie das etwas triste Outfit durch modische Accessoires aufzupeppen versuchten: ein knappes Trägershirt in schrillem Rosa unter der weißen Bluse getragen, ein auffälliges Haarband oder Ringelsöckchen, an den Rucksäcken baumelten kleine Stofftiere.

Alle steuerten auf den Sportplatz zu, wo an einem Fahnenmast die rote Flagge mit den gelben Sternen flatterte. »Ach, übrigens«, riss Biaoge sie aus ihren modischen Betrachtungen, »heute ist Freitag, da haben wir nach dem Unterricht noch Fahnenappell. Die Fahne wird montags gehisst und freitags wieder eingeholt. Hier, halt mal.« Er drückte ihr seinen Rucksack in die Hand. »Jetzt kommt erst mal die Morgengymnastik.« Dabei rollte er mit den Augen, als sei ihm das peinlich.

Unterdessen hatten sich die Schülerinnen und Schüler in ordentlichen Reihen aufgestellt. Vor jeder Reihe stand, den Schülern zugewandt, je ein Lehrer, das waren offenbar die Vorturner. Dann knackte es in den Lautsprechern.

»*Tóngxúemen, zǎo ān! Wǒmen xiànzài kāishǐ!*«, begrüßte eine Stimme die Schüler, dann setzte blecherne Marschmusik ein. Jetzt kam Bewegung in die träge Masse. Zunächst wurde marschiert, dann im Marschrhythmus gedehnt, gestreckt, gebeugt und gehüpft.

»*Yī, ér, sān, sì, wǔ, liù, qī, bā.*« Dabei zählten alle laut bis acht. Dann kam die nächste Serie, die mit zwei begann, die nächste mit drei und so fort, immer bis acht. Allmählich begriff Mulan das Prinzip. Wenn die Schüler acht Mal bis acht gezählt hatten, änderte sich die Übung. Alle machten mit, keiner kasperte herum. So ging das fast eine Viertelstunde lang. Jetzt waren auch die Verschlafensten wach. In Grüppchen schwatzend, trotteten die Jugendlichen zum Schulgebäude – knuffen, rempeln, kichern, genau wie zu Hause. Sie waren zwischen 15 und 18 Jahre alt, denn das hier war eine *gāozhōng*, die Oberstufe der Sekundarschule, wie Biaoge ihr erklärt hatte, die letzten drei Klassen des zwölfjährigen chinesischen Schulsystems, an deren Ende für alle, die studieren wollten, die gefürchtete Uni-Zulassungsprüfung oder *gāokǎo*, stand.

Biaoge holte Mulan am Spielfeldrand ab. Verwundert stellte sie fest, dass er nach der Turnerei in der prallen Sonne kein bisschen verschwitzt war. Auch das eine chinesische Eigenart, die sie leider nicht geerbt hatte. Ihr Trägertop hatte auch ohne Sport bereits dunkle Ränder unter den Achselhöhlen.

»Jetzt kommen zwei Stunden Englisch«, kündigte Biaoge an, während sie durch lange helle Gänge zum Klassenzimmer gingen.

»He, Xiaohu, ist das deine *biǎomèi*?«, fragte einer seiner Klassenkameraden. Biaoge nickte. Sie war seine Cousine-

Kleine-Schwester, er ihr Cousin-Großer-Bruder. Sah sie wirklich so jung aus? Diese komplizierten Verwandtschaftsbezeichnungen führten dazu, dass jeder bis in die zweite Kommastelle genau wusste, wie alles zusammenhing.

Es war das erste Mal, dass jemand ihren Cousin mit seinem Vornamen ansprach – Kleiner Tiger. Nach dem chinesischen Horoskop war er im Jahr des Tigers geboren, zwei Jahre vor Mulan, die im Zeichen des Drachen auf die Welt gekommen war. Auf diese Weise ließ sich leicht nachrechnen, wie alt jemand war. Wenigstens hatten seine Eltern ihr Kind nicht mit einem politischen Bekenntnis belastet, wie das in Waipos Generation noch üblich gewesen war. Mulans Onkel, der Ärmste, musste mit dem Namen Jianguo – Das Land aufbauen – durchs Leben gehen. Im Vergleich dazu war »Rote Essigpflaume« ja noch harmlos. Bei solchen Namen war es direkt ein Glück, dass innerhalb der Familie die Verwandtschaftsbezeichnungen als Anrede benutzt wurden. In China wurde jeder immer gleich in die richtige Schublade sortiert.

»Das ist Mulan aus München, Deutschland«, stellte er sie den anderen vor, worauf sie ausgiebig und ziemlich ungeniert gemustert wurde.

Als Mulan sich ihrerseits im Klassenzimmer umsah, staunte sie nicht schlecht. Jeder Platz war mit einem PC ausgestattet, die Tafel war ein interaktives Whiteboard der neuesten Generation. Keine staubige Kreide, kein ekliger Tafelschwamm. Da konnte Mulans Gymnasium nicht mithalten.

Als der Lehrer das Klassenzimmer betrat, standen alle Schülerinnen und Schüler auf und grüßten im Chor: »*Lǎoshī hăo*«. In Mulans Klasse hielt es niemand für nötig, sich deswegen vom Platz zu erheben; das wäre mega uncool gewesen. Unaufgefordert lagen Bücher und Hefte auf den Tischen bereit. Hier gab es keine Zeit zu verlieren. Auch die Anwesenheit einer Besucherin nahm der Lehrer nur kurz zur Kenntnis, dann wurden Hausaufgaben abgefragt; wer eine falsche Antwort gab, wurde vom Lehrer korrigiert, anschließend wiederholte die ganze Klasse den Satz. Mulan kam diese Methode ziemlich kindisch vor. Hier wurde nicht freies Sprechen geübt, sondern nur nachgeplappert.

Dann folgten Übungen am PC, wobei sich der Lehrer jederzeit in den Rechner eines Schülers einklinken konnte. Mulan sah Biaoge über die Schulter und machte ihn einmal sogar auf einen Fehler aufmerksam, Englisch war eines von Mulans starken Fächern, da konnte sie mithalten. Nicht so in Mathe, den nächsten beiden Stunden, wo ihr die Klasse im Stoff weit überlegen war. Algebra auf Chinesisch, das war eindeutig eine Unbekannte zu viel für Mulan, und sie tauchte unter ihren Kopfhörern ab.

Mulan sah den Zeigern der Uhr beim Vorrücken zu, bis endlich, fünf vor zwölf, die Glocke schrillte. Zum Glück braucht jeder Chinese pünktlich um zwölf sein Mittagessen. Darauf war Verlass.

Biaoge gab ihr eine seiner Essensmarken. Als sie mit ihren Tabletts an der Essensausgabe standen, erklärte er: »Von den Gerichten kannst du nehmen, was dir schmeckt. Dazu bekommt jeder eine Portion Reis, eine Suppe und einen Trinkjoghurt als Nachtisch.«

»Nicht schlecht«, bemerkte Mulan anerkennend und lud sich ein Hühnerbein, scharf gewürzten Tofu und ein undefinierbares Blattgemüse auf ihr Tablett.

Als sie in dem vom Geschnatter der Schüler widerhallenden Saal zwei freie Plätze gefunden hatten, konnte sie endlich die Frage loswerden, die sie den ganzen Morgen beschäftigt hatte.

»Sag mal, das ist ja alles unheimlich modern hier. Ist das in allen chinesischen Schulen so?«

»Nein. Das hier ist eine Privatschule. Meine Eltern müssen monatlich ganz schön was hinblättern. Dafür hat man an einer solchen Schule wesentlich bessere Chancen, in der *gāokǎo* – der Uni-Zulassungsprüfung – einigermaßen gut abzuschneiden. Von dem Ergebnis dieser einen Prüfung, die eine ganze Woche dauert, hängt dann die Zuteilung eines Studienplatzes ab. Eltern und Großeltern tun alles, um den Kindern eine aussichtsreiche Zukunft zu sichern. Entsprechend hoch ist der Druck auch von zu Hause.«

»Verstehe«, entgegnete Mulan mitfühlend. Die »kleinen Kaiser« – wie die verwöhnten, aber auch von Erwartungen erdrückten Einzelkinder seiner Generation genannt wurden – waren nicht zu beneiden.

Als sich die Plätze neben ihnen leerten, kamen ein paar von Biaoges Klassenkameraden und nutzten die Gelegenheit, um Mulan über das deutsche Schulsystem auszufragen. Welche Fremdsprachen man in ihrer Schule lernte. Ob da auch Chinesisch angeboten werde. Ob man sich den Studienplatz selber aussuchen könne. Ob es in Deutschland Studiengebühren gebe. Mulan versuchte zu antworten, so gut sie konnte. Manchmal half ihr Biaoge mit einer fehlenden Vokabel aus. Zum Glück aber wandte sich die Aufmerksamkeit bald ihrem iPod zu. Playlists wurden rauf- und runtergeradelt. Hier waren die Unterschiede offenbar nicht so groß.

»He, du hast den neuen Song von Maroon 5. Kannst du mir den mal rüberschicken?«, bat ein Mädchen aus Biaoges Klasse. Alle waren elektronisch bestens ausgestattet und vernetzt, und bald setzte ein munteres Hin und Her per Bluetooth ein.

Während der restlichen Mittagspause zeigte Biaoge ihr das weitläufige Schulgelände. Trotz der Hitze war die Sportanlage mit den Basketballkörben stark frequentiert, auch ein Volleyballspiel war im Gange. Andere schliefen, den Kopf auf den Rucksack gebettet, im Schatten. Mädchen, aber auch Jungs gingen untergehakt oder hatten den Arm um die Schulter des anderen gelegt. In Mulans Schule hätte das sofort ätzende Kommentare provoziert, hier schien es ganz normal zu sein.

Der Nachmittagsunterricht zog sich. Erst eine Art Staatsbürgerkunde, wo die Verfassungsorgane der Volksrepublik durchgekaut wurden. Dann Physik, eines von Mulans Lieblingsfächern, trotzdem verstand sie nur Bahnhof. Auch da nur langweiliger Frontalunterricht, wobei die Schüler im Chor wiederholten, was der Lehrer sagte. Das Beste war noch das Augentraining zwischen den Unterrichtsblöcken. Man massierte sich Augenbrauen und Wangenknochen, bewegte die Augäpfel in alle Richtungen und drückte bestimmte Akupressurpunkte rund um die Augen. Diese Routine wurde von allen ohne Murren ausgeführt. Das Tolle war, dass man sich anschließend tatsächlich erfrischt fühlte. Mulan beschloss, sich das von Biaoge beibringen zu lassen und es zu Hause in der Schule einzuführen.

Dann ging es zurück auf den Sportplatz, wieder standen alle in Reih und Glied, diesmal den Blick starr in

Richtung Fahnenmast. Laut und voller Inbrunst sangen sie die Nationalhymne, während feierlich langsam die Flagge eingeholt wurde. Mulan bekam nur den Refrain mit, in dem immer wieder von *qǐlai!* und *qiánjìn!* die Rede war – »sich erheben« und »vorwärtsmarschieren« –, eine Aufforderung, der sie nur zu gern nachkam. Nichts wie weg hier. Schulen waren überall irgendwie gleich, aber das, was sie hier an ödem Frontalunterricht und sinnlosem Drill gesehen hatte, ließ ihr das ungeliebte Gymi in neuem Licht erscheinen. Jetzt noch eine Dreiviertelstunde durch den Berufsverkehr nach Hause, aber damit war für ihren Cousin der Schultag noch nicht beendet, nach dem Abendessen musste er noch Hausaufgaben machen. Nicht um viel hätte Mulan mit ihm tauschen mögen.

Hoffentlich geht's in meiner Sprachschule nicht auch so zu, dachte sie.

7

Sonntags verlangsamte sich der strenge Takt des durchorganisierten Familienlebens. Alle schliefen erst mal aus – außer Oma natürlich, die bereits vom morgendlichen Qi Gong heimkehrte, als die übrige Familie gerade aufstand. Beim Frühstück verkündete der Onkel mit einem Seitenblick auf Oma und Tante: »Heute entlasten wir unsere beiden Hausfrauen. Außerdem müssen wir unserem Gast doch etwas bieten, bevor morgen der Ernst des Lebens beginnt. Einen Ausflug können wir bei diesem Wetter schlecht machen, aber mittags ist Spartarif in der Partyworld. Was haltet ihr davon, wenn wir dort zu Mittag essen und uns anschließend ein bisschen Karaoke gönnen?«, und an Waipo gewandt: »Und du, Mutter, kannst ja heute mit uns singen statt mit deinen Genossen.«

Singen? Mulan sah sich ungläubig um, doch der Vorschlag fand allgemein Anklang. Nur Biaoge rollte mit den Augen, widersprach aber nicht. Als er Mulans fragenden Blick sah, erklärte er: »Schon mal gehört? Das ist ein asiatischer Volkssport.«

»Gehört schon, aber nie gemacht« Das Singen mit einer Verstärkeranlage zu passenden Videoclips war so ziemlich das Letzte, was Mulan sich als Freizeitbeschäftigung ausgesucht hätte, zumal sie kein Gesangsgenie war.

Es goss in Strömen. Derzeit streife der Ausläufer eines Taifuns über dem Chinesischen Meer die Stadt, hatte man Mulan erklärt. »Ein Wetter, bei dem man keinen Hund auf die Straße jagt«, hätte ihr Vater das genannt, und doch ließ sich hier niemand die Sonntagslaune verderben. Draußen war jede Menge los. Fröhlich grüßend patschten die Nachbarn in Gummilatschen durch die Wasserlachen. Schirme nützten sowieso nichts, da der Wind an ihnen riss und der Regen waagerecht daherkam. Schon auf dem kurzen Weg zur U-Bahn waren Mulans Sandalen völlig durchgeweicht, das nasse T-Shirt klebte ihr am Körper, diesmal nicht vom Schweiß, sondern von Regen. Wenigstens war's nicht kalt. Ein Ausflug bei solchem Wetter – was für eine blöde Idee war das denn? In der Bahn stellte Mulan fest, dass sie keineswegs die Einzigen waren. Heute schien Familientag zu sein, und alle waren gut drauf. Da wollte Mulan nicht die beleidigte Leberwurst spielen. Komisches Volk, dachte sie und nahm sich vor, stattdessen wie eine Ethnologin die sonderbaren Rituale eines Eingeborenenstammes zu studieren.

Die Partyworld hatte einen aufwendig gestalteten Eingangsbereich, der an die Lobby eines Fünf-Sterne-Hotels erinnerte. An der Rezeption hatte sich eine kleine Schlange gebildet und um jeden Wartenden eine kleine Pfütze. Offenbar waren auch andere auf diese Idee gekommen. Hauptsächlich vertreten war die typische 4-2-1-Familie: vier Großeltern, zwei Eltern und ein Kind, es gab aber auch Grüppchen kichernder Teenager. Als sie an der Reihe waren, buchte der Onkel für drei Stunden ein Privatzimmer. Wenigstens blieb man unter sich, dachte Mulan erleichtert, dann war die Singerei nicht ganz so peinlich. Eine Angestellte in hoch geschlitztem Rock und eng anliegendem Oberteil brachte sie zu ihrem Separée, das mit schwarzen Kunststoffsofas, einem Couchtisch und einer Karaoke-Anlage mit Großbildschirm ausgestattet war. Als sie die Bedienung der Musikmaschine erklären wollte, unterbrach sie der Onkel: »Danke, wir kennen uns aus.«

»Die kann man auch mieten«, flüsterte Biaoge mit einem vielsagenden Blick auf die langen Beine und hohen Absätze der Hostess. »Abends geht hier was anderes ab, da laden Geschäftsleute ihre Kunden ein. Ich wette, da werden hinter verschlossenen Türen nicht nur Lieder gesungen.« Offenbar hatte dieses harmlose Sonntagsvergnügen auch seine zwielichtige Seite.

»Zuerst stärken wir uns«, verkündete der Onkel und wies den Weg zu einem zentralen Raum, wo ein reichhaltiges Buffet aufgebaut war. Jeder nahm ein Tablett und bediente sich bei den zahlreichen warmen Gerichten, Salaten, Suppen und Nachspeisen, die vom Personal immer wieder nachgefüllt wurden. »Iss, so viel du kannst«, hieß die Devise, auch das ein wichtiger Programmpunkt bei dieser Unternehmung. Jeder lud sich den Teller voll, das Essen wurde im privaten Zimmerchen verzehrt. Nachdem der Onkel und Biaoge für sich einen Nachschlag und für alle einen Obstteller geholt hatten, ging's los. Aus einem umfangreichen Katalog konnte man Lieder aussuchen und die Nummern in die Maschine eingeben. Für alle schien etwas dabei zu sein, nur Mulan tat sich schwer.

Oma machte den Anfang. Routiniert griff sie zum

Mikrofon und schmetterte los, wie Mulan das bereits von ihr kannte. Ein Fuß im durchnässten schwarzen Stoffschuh klopfte den Takt.

»Osten erglüht, China ist jung,
rote Sonne grüßt Mao Zedong.
Frühling bringt er unserer Zeit,
sein rotes Herz dem Volk geweiht.«

Und das war nur die erste Strophe dieser schwülstigen Mao-Hymne, zu der auf dem Bildschirm junge Rotgardisten das rote Büchlein schwenkten, während Mao ihnen huldvoll zuwinkte. Mulan und Biaoge tauschten genervte Blicke.

»Die Oldies fahren total ab auf diese roten Lieder«, sagte Biaoge mit gedämpfter Stimme.

»Ich weiß. Ich hab sie letzten Sonntag im Park gesehen. Vielleicht hat es damit zu tun, dass auch sie jung waren, als China, ich meine die Volksrepublik, jung war«, meinte Mulan.

»Ja, wahrscheinlich verklärt sich im Rückblick so manches. Andererseits ist inzwischen so viel über die Kulturrevolution bekannt, dass man sich eigentlich von seinen Jugendsünden distanzieren müsste.«

Von was für Sünden sprach er? Mulan nahm sich vor, ein andermal nachzufragen.

Unterdessen hatte die Tante das Mikro übernommen, und mit der Interpretin hatte auch der Stil gewechselt. Sie trällerte eine zeitlose Schlagerschnulze, in der immer wieder von *àiqíng* – Liebe – und *wǒ ài nǐ* – ich liebe dich – die Rede war. Dazu spielte auf dem Bildschirm ein Liebespaar in einem romantischen Garten Hasch-mich. Dann erneuter Szenenwechsel. Der Onkel gab erstaunlich sicher das Lied *»Yī wú sŭo yǒu«* – Ich habe nichts – der chinesischen Rocklegende Cui Jian zum Besten. Die harten Riffs führte er auf der Luftgitarre aus.

»Dieses Lied haben die Studenten bei ihrem Protest auf dem Platz des Himmlischen Friedens gesungen«, erklärte der Onkel. »Cui Jian ist dort aufgetreten. Ich war noch zu jung, um dabei zu sein, aber seine Lieder waren prägend für meine Generation.«

Mulan musste an ihre Mutter denken. Was hatte die zur Zeit der Unruhen gemacht? Sie war ja älter als ihr Bruder. War sie damals schon in Deutschland gewesen? Plötzlich fiel Mulan auf, dass sie nie nachgefragt hatte, wie das eigentlich alles gekommen war. Doch Biaoge riss sie aus ihren Gedanken. Sie traute ihren Augen und Ohren nicht, als sich ihr braver, angepasster Cousin mit dem Mikro in der Hand in einen unverschämten Hip-Hopper verwandelte, der zu einem frechen Videoclip eine Nummer des taiwanischen Rappers Hot Dog herausbellte.

Mulan hatte Mühe, dem Text zu folgen. War Taiwan nicht die abtrünnige Provinz, das verfeindete kapitalistische Insel-China auf der anderen Seite der Taiwan-Straße? Hier gab es wirklich für jeden etwas. Doch ihr blieb keine Zeit, sich zu wundern. Aller Augen waren auf sie gerichtet, jetzt musste Mulan, die sich so gern der Stimme enthalten hätte, ihren Beitrag abliefern, schließlich wollte sie keine Spielverderberin sein. Sie hatte sich für »Yesterday« von den Beatles entschieden, das war zwar total von vorgestern, aber immerhin ein Klassiker und einer der wenigen westlichen Titel im Programm. Mulan war heilfroh, dass der englische Text auf dem Bildschirm eingeblendet wurde, sonst wäre sie schon nach den ersten Zeilen aufgeschmissen gewesen. Zaghaft begann sie und hangelte sich durch den Text, den sie ablesen musste – keine sehr lässige Performance. Trotzdem bekam sie, wie alle anderen vor ihr, begeisterten Applaus.

Mulan war erleichtert, als sie's hinter sich hatte, und belohnte sich mit einem Gang zu den Nachspeisen am Buffet. Auf dem Weg durch den Korridor kam sie an anderen Zimmerchen vorbei, trotz der Schallisolierung drangen fröhliches Lachen und schräger Gesang nach draußen. Vermutlich wohnten diese Leute auf engstem Raum in hellhörigen Wohnblocks oder Hochhausapartments, und dies war einer der wenigen Orte, wo sie unter sich und hemmungslos laut sein durften.

Die drei Stunden waren viel schneller verflogen, als Mulan gedacht hatte. Als sie die Partyworld verließen, hatte der Regen aufgehört. Überall tropfte es, die grelle Nachmittagssonne verwandelte die regennasse Straße in ein regelrechtes Dampfbad. Sie schlenderten durch kleine Gassen, in denen eine völlig andere Stimmung herrschte als an hektischen Werktagen. Familien standen vor Schaufenstern oder bestaunten das lebende Meeresgetier, das in bunten Wasserbehältern vor den Restaurants darauf wartete, geschlachtet und verzehrt zu werden. Viele versorgten sich an den Imbissbuden mit einem Snack, um die Zeit bis zum Abendessen zu überbrücken: gebackene Süßkartoffeln, geröstete Kastanien, wie es sie in Deutschland nur auf dem Weihnachtsmarkt gab, Lauchpfannkuchen oder Dampfbrötchen mit süßer Füllung. Alles lachte, kaute, schaute.

Am Volksplatz nahmen sie die U-Bahn nach Hause und wurden in der Wohnanlage, wo die Mitbewohner die Sonne genossen, vielstimmig begrüßt. Mulan gehörte inzwischen ganz selbstverständlich dazu. War es tatsächlich erst zehn Tage her, dass sie hier angekommen war?

Zu Hause legte Waipo sich gleich das Schneidbrett zurecht und griff nach dem Küchenbeil, damit das Abendessen pünktlich auf den Tisch kam.

Als Mulan sich anschickte, ihr zu helfen, nahm sie die Enkelin beiseite und steckte ihr ein längliches Päckchen zu.

Ihre Neugier siegte über die chinesische Höflichkeit, und Mulan riss sofort das Papier herunter, wie sie es von zu Hause gewohnt war. Sie hielt ein Paar zierliche Holzstäbchen in einem Plastiketui in Händen. Die dickeren Enden waren bemalt, und wenn man die Stäbchen nebeneinanderlegte, ergab sich eine Miniatur mit zwei flatternden Vögelchen über einem Bambusgebüsch.

»Die sind aber schön!«, rief Mulan. »Danke, Waipo.«

»Du wirst ja ab morgen häufiger draußen essen. Da solltest du immer ein Paar eigene Stäbchen dabeihaben. Das ist sicherer«, lautete Waipos praktische Erklärung. Mulan aber spürte, dass dieses unerwartete Geschenk weniger hygienische Vorsorge als vielmehr eine Geste großmütterlicher Fürsorge war. Ein Liebesbeweis, wie sie ihn von ihrer strengen Großmutter zuallerletzt erwartet hatte.

8

Am Montagmorgen saß Mulan erwartungsvoll in dem kleinen Unterrichtsraum. Sie hatte ganz schön früh aufstehen müssen, um pünktlich in die Sprachschule zu kommen, immerhin nicht ganz so früh wie Biaoge für seine Paukfabrik. Jetzt war sie gespannt, wer in den nächsten Wochen ihre Mitstreiter sein würden.

Ein Mädchen mit frechem Kurzhaarschnitt, wenig älter als sie, ließ sich ganz selbstverständlich auf den Stuhl neben Mulan plumpsen.

»Hi, I am Junice from Madison, Wisconsin.«

»Mulan, from Munich.«

»You Chinese?«

Mulan nickte zögerlich. »Half.«

»Me, I'm a banana«, gab Junice zurück. Damit schien alles gesagt. Doch als sie merkte, dass Mulan sie verständnislos ansah, erklärte sie: »Inside white, outside yellow, got it?«

Aus Junice' Mund klang das keineswegs abwertend, eher wie ein Kürzel, das die Situation knapp und treffend auf den Punkt brachte.

»My parents sent me to this fucking school. They are so

awfully Chineeeeese.« Zur Bekräftigung rollte Junice mit den Augen. »But I am here for fun. This city is just great, you know. Well, okay, let's get some work done.« Mit diesen Worten knallte sie Ringheft und Federmäppchen auf den Tisch und blickte herausfordernd in die Runde, die sich inzwischen um zwei schüchterne junge Männer, allem Anschein nach ebenfalls »Bananen«, sowie einen gesetzten Herrn erweitert hatte.

Bevor sie sich bekannt machen konnten, erschien mit forschem Schritt eine junge Chinesin und stellte sich als Wang *lǎoshī*, Lehrerin Wang, vor. Sie forderte ihre Schüler auf, sich ebenfalls auf Chinesisch vorzustellen, was keinem Schwierigkeiten bereitete. Dabei erfuhr Mulan, dass es sich bei den beiden Jungs um die Zwillinge Eric und Miles aus Birmingham handelte, deren Eltern dort ein Chinarestaurant betrieben. Der gesetzte Herr war Deutscher, der erste Landsmann, den Mulan seit ihrer Ankunft traf. Er hatte viele Jahre als Geschäftsmann in Shanghai gelebt, war mit einer Chinesin verheiratet und wollte sich jetzt, nach der Pensionierung, endlich auch mit der Schrift einer Sprache beschäftigen, die er mündlich bereits recht gut beherrschte. Das Gemeine am Chinesischen war ja, dass man es, selbst wenn man es flüssig sprach, noch lange nicht lesen und schreiben konnte.

Eine ziemlich gemischte Truppe, fand Mulan, aber immerhin hatten alle dasselbe Problem und gingen mit vergleichbaren Voraussetzungen an den Start. Ihr war auch sofort klar, worauf das hier hinauslaufen würde: Schriftzeichen pauken. Doch sie merkte, wie ihr Widerwillen gegenüber diesen komplizierten Gebilden, die ihr hier auf Schritt und Tritt begegneten, schwand. Hier waren sie keine Folterinstrumente, sondern der Schlüssel zu ihrem Alltag.

Da man den Zeichen die Aussprache nicht ansah, mussten sie nach einem anderen Ordnungsprinzip im Lexikon gesucht werden, mithilfe der sogenannten Radikale; hatte man den identifiziert, dann musste man noch die restlichen Striche zählen. Ein Radikale war ein einfacher Zeichenbestandteil wie Holz 木, Wasser 水, Mensch 人 oder Stein 石. Die ließen sich leicht wiedererkennen und wiesen darauf hin, zu welcher Kategorie ein Wort gehörte. Die vielen Strichlein der Schriftzeichen waren also nicht willkürlich zusammengefügt, sondern folgten einer systematischen Ordnung, die dem kundigen Betrachter Hinweise auf die Bedeutung des Zeichens gab. Der erste Schritt zu ihrer Entschlüsselung war also das Memorieren der über 200 Radikale. Mulan musste an den großen Medizinschrank in der chinesischen Apotheke denken; auch die Schriftzeichen hatten ihre Schubladen.

Das Zählen der übrigen Striche eines Schriftzeichens wollte ebenfalls gelernt sein. Als erste Hausaufgabe gab Lehrerin Wang ihnen eine Liste mit einfachen Schriftzeichen, die sie im Lexikon suchen sollten. Das war echte Detektivarbeit. Schon auf dem Heimweg betrachtete Mulan die Ladenschilder und Werbeplakate mit ganz anderen Augen, ein Suchspiel, bei dem sie immer wieder auf Bekanntes stieß.

»Gehst du noch mit auf einen Bubble Tea?«, riss Junice sie aus ihren Gedanken.

»Klar, gern.«

»Da vorn an der Ecke ist ein kleines Café. Ich kenn mich hier aus, meine Verwandten wohnen gleich um die Ecke.«

»Chinesische Familie?«, fragte Mulan mitfühlend.

»Ja«, stöhnte Junice und verdrehte wieder dramatisch die Augen, dann zwinkerte sie Mulan verschwörerisch zu.

»Ich auch«, seufzte Mulan. »Meine Oma ist Barfußärztin, findet Mao toll und klopft dauernd schlaue Sprüche, mein Cousin ist ein Computernerd und lernt wie vergiftet, Tante und Onkel sind eigentlich ganz normal, sie arbeiten den ganzen Tag.«

»Das bringt es auf den Punkt«, entgegnete Junice.

Sie betraten ein kleines Café, wo viele Gäste das freie Wlan nutzten und in ihre Laptops und Tablets tippten. Mulan und Junice ließen sich in die weichen Sessel sinken.

»Wie findest du denn unsere Klassenkameraden?«, fragte Mulan.

»Die beiden Jungs sind ja ganz niedlich, aber noch ziemlich grün hinter den Ohren, obwohl sie schon achtzehn sind. Wahrscheinlich direkt aus dem Internat in die Welt gepurzelt. Und dieser Herr Maier könnte glatt mein Opa sein.«

»Trotzdem finde ich es mutig, dass er es in seinem Alter noch mit den Schriftzeichen aufnimmt. Mein Vater hat sich nie die Mühe gemacht, obwohl er seit siebzehn Jahren mit meiner Mutter verheiratet ist. Wahrscheinlich macht es einen Unterschied, wo man lebt«, fügte sie wie zur Entschuldigung hinzu. Schließlich musste sie sich da selber an der Nase packen. Aber warum war ihr Vater eigentlich nicht längst mal mit der Mutter nach China gereist? Waipo hatte ihren Schwiegersohn noch nie zu Gesicht gekriegt.

»Und was habt ihr am Wochenende gemacht«, wollte Junice wissen.

»Karaoke.«

»Oh Gott, du Ärmste!«

»Ach, eigentlich war's ganz lustig – von meiner peinlichen Darbietung mal abgesehen.« Mulan erinnerte sich an ihre Rolle als feldforschende Ethnologin. »Was die anderen abgeliefert haben, war ein richtiger Durchmarsch durch die chinesische Geschichte – drei Generationen Musik, wie man sie sich unterschiedlicher nicht denken kann. Und keiner hat den anderen deswegen angemacht. Leben und leben lassen. Das fand ich schon gut.«

»Wir waren im Wasserdorf, in einem von den vielen – hab den Namen schon wieder vergessen. Das steht bei dir sicher demnächst auch auf dem Programm. Echt ätzend.« Junice sog lautstark an ihrem Tee-Milchshake. Man trank ihn mit fingerdicken Trinkhalmen, damit die süßen, glibberigen Tapioka-Kugeln durchpassten, die auf dem Grund des Bechers lagen und so schön im Mund explodierten. Wie gut, dass Waipo sie jetzt nicht sah, dachte Mulan. Zu ihren Verhaltensregeln bei Erkältung hatte nämlich auch das Verbot von Milchprodukten gehört, die angeblich zu Verschleimung führten. Aber die Erkältung war – dank Omas Gebräu? – längst vergessen. Auch *shuǐ tǔ bù fú* – Wasser und Erde passen nicht – traf offenbar nicht mehr zu. Passt schon, war Mulans bayerische Antwort auf Waipos chinesische Diagnose. Inzwischen fühlte sie sich kräftig und ausgeschlafen. Der Unterricht ließ sich gut an, und in Junice schien sie eine Verbündete zu haben, jemanden, der wusste, was es bedeutete, sich seinen Platz zwischen den Sprachen, Kulturen und Familien suchen zu müssen. Mulan hatte die Herausforderung ihrer neuen Umgebung angenommen.

Es war bereits früher Nachmittag, als Mulan nach Hause kam. Alles war ruhig, keiner da. Sie hatte sich mit ihren Schulsachen und dem chinesisch-deutschen Lexikon auf dem Esstisch in der Diele breitgemacht. Den schweren Buchziegel hatte ihr die Mutter trotz lautstarken Protests noch in den Koffer gepackt. Jetzt war Mulan froh drum und machte Jagd auf die Schriftzeichen in ihrer Hausaufgabenliste. Sie war mitten im Blättern und Nachschlagen, als Waipo vom Training heimkam, ihren Tischtennisschläger und die Sportschuhe trug sie in einem altmodischen Turnbeutel mit sich herum.

Als sie ihrer Enkelin über die Schulter schaute, huschte ein kurzes, befriedigtes Lächeln über das faltenlose Gesicht der alten Frau. Doch statt eines Lobs hatte sie wieder mal den passenden Konfuzius-Spruch parat: »›Was du mir sagst, das vergesse ich. Was du mir zeigst, daran erinnere ich mich. Was du mich tun lässt, das verstehe ich‹, sagt Kongzi über das Lernen.«

»Und was sagt er über Tischtennis?«, erwiderte Mulan patzig. Was hatte ihr dieser Konfuzius zu sagen, der vor fast zweieinhalbtausend Jahren gelebt hatte? Oma ignorierte die Bemerkung.

»Wir trainieren für die Seniorenmeisterschaften im Oktober«, gab Waipo zurück. »Soll ich dir mal zeigen, was wir schon alles gewonnen haben?« Sie öffnete die Tür zu ihrem Zimmer und winkte Mulan herein. Mit einer Mischung aus Ehrfurcht und Neugier betrat sie Omas Allerheiligstes: ein Bett mit hellgrüner Tagesdecke, ein Schrank, Waschschüssel und Wasserkanne aus buntem Email (obwohl die Familie längst fließend Wasser und ein Bad hatte) und über dem Bett ein riesiges Mao-Poster, das den

Großen Vorsitzenden mit wehendem Haar und weißem Bademantel am Flussufer zeigte. Er winkte dem Betrachter aufmunternd zu, als lade er ihn zu einem Bad ein.

Als Waipo bemerkte, dass Mulan das Poster betrachtete, erklärte sie: »Mao war ein großer Schwimmer. Er hat regelmäßig den Yangzi durchquert, um den Massen die Bedeutung von Leibesübungen zu verdeutlichen und ihnen ein gutes Vorbild zu sein. ›Folgt dem Großen Vorsitzenden Mao und kämpft euch mutig durch Sturm und Wellen voran‹, steht da unten.« Sie wies auf die chinesische Bildunterschrift. »Bald wirst du das selber lesen können.«

Dieser Politslang klang Mulan fremd in den Ohren. Nicht unbedingt das Chinesisch, das sie lernen wollte. Überhaupt war ihr dieser dickliche Typ mit den Pausbacken und der Warze auf dem Kinn eher unsympathisch. Wer aus Deutschland kam, dem waren solche großen Führer und der Glaube an sie suspekt. Doch für Waipo schien er nach wie vor ein Idol zu sein.

Aber sie war noch nicht durch mit dem Thema Leibesertüchtigung. Energisch fasste sie ihre Enkelin an der Hand und zog sie zur gegenüberliegenden Wand, wo eine Reihe gerahmter Urkunden hing, alle mit riesigen quadratischen Stempeln und roten Schleifen versehen.

»Das sind die Siege unserer Mannschaft. Nicht nur auf Provinzebene, sondern landesweit. Auf diese Weise folgen wir Maos Vorbild und halten uns fit bis ins hohe Alter. Treibst du auch Sport?«

Doch Waipo wartete nicht, bis Mulan sich ihre Antwort zurechtgelegt hatte. Was hieß gleich noch mal Basketball auf Chinesisch? Prompt bekam sie die nächste Portion Lebensweisheit verabreicht.

»Genau wie mein Enkel. Ständig hockt ihr vor diesen Maschinen, verderbt euch die Augen und bewegt euch viel zu wenig. Das kann doch nicht gut sein für einen Heranwachsenden. Wie sollt ihr da zu leistungsfähigen Mitgliedern der Gesellschaft werden?«, empörte sie sich.

»Und was ist das?« Mulan versuchte ihre Großmutter abzulenken, indem sie auf eine Umhängetasche aus abgeschabtem grünen Segeltuch mit weißen Schriftzeichen deutete. Darüber hing eine grüne Kappe mit rotem Stern.

»Die Mütze und die Tasche sind aus meiner Zeit als Rotgardistin. Das war während der Kulturrevolution. Du meine Güte, was die schon alles gesehen haben. Damals – ich war etwa so alt wie du heute – konnten wir unentgeltlich sämtliche Züge nutzen und durchs Land fahren. Wir sollten die Revolution ins Land hinaustragen. Dazu hat uns der Große Vorsitzende persönlich aufgerufen. Ich habe ihn selbst gesehen, damals auf dem Platz des Himmlischen Friedens in Peking. Er hat uns vom Tor aus zugewinkt und zu uns gesprochen. Mit Tausenden anderer Rotgardisten habe ich das kleine rote Büchlein mit den Mao-Sprüchen geschwenkt, das jeder von uns immer bei sich trug, obwohl wir das, was drinstand, längst auswendig wussten.« Oma kam richtig ins Schwärmen. »Später dann, bei der Landverschickung, hat mich diese Tasche ebenfalls begleitet. Nicht umsonst steht: ›Dem Volke dienen‹ darauf. Ich hab dir ja schon erzählt, dass ich Barfußärztin war. Mit meinen Akupunkturnadeln und ein paar wenigen Medikamenten bin ich über die Dörfer gezogen und habe geholfen, wo es ging.«

Bevor Oma gruselige Details zum Besten geben konnte, machte Mulan, dass sie fortkam. Sie hatte es draußen rumoren gehört und auch gleich eine Ausrede parat: »Entschuldige, Waipo, aber ich muss den Esstisch abräumen, bevor die anderen heimkommen.«

Mulan packte gerade ihre Schulsachen zusammen, als Biaoge aus dem Bad kam.

»Na, hat Waipo dir ihr Revolutionsmuseum gezeigt?«, begrüßte er sie.

»So kann man's nennen.«

»Mao und Konfuzius sind ihre persönlichen Götter. Einer von beiden hat garantiert den richtigen Spruch für die jeweilige Lebenslage abgelassen.«

»Von denen hab ich schon einige zu hören gekriegt.«

»Erstaunlicherweise stehen die beiden für sie nicht im Widerspruch zueinander.« Er hatte die Stimme ein wenig gesenkt und war Mulan in »ihr« Zimmer gefolgt. »Aber wenn jemand was gegen die Kulturrevolution sagt, versteht sie die Welt nicht mehr. Dabei war das eine echt üble Zeit. Die Schulen waren geschlossen, die Jugendlichen sind durchs Land gezogen und haben Terror und Chaos verbreitet, und das alles im Namen der Revolution.«

»Hast du das gemeint, als du neulich von ihren ›Jugendsünden‹ gesprochen hast?«

»Ja, da haben sich viele schon in jungen Jahren schuldig gemacht. Die Roten Garden haben sich nicht nur gegenseitig bekämpft, sie haben ihre Lehrer, manchmal sogar die eigenen Eltern denunziert, wenn die nicht die richtige Einstellung oder Klassenzugehörigkeit hatten. Oft wurden auf diese Weise alte Rechnungen beglichen. Das waren dann die sogenannten Schwarzen. Sie wurden in Massenkritiksitzungen vorgeführt, geschlagen und jahrelang weggesperrt; nicht wenige sind an den Folgen gestorben. Niemand wurde dafür belangt; es war ein rechtsfreier Raum. Und anschließend hat man das Ganze als ›Irrtum‹ abgetan.«

»Aber warum Kulturrevolution? Mit Kultur hatte das ja offenbar wenig zu tun«, warf Mulan ein.

»Allerdings. Die bürgerliche Kultur war das Feindbild. Viele Kunstwerke und Kulturgüter wurden zerstört, weil sie als konterrevolutionär galten. Die Parole der Rotgardisten lautete: ›Zerstört erst einmal alles, der Aufbau kommt dann von allein.‹ Dabei sind nicht nur materielle Güter zu Bruch gegangen, auch das Vertrauen der Leute untereinander.« Biaoge hatte sich richtig in Rage geredet.

»Dann war das wohl eher eine ›Unkulturrevolution‹«, fasste Mulan seine Erläuterungen zusammen. »Woher weißt du das alles?«

»In der Schule wird über diese Zeit nicht gesprochen, aber auf Weibo erfährt man einiges.«

»Winzig« und »weit verbreitet«? – Ach ja, der Minibloggingdienst, den Biaoge neulich erwähnt hatte.

»Ich dachte, bei euch wird das Internet zensiert.«

»Schon, aber man darf sich eben nicht dumm anstellen.« Biaoge grinste. »Wenn du Begriffe wie ›Tibet‹ oder ›Kulturrevolution‹ eingibst, kommst du nicht weit, das ist klar. Aber auf Umwegen findet man interessante Miniblogs zu diesen Themen.«

Aha, dann lernte ihr Cousin also doch nicht bloß für die Schule, wenn er vor seinem Computer saß, sondern war »auf Umwegen« im Internet unterwegs.

»Wir sind die Moskitos, die sich auf den Rücken des Elefanten niederlassen«, fügte er mit einem gewissen Trotz hinzu. »Allerdings wird es in letzter Zeit immer schwerer, die Zensur zu umgehen. Seit die Gesetzgebung verschärft wurde, ist es stiller geworden im Internet. Immer häufiger erscheint jetzt das Symbol des Polizeimännchens auf dem Bildschirm, das anzeigt, dass man gegen die Zensurgesetze verstößt.«

Das klang nicht gerade optimistisch.

Als sie wieder aus Mulans Zimmer kamen, schwenkte Waipo bereits die Backschaufel im Wok. Die beiden deckten den Tisch, für jeden eine Schale und ein Paar Stäbchen. Inzwischen waren auch Tante und Onkel von der Arbeit nach Hause gekommen.

Alle langten kräftig zu. Waipo hatte in kürzester Zeit drei Gerichte gezaubert: Tomaten mit Rührei, Schweinefleischstreifen mit Erbsenschoten und Tofu mit Paprika, dazu eine Eierflaumsuppe, die das Mahl abschloss. Während des Essens erzählte jeder von seinem Tag.

»Stellt euch vor, an unserer Schule sind neue Sicherheitsbestimmungen in Kraft getreten«, erzählt die Tante. »Jedes Kind muss nach Schulschluss einem autorisierten Erwachsenen übergeben werden, einem Elternteil, der Ayi oder dem Chauffeur. Und das alles aus Angst vor Kidnapping. Jetzt wird es mittags noch mehr Stau vor unserer Schule geben.« Sie schüttelte resigniert den Kopf. »Man kann sich einfach nicht mehr sicher fühlen in dieser Stadt.«

»Das kommt daher, dass es an deiner Schule so viele reiche Kaderkids gibt«, mischte Biaoge sich ein.

Mulan hatte der Unterhaltung stumm gelauscht. Wie gut, dass sie zu Hause jeden Tag bequem mit dem Rad in die Schule fahren konnte. Sie hatte das noch nie als Privileg, sondern immer als Selbstverständlichkeit gesehen. Sie bedauerte die Kinder, die nicht mal allein zur Schule gehen durften und ständig ihre Eltern oder andere Aufpasser an den Hacken hatten. Der Schulweg, auf dem man mit den anderen noch jede Menge Quatsch machen konnte, war ja oft das beste am Schulbesuch.

Dann wandte sich die allgemeine Aufmerksamkeit Mulan zu. Natürlich wollten alle wissen, wie ihr erster Tag in der Sprachschule verlaufen war.

»Alles in Ordnung«, lautete der knappe Kommentar, mit dem sie die Wissbegier der Verwandtschaft in die Schranken wies. Heute hatte sie keine Lust, das Frage-und-Antwort-Spiel mitzuspielen.

Nach dem Essen spülte Mulan ab – ihr vergleichsweise bescheidener Beitrag zur Hausarbeit, es gab ja nur fünf Schalen, die Stäbchen, ein paar Vorlegeteller und den Topf des Reiskochers abzuwaschen, auch das ein Vorzug der chinesischen Küche. Den Wok wischte Waipo immer gleich nach dem Kochen aus und hängte ihn dann an einen Haken über dem Herd.

Ihr Cousin hatte sich mit seinem Laptop ins Schlafzimmer verzogen, Tante und Onkel saßen in der Diele vor dem Fernseher, und Oma las am Tisch die Zeitung.

Jetzt war die richtige Zeit für eine Skype-Session. Zu Hause war Mittag, die Mutter war daheim, der Vater im Büro. Mulan bedauerte sehr, dass sie ihren Vater nur am Wochenende vor die Kamera bekam. Seitdem dieser seltsame Brief eingetroffen war, fühlte sich Mulan in Gesprächen mit der Mutter befangen. Einer unausgesprochenen Abmachung folgend, blieben ihre Gespräche auf Alltägliches beschränkt:

»Hallo, Mama«

»Ja, heute war der erste Schultag.«

»Alles okay. Die Lehrerin ist in Ordnung, meine Mitschüler auch. Nur fünf insgesamt.«

»Ja, es ist immer noch so schrecklich heiß.«

»Nein. Meine Erkältung ist längst wieder gut, mach dir keine Sorgen.«

»Denen geht's gut.«

»Natürlich helfe ich bei der Hausarbeit.«

»Und bei dir?«

»Ja, mache ich. Bis bald.«

»Bussi, Bussi!«

9

Inzwischen hatte es sich eingespielt, dass Mulan und Junice, manchmal begleitet von Miles und Eric, nach dem Unterricht zu Mittag aßen. Herr Maier, den sie liebevoll zum »Klassenopa« ernannt und mit dem Ehrentitel »Lao Mai« bedacht hatten, ging nach Hause zu seiner Frau.

An preiswerten Angeboten herrschte in dieser Gegend kein Mangel, und die Zwillinge erwiesen sich als echte Spürnasen, wenn es um das Auskundschaften neuer Lokale und ums Bestellen ging. Sie wussten, was sich hinter den blumigen Namen der Gerichte verbarg, schließlich waren sie im elterlichen Chinarestaurant aufgewachsen. Wenn Mulan und Junice allein unterwegs waren, gingen sie entweder in Mulans Teigtaschenlokal, wo man sie mittlerweile schon kannte, oder in einen Food Court namens »Megabite«, den Junice im Untergeschoss eines Kaufhauses an der Huaihai Lu entdeckt hatten. Dort war das Bestellen und Bezahlen besonders einfach. Jeder Stand stellte die angebotenen Gerichte als Nachbildungen aus Plastik aus, auf die brauchte man nur zu deuten, der Betrag wurde dann von einer Chipkarte abgebucht, die sich am Eingang aufladen ließ.

Heute waren die beiden wieder mal allein unterwegs. Wegen der Hitze hatten sie sich für kalte Nudeln mit Sesamsoße entschieden. Im Nudelschlürfen, dieser chinesischsten aller chinesischen Tischunsitten, hatten sie es inzwischen zu einer gewissen Virtuosität gebracht. »Like the natives«, stellte Junice befriedigt fest.

»Puh, ist das heiß«, stöhnte Mulan, als sie aus dem klimatisierten Lokal ins Freie traten.

»Kann man wohl sagen«, bestätigte Junice. »Ich hab noch keine Lust, nach Hause zu gehen. Sollen wir uns eine Fußmassage gönnen?« Zielstrebig wechselten sie auf die andere Straßenseite und blieben vor einer Ladentür stehen.

»Ich dachte, diese Massagesalons sind getarnte Bordelle«, sagte Mulan. Die Tante hatte sie vor den Salons mit den blau-weiß-roten rotierenden Leuchtsäulen gewarnt.

»Manche schon, aber ich weiß, wo man hingehen muss, keine Sorge. Es gibt auch seriöse Spas, Ketten mit vielen Filialen in der ganzen Stadt wie diese hier. So eine Massage kann höllisch wehtun, aber anschließend gehst du wie auf Wolken, das garantiere ich dir.«

Mulan überlegte kurz, ob sie ihr scharf kalkuliertes Taschengeld für ein so zweifelhaftes Vergnügen opfern sollte, wollte ihrer erfahrenen Freundin aber nicht nachstehen und trat hinter ihr durch die Tür, die sich mit einem harmonischen Dreiklang öffnete.

»Zweimal Fußmassage«, bestellte Junice bei der lächelnden Rezeptionistin, die kaum älter war als sie selbst.

Da beide kurze Denim-Shorts trugen, mussten sie sich nicht umziehen, sondern sanken gleich in zwei tiefe Sessel, während ihnen die Masseurin ein mit Blütenblättern aromatisiertes warmes Fußbad einlaufen ließ. Dazu gab es den üblichen Waschlappen für Gesicht und Hände, den Mulan schon aus dem Flugzeug kannte, nur mit dem Unterschied, dass er diesmal eisgekühlt war. Mulan stöhnte vor Wonne. Als sie wieder hinter dem Tuch auftauchte, fragte Junice: »Sag mal, wer gefällt dir besser – Eric oder Miles?«

Darüber hatte Mulan noch nicht nachgedacht. Die Zwillinge waren ihr immer als ein Modell in zweifacher Ausführung erschienen. Doch trotz der äußerlichen Ähnlichkeit gab es Unterschiede. Eric, der immer betonte, der »Ältere« zu sein, war ruhig und zurückhaltend. Wenn er dann aber den Mund aufmachte, dann saß die Pointe. Miles hingegen war der Klassenclown, ein quirliger Junge, der alle mit seinem Imitationstalent amüsierte. Wenn er zum Beispiel die überdeutliche, lehrerhafte Aussprache von Wang *lǎoshī* nachmachte, krümmte sich die Gruppe vor Lachen, selbst Herr Maier musste schmunzeln. Miles konnte aber auch die steife, wichtigtuerische Art imitieren, mit der hohe Kader in den Fernsehnachrichten regelmäßig ihr Publikum langweilten: » Genossinnen und Genossen, wir eröffnen heute das siebte Plenum des dritten Zentralkomitees des Klassenverbands der Kommunistischen Sprachschule Shanghai. Auf der heutigen Tagesordnung steht ...« Seine Ansprache ging im Gelächter der anderen unter.

Trotz ihres chinesischen Aussehens waren die Zwillinge von der Körpersprache her eindeutig Engländer: schlaksig, linkisch, liebenswert. Mulan hatte inzwischen einen Blick dafür entwickelt, wie die jeweilige Kultur einen Menschen bis in die unbewussten Bewegungen hinein prägte. Auch der Körper konnte eine Fremdsprache sprechen. Zum Beispiel nahm Mulan an sich selbst wahr, dass sie beim Reden viel zu viel gestikulierte. Ihre Verwandten schauten dann immer leicht irritiert auf ihre fuchtelnden Hände.

»Wenn ich wählen müsste, würde ich Eric nehmen«, gestand Mulan kichernd. Inzwischen hatten die Masseurinnen ihre Arbeit aufgenommen. Das zwackte ganz schön, aber Mulan biss die Zähne zusammen. Mit der Freundin ein Gespräch von Frau zu Frau führen, während ihre Waden gewalkt wurden, kam ihr ungemein erwachsen vor.

»Sehr gut«, entgegnete Junice sichtlich zufrieden. Natürlich würde sie sich für den Klassenkasper entscheiden. »Dann kommen wir uns nicht ins Gehege.«

In der Sprachschule waren sie inzwischen ein eingeschworenes Team. Die Rollen waren klar verteilt: Miles und Junice sorgten für Spaß, Eric und Mulan gaben zuverlässig Antwort auf die Fragen von Lehrerin Wang, und Klassenopa Maier tat sich zwar schwer mit dem Stoff, verfügte aber über die nötige Autorität, um die anderen zur Ordnung zu rufen, wenn sie mal wieder über die Stränge schlugen. »Hört mal her, Kinder«, begann er dann regelmäßig. »Eure Eltern bezahlen nicht jede Menge Geld, damit ihr hier Faxen macht.«

Mulan hatte zum Klassenopa ein besonderes Verhältnis. Es war einfach zu verlockend, sich manchmal in die Vertrautheit der gewohnten Sprache fallen zu lassen. Mit Rücksicht auf die Klassenkameraden sprachen sie sonst Chinesisch, aber in der Pause sonderten sich die beiden manchmal ab und gönnten sich ein Schwätzchen auf Deutsch.

»Na, Mulan, wie läuft's mit der chinesischen Familie?«, fragte er dann. Er wusste, wovon er sprach, hatte er doch selber die weitläufige Verwandtschaft seiner Frau mitgeheiratet.

Mulan fühlte sich wohl in der kleinen Gruppe. Ihre Sprachschulkameraden waren inzwischen fast so etwas wie eine zweite Familie geworden, eine chinesische Familie mit kleinen Webfehlern.

»Autsch!« Die Masseurin hatte sich zu Mulans linker Fußsohle vorgearbeitet. Ihre geübten Finger verharrten auf einem besonders schmerzhaften Punkt. Mulan hatte den Eindruck, als würde sie mit einem spitzen Gegenstand gestochen.

»Tut das weh?«, fragte die junge Frau und langte gleich noch einmal so kräftig zu, dass Mulan wie zur Bestätigung zusammenzuckte. »Das ist ein Punkt auf dem Nierenmeridian. Wahrscheinlich trinkst du zu wenig.«

Pflichtschuldig griff Mulan nach dem Becher mit leichtem Kräutertee, der auf dem Beistelltischchen neben ihr bereitstand. Über ihr an der Wand hing ein Poster mit zwei Fußsohlen, auf denen sich bunte Punkte drängten, die den einzelnen Organen zugeordnet waren. Sie war immer wieder von Neuem beeindruckt, wie es die Chinesen verstanden, das Angenehme mit dem Nützlichen zu verbinden. Egal, ob durch Essen oder Massage, in der traditionellen chinesischen Medizin gab es vielfältige Möglichkeiten, dem Körper Gutes zu tun, bevor er krank wurde.

Mulan biss die Zähne zusammen. Ihre Fußsohle war ein Minenfeld, auf dem immer wieder Schmerzgranaten explodierten.

Endlich war die Tortur vorbei, ihre Füße wurden mit

einem flauschigen Handtuch trocken gerubbelt, die Fußsohlen prickelten vor Leben.

»Fertig.«

Mulan stemmte sich aus dem Sessel, in dem sie fast eine Stunde gelegen hatte. Schon bei den ersten Schritten spürte sie, dass jegliche Schwere aus ihren Beine gewichen war. Junice hatte nicht zu viel versprochen. Der Schmerz war vergessen, Mulan schien zu schweben.

»He, das fühlt sich ja super an.«

»Sag ich doch«, erwiderte Junice.

Als sich ihre Wege trennten und Mulan zur U-Bahn ging, dachte sie fast mit ein wenig schlechtem Gewissen an die Freundinnen zu Hause. Die quälten sich durch den Schulalltag, während Mulan hier in Shanghai jeden Tag etwas Neues erlebte. Ob die Daheimgebliebenen sie schon vergessen hatten?

Zugegeben, Mulan meldete sich nicht oft. Was hier abging, ließ sich schlecht in Mails packen. Eher noch in Fotos. Natürlich hatte sie schon das obligatorische Selfie vor der Hochhauskulisse am Bund nach Hause geschickt, um Julia, Ayşe und Caro so richtig neidisch zu machen. Doch das war nur Fassade, das eigentlich Spannende lief dahinter ab.

Während sie an die Clique zu Hause dachte, fiel ihr Blick auf eine Hofeinfahrt zwischen zwei Häusern, wo ein junger Chinese auf dem Boden und an den Gittertoren Waren ganz besonderer Art feilbot. Mao-Memorabilien in allen Variationen: Wecker, Tassen, Buttons und Amulette fürs Auto, wie sie in vielen Taxis am Rückspiegel hingen. Mulan fühlte sich an Waipos Revolutionsmuseum erinnert. War das hier ernst gemeint, oder war das Pop?

Dann entdeckte sie weiter hinten, fast schon versteckt, etwas, das ihr ein breites Grinsen aufs Gesicht zauberte. Der Verkäufer, der jede ihrer Reaktionen genauestens beobachtet hatte, erwiderte das Lächeln. Clevere Grafiker hatten in der Holzschnitttechnik der Propagandaposter einen streng dreinschauenden Katzenkopf abgebildet, der genau die gleiche Kappe mit rotem Stern trug, wie sie bei Oma an der Wand hing. Darunter stand »Chairman Meow«. Dieses Motiv gab es auf T-Shirts, Mugs und Buttons. Das war's: das ultimative Mitbringsel! Sie würde T-Shirts im Partnerlook für die Mädels kaufen und für ihren Freund Matti einen Becher für den Frühstückskaffee. Schweren Herzens öffnete sie ihre ohnehin schon gebeutelte Geldbörse und schaffte es sogar, für die drei gleichen T-Shirts einen Mengenrabatt herauszuhandeln. Das Prinzip, das sie von Waipo gelernt hatte, lautete: *mǎi liǎngge, sòng yīge* – kauf zwei und bekomm eins geschenkt. Ihre Großmutter wäre stolz auf sie. Doch als alles in eine gestreifte Plastiktüte verpackt war, überlegte Mulan, dass sie Waipo lieber nichts von diesem Einkauf erzählte. Womöglich würde die sich veräppelt fühlen. Ihr schien es ernst zu sein mit der Mao-Verehrung.

Beim Abendessen reichte ihr die Tante mit vielsagendem Blick ein Kuvert. »Post für dich, Mulan.« Sie konnte ihre Neugier kaum bezähmen.

Nicht schon wieder so ein blauer Brief, stöhnte Mulan innerlich. Sollte das jetzt zur ständigen Einrichtung werden? Doch sie bedankte sich artig und ließ den Umschlag neben ihrer Essschale liegen.

Nach dem Essen verschwand Mulan in ihrem Zimmer.

Damit niemand sie störte, stülpte sie sich die Kopfhörer über und suchte sich auf dem iPod die passende Musik. Dann erst riss sie den Umschlag auf.

München, den 9. September

Meine liebe Mulan,

da ist sie wieder, Deine geschwätzige Mama. Eigentlich wollte ich mich nicht gleich wieder bei Dir melden, aber Deine Reise in meine Vergangenheit beschäftigt mich mehr, als ich gedacht hätte. Wenn ich mir vorstelle, wie Du jetzt in der Stadt meiner Kindheit und Jugend unterwegs bist, beschleicht mich fast so etwas wie Heimweh, dabei hatte ich gedacht, dass mich eigentlich nichts mehr dorthin zieht. Es ist, als hätte sich eine Schleuse geöffnet.

Vermutlich würde ich Shanghai gar nicht mehr wiedererkennen, die Stadt, in der Du Dich jetzt aufhältst, hat kaum noch etwas mit der grauen Stadt der 80er-Jahre zu tun, die ich in Erinnerung habe. Stell Dir ein Shanghai ohne Wolkenkratzer vor, die historischen Gebäude nicht hübsch restauriert, sondern baufällig, die Wohnblocks trist und grau, keine U-Bahn und kaum Autoverkehr, dafür Tausende von Radfahrern.

Sicher hast Du Dich gefragt, warum wir nicht längst mal zusammen nach Shanghai gefahren sind. Dafür gibt es zweierlei Gründe: Ich habe ein schwieriges Verhältnis zu meiner Mutter und ich habe ein schwieriges Verhältnis zu meinem Land. (Mütter können ganz schön nerven ☺) Du wirst ja inzwischen gemerkt haben, was für eine starke Persönlichkeit Deine Großmutter ist. Unter Mao hieß es: »Die Frauen tragen die

Hälfte des Himmels.« Sie hatte den Ehrgeiz, ihn ganz allein zu stemmen.

Meinen Vater, Deinen Opa, hat sie bei der Landverschickung in Dongbei kennengelernt – und wurde schwanger. Als Barfußärztin hätte sie es eigentlich besser wissen müssen, aber es ist eben passiert. Der Kindsvater war der Sohn des Dorfkaders. Er und seine Familie haben versucht, die Sache zu vertuschen und meine Mutter zu einer Abtreibung zu bewegen. Damals gab es noch keine Ein-Kind-Politik, trotzdem war es politisch höchst unkorrekt, eine Jugendliche aus der Stadt zu schwängern. Aber Sturheit hat ja manchmal auch ihr Gutes. Oma hat ihrem Drängen widerstanden. Sie ist illegal nach Shanghai zurück – man durfte damals nicht einfach so nach Hause fahren – und hat mich zur Welt gebracht, dann ist sie auf den ihr zugewiesenen Posten aufs Land zurückgekehrt. Mich hat sie in Shanghai gelassen, und ich bin praktisch bei meinen Großeltern aufgewachsen – herzensgute Menschen, die Du leider nicht mehr treffen kannst, weil beide früh gestorben sind. Meinen Vater habe ich nie kennengelernt.

Als die Landverschickten – inzwischen waren sie keine Jugendlichen mehr – Anfang der Achtziger endlich zurückkehren durften, hat Deine Oma meinen Stiefvater geheiratet und mit ihm die Familie gegründet, in der mein Stiefbruder, Dein Onkel, aufgewachsen ist. Ich blieb bei den Großeltern. Die eigene Mutter war mir fremd, und mein Stiefvater hatte keine Lust, ein Mädchen mit durchzufüttern, noch dazu eines, das nicht von ihm war. In China sagt man: »Töchter sind wie verschüttetes Wasser«, weil sie später in die Familie des Mannes einheiraten und die Schwiegermutter versorgen. Man muss sie großziehen, hat aber im Alter keinerlei Nutzen von ihnen, im Gegenteil, man muss auch noch für ihre Aussteuer aufkommen.

Aber diese Ehe hat nicht lange gehalten. Den beiden blieb nicht viel Zeit. Mein Stiefvater ist gestorben, als Didi fünf war. Zu ihm, meinem kleinen Bruder, hatte ich immer ein sehr herzliches Verhältnis. Er ist es auch, mit dem ich Kontakt gehalten habe, seit ich in Deutschland lebe.
Warum ich Dir das alles nicht schon längst erzählt habe? Du hast nicht gefragt, und ich habe wohl gemeint, Du seist noch nicht erwachsen genug für so viel Familiendrama. Aber jetzt, wo Du die Hauptakteure persönlich kennenlernst, wird es höchste Zeit, dass Du ein bisschen mehr erfährst über Deine chinesische Familie.
Du wirst merken, dass sie – durch Veranlagung oder durch die Umstände bedingt – starke Frauen hervorgebracht hat. Und mit dem mutigen Entschluss, allein nach Shanghai zu fahren, ist meine Mulan im Begriff, sich in diese Tradition einzureihen.
Mach's gut, mein tapferer kleiner Drache. Demnächst mehr von

Deiner Mama

Mulan war völlig verblüfft. Sie hatte weitere Vorhaltungen von der Mutter erwartet. Stattdessen schrieb hier jemand auf Augenhöhe und vertraute ihr Dinge an, über die zu Hause nicht gesprochen worden war. Vielleicht auch, da hatte die Mutter recht, weil Mulan tatsächlich nie danach gefragt hatte. Das mit diesen altmodischen Briefen war eigentlich gar keine schlechte Idee. Sie verpflichteten Mulan nicht zu einer unmittelbaren Erwiderung; man konnte ihren Inhalt erst mal sacken lassen.

Sie streifte die Kopfhörer ab; sie hatte die Musik während des Lesens völlig ausgeblendet, erst jetzt trat sie wieder in ihr Bewusstsein und war plötzlich lästig. Sie brauchte Ruhe zum Nachdenken. Mulan stützte die Ellbogen auf den Tisch, legte das Kinn in die Hände und versuchte sich vorzustellen, wie es war, nicht als der von den Eltern geliebte Mittelpunkt einer Kleinfamilie aufzuwachsen, sondern zu den Großeltern abgeschoben zu werden und den eigenen Vater nicht zu kennen. Was würde sie ohne ihren Papa machen? Andererseits war es der Hartnäckigkeit ihrer Großmutter zu verdanken, dass die Mutter überhaupt auf der Welt war – und damit auch sie selbst.

O ja, Waipo war eine starke Persönlichkeit. Und bei ihrem Landeinsatz hatte sie wohl auch nicht ausschließlich »dem Volke gedient«. Mulan sah ihre Großmutter und deren »Revolutionsmuseum« plötzlich in einem anderen Licht. Das war bestimmt keine einfache Mutter-Tochter-Beziehung gewesen. Hatte der angedeutete Konflikt vielleicht auch etwas mit Politik zu tun? Mit dem, was Biaoge ihr über die Kulturrevolution erzählt hatte? Mit Waipos kritikloser Verehrung für Mao? Warum war Mama überhaupt nach Deutschland gegangen? Und warum war sie nie, auch nicht für einen Besuch, hierher zurückgekehrt? Die Fragen häuften sich. Mulan hatte das alles bisher als gegeben hingenommen, sich niemals Gedanken über den chinesischen Teil ihrer Familie gemacht. Doch je besser Mulan sie kennenlernte, desto mehr Rätsel gab sie ihr auf, Fragen, die nur die Mutter ihr beantworten konnte. Der anfängliche Widerwille gegen die mütterlichen Herzensergießungen war echtem Interesse gewichen. Jetzt sah sie dem nächsten blauen Brief fast schon mit Neugier entgegen.

10

»Mulan, hast du Lust auf einen Kaffee?«, lud Herr Maier sie an einem der nächsten Schultage nach dem Unterricht ein. »Wo wir uns jeden Tag gemeinsam abplagen, könnten wir uns doch auch mal was gönnen, findest du nicht?«

»Ja, gern.« Schließlich war er der Einzige in Shanghai, mit dem Mulan ihre Vatersprache sprechen konnte. Und sie hatte so viele Fragen an ihn. Vielleicht war das die Gelegenheit, sie ihm zu stellen.

Mulan hegte schon seit der ersten Stunde ein heimliches Interesse für ihren bejahrten Mitschüler. Sie bewunderte ihn dafür, dass er in der Heimat seiner Frau lebte und deren Sprache sprach. Auch Opa Maier hatte eine chinesische Frau, auch seine Liebe hatte kulturelle Grenzen überwunden, so wie die Liebe ihrer Eltern.

»Ich heiße übrigens Kurt«, sagte er, sobald sie sich gesetzt und bestellt hatten. »Natürlich weiß ich, dass man sich in China mit den Verwandtschaftsbezeichnungen anredet und damit mehr Nähe ausdrückt als mit dem Vornamen. Und ich bin ja auch stolz, dass ihr mir den Ehrentitel ›Klassenopa‹ gegeben habt, aber wenn wir unter uns sind« – hier sah er Mulan verschwörerisch an« –, »können wir und ja auch auf die deutsche Art anreden.«

Mulan nickte. Das war eine gute Einleitung für das, was sie ihn schon immer fragen wollte.

»Habt ihr eigentlich Kinder?«, platzte Mulan heraus. Dann lachte sie verlegen. »Entschuldige, jetzt frag ich schon wie ein neugieriger Chinese.« Es interessierte sie einfach brennend, wie es einem »Halbdrachen« erging, der im Land seines chinesischen Elternteils aufwuchs, und ob er auch Schwierigkeiten mit seiner deutschen Hälfte hatte.

»Aber nein, das ist schon in Ordnung. Neugier hat ja auch etwas Schmeichelhaftes, besonders für einen alten Mann wie mich. Außerdem ist sie in unserem Fall wechselseitig. Und um deine Frage zu beantworten: Nein, wir haben keine Kinder. Wir haben uns erst relativ spät im Leben kennengelernt. Da war meine Frau schon eine angesehene Wissenschaftlerin und ich ein gesetzter Herr. Aber wenn wir Kinder gehabt hätten, dann wäre uns so eine Mulan wie du herzlich willkommen gewesen. Ich freue mich jedes Mal, wenn ich sehe, wie gut du dich in beiden Kulturen zurechtfindest.«

Wenn der wüsste, dachte Mulan. Dabei war es doch so angenehm, endlich einmal zu reden, wie einem der Schnabel gewachsen war, nicht jeden Satz bewusst konstruieren, nicht jede Vokabel auf die Goldwaage legen müssen. Die Vertrautheit der eigenen Sprache verlockte zu Geständnissen. Und plötzlich merkte Mulan, dass sie mitten in ihrer Geschichte war. Sie erzählte Kurt, wie es zu ihrem Shanghai-Aufenthalt gekommen war: vom Ärger mit der Mutter, von der unerträglichen Situation zu Hause, von der überstürzten Abreise und der Fremdheit bei der

Ankunft. Sie erwähnte aber auch die Briefe, die ihr die Mutter geschrieben hatte, eine Fortsetzungsgeschichte, die noch nicht zu Ende war.

»Ich kann deiner Mutter das gut nachfühlen«, sagte Kurt, nachdem er ihr lange schweigend zugehört hatte. »Ich weiß, wie es ist, wenn man der sprachlich ›Unterlegene‹ ist. Da wünscht man sich einen Verbündeten, idealerweise die eigene Tochter, und wenn die einen plötzlich im Stich lässt, weil sie ihren eigenen Kopf hat, dann ist man natürlich enttäuscht.«

»Schon klar«, murmelte Mulan. »Ich hätte mit ihr drüber reden sollen, egal, in welcher Sprache. Und der Auftritt in der Chinesischen Schule, der war wirklich ziemlich gemein.«

»Ich finde, dass deine Eltern sehr gut mit der Situation umgegangen sind. Dein Vater hat erkannt, dass ihr beiden ein bisschen Abstand voneinander braucht. Und deine Mutter hat mit ihren Briefen einen Weg gefunden, dass du ihr endlich zuhörst.«

»Hier ist das ja auch was ganz anderes. Inzwischen kenne ich die Leute, von denen sie erzählt, und es erscheint mir zum ersten Mal sinnvoll, diese Sprache zu benutzen. Aber es kann einem echt auf die Nerven gehen, wenn man ständig etwas eingeredet kriegt, das man nur aus zweiter Hand kennt.« Reste von Widerspruchsgeist waren bei Mulan durchaus noch vorhanden.

»Genau. Wie sagen doch die Chinesen so treffend: ›Einmal sehen ist besser als hundertmal hören.‹ Aber Volksmund beiseite: Hast du dir mal überlegt, dass vielleicht auch deine Mutter Probleme mit ihrem Land und ihrer Mutter hat?«, fragte Kurt.

»Genau das hat sie mir neulich geschrieben. Und ich weiß inzwischen auch, dass meine Oma, wenn sie's drauf anlegt, ein ganz schön harter Brocken sein kann.«

»Da haben wir's.«

»Aber hätte sie nicht längst mal mit meinem Vater und mir herkommen sollen? Am Geld kann's nicht gelegen haben.«

»Du weißt nicht, welche Enttäuschungen und Verletzungen sich die beiden zugefügt haben. Du hast ja selbst gesehen, wie rasch etwas gesagt ist, das man anschließend lange bereut.«

»Hmm.« Das musste Mulan kleinlaut zugestehen.

»Ich kann dir nur raten, weiter gut hinzuhören und die Augen offen zu halten, Mulan. Ich glaube, du bist auf dem richtigen Weg.«

»Und danke auch, dass du mir zugehört hast. Es hat echt gut getan, endlich mal Klartext zu reden. Auf Deutsch.«

»Ganz meinerseits.«

Unbemerkt war der Nachmittag vergangen, und Mulan musste zusehen, dass sie rechtzeitig zum Abendessen nach Hause kam.

11

Eine Woche später war er da, der nächste Brief. Er lag auf dem Küchentisch, als Mulan von der Schule kam. Niemand war zu Hause, und Mulan riss ihn gleich auf. Das nächste Kapitel von Mamas Fortsetzungsgeschichte. Sie fragte sich, ob sie die Person, die ihr diese Briefe schrieb, wirklich kannte, und musste sich eingestehen, dass sie kaum gefragt und eigentlich nie richtig zugehört hatte. Vielleicht lag es daran, dass Mamas Vergangenheit in einem fremden Land lag, einem Land, das Mulan erst jetzt für sich entdeckte.

Also gut, Mama, ich höre dir zu.

München, den 15. September

Meine liebe Mulan,

im letzten Brief habe ich Dir von Deiner Waipo erzählt, diesmal bin ich an der Reihe. Da ist vieles, was Du nicht weißt über Deine Mutter. Es ist einfach nie zur Sprache gekommen zwischen uns. Jetzt kann ich es Dir in aller Ruhe erzählen.
So wie Dein Biaoge jetzt, musste auch ich mich damals auf die

gāokǎo vorbereiten. An dieser Tortur, dem Nadelöhr, durch das jeder muss, der an die Uni will, hat sich seither offenbar nicht viel geändert. Tagelang Dauerstress, wo man auswendig gelerntes Lehrbuchwissen auf Kommando wieder ausspucken muss. Und allein davon hängt die weitere Zukunft ab. Damals hatte man, was das Studienfach angeht, weniger Wahlfreiheit als heute. Ich wollte gern Englisch studieren, aber man hat mir einen Studienplatz in Germanistik zugewiesen, ein Fach, das längst nicht so populär war.

Trotzdem habe ich, als ich an die Tongji-Universität kam, Feuer gefangen, wie man im Deutschen sagt. Ich hatte gute Lehrer, und die systematische Grammatik dieser Sprache kam mir entgegen. Fälle und Endungen, starke und schwache Verben und die Tücken von der/die/das – all das gibt es im Chinesischen ja nicht und macht vielen Lernern Schwierigkeiten, mir aber fiel es leicht, nach festen Regeln zu lernen. Ich war dann auch bald so gut, dass ich schon im zweiten Studienjahr ein sechsmonatiges Auslandsstipendium für das Goethe-Institut in Prien am Chiemsee bekam.

Ich war selig und packte begeistert meinen Koffer. Nur der Abschied von den Großeltern fiel mir schwer. Vielleicht habe ich geahnt, dass ich sie nicht mehr wiedersehen würde. Sie sind Anfang der Neunzigerjahre kurz nacheinander gestorben.

In Prien glaubte ich, im Paradies zu sein. Du kannst Dir nicht vorstellen, wie es war, aus dem grauen Shanghai in diese herrliche Landschaft zu kommen! So viel Natur war ich nicht gewöhnt. Alles dort war für mich mindestens so fremd und exotisch wie China für Dich: das Essen, die internationale Gemeinschaft in der schönen alten Villa auf dem Hügel, der Kontakt zu den Leuten im Dorf, wo man beim Einkaufen sein Deutsch erproben konnte, das freie Schwimmen im See.

Und dann wurde mein wunderbarer Sommer jäh unterbrochen, mein Blick wieder auf die Heimat gelenkt. Es war das Jahr 1989. In Peking hatten sich Studenten zu Demonstrationen auf dem Platz des Himmlischen Friedens versammelt. Die Perestroika in der Sowjetunion hatte ihnen Hoffnung gemacht, dass auch in Chinas kommunistischem System eine Demokratisierung möglich wäre. Gorbatschow, der zu dieser Zeit gerade China besuchte, war der lebende Beweis dafür.

Über Wochen belagerten sie den Platz. Kunststudenten hatten aus Styropor eine überlebensgroße weibliche Figur geschnitzt, die Göttin der Demokratie, die Ende Mai aufgestellt wurde und die Proteste neu entfachte. Dort versammelten sich nicht nur Schüler und Studenten aus Peking, Tausende sind aus dem ganzen Land angereist. Als die Forderungen nach Verhandlungen nicht gehört wurden, traten einige von ihnen in den Hungerstreik.

Wäre ich damals in China gewesen, ich hätte bestimmt auch mitgemacht. Aber ich war in Prien, weit weg von zu Hause. Es gab noch andere chinesische Studenten im Goethe-Institut. Gemeinsam saßen wir vor dem Fernseher und fieberten mit den Demonstranten auf dem Platz, diskutierten, in welche Richtung eine Liberalisierung gehen könnte.

Du bist in einem demokratischen Land aufgewachsen, wo Mitbestimmung und Wahlen eine Selbstverständlichkeit sind, ich kam aus einem Land, wo die kommunistische Partei mit eiserner Hand regierte. Und zwar nicht immer, wie sie behauptete, zum Wohle des Volkes, sondern vor allem zu Nutzen und Vorteil der Parteikader. Die kommunistischen Parolen waren schal geworden, die Führer korrupt, und meine Generation stand dem Einparteiensystem durchaus kritisch gegen-

über; umso größer war unsere Hoffnung auf Erneuerung. Selbst in der Fremde waren wir elektrisiert von dem, was zu Hause geschah.
Ich hoffe, ich langweile Dich nicht mit meinen Geschichten aus der Geschichte, aber ich muss ein bisschen weiter ausholen, damit Du verstehst, warum alles so gekommen ist.
Für heute genug der Vergangenheit. Wenn du diesen Brief bekommst, ist bald Mondfest. Kaum ein Chinese, der da nicht an das bekannte Gedicht von Li Bai denkt:

Vor meinem Bett das Mondlicht ist so weiß,
Dass ich vermeinte, es sei Reif gefallen.
Das Haupt erhoben schau ich auf zum Monde,
Das Haupt geneigt denk ich des Heimatdorfs.

Shanghai ist nicht gerade ein Dorf, aber es ist meine Heimat. Sicher werdet ihr an diesem Abend gemeinsam etwas unternehmen und Mondkuchen essen. Ich wäre gern mit dabei ☺.

Es grüßt Dich herzlich
Deine Mama

Verwirrt blickte Mulan von den eng beschriebenen Seiten auf.

Mondfest? Das einzige chinesische Fest, das bei ihr zu Hause gefeiert wurde, war Neujahr, ein Feiertag irgendwann zwischen Ende Januar und Mitte Februar, an dem Mama immer besonders gut kochte. Das war's, ansonsten galten die deutschen Feiertage. Mulan war mit Ostereiern und Weihnachtsplätzchen groß geworden.

An Prien konnte sie sich erinnern. Als kleines Mädchen

hatte sie mit den Eltern einen Ausflug an den Chiemsee gemacht. Damals hatte ihre Mutter von einer Sprachschule geschwärmt, die es inzwischen nicht mehr gab. Mulan hatte nicht verstanden, wie man sich fürs Pauken einer Fremdsprache so begeistern konnte. Aber für die Mutter schien das ein wichtiger Ort gewesen zu sein, den sie ihrer Familie zeigen wollte.

Und dann war da dieser Platz in Peking – Tian'anmen, das Tor zum Himmlischen Frieden. Dort hatte Waipo unter den Augen des Großen Vorsitzenden das Rote Büchlein geschwenkt. Aber jetzt galt es erst einmal herauszufinden, was es mit dem Mondfest auf sich hatte.

In den folgenden Tagen tauchten in den Auslagen vieler Geschäfte glänzende runde Kuchen in aufwendiger Verpackung auf, hübsch verzierte rote Schachteln, in die die Kuchen passgenau eingelassen waren. 月饼 – immerhin konnte Mulan jetzt schon entziffern, dass es sich dabei um *yuè bǐng*, Mondkuchen, handelte. Aha, das war offenbar das Gebäck, das zum Mondfest gehörte, wie Vanillekipferl zu Weihnachten.

Wenn das ein so wichtiges Familienfest war, sollte sie vielleicht welche mitbringen?, überlegte Mulan und betrat den Laden. Ein herrliches Aroma nach frischem Backwerk schlug ihr entgegen.

»Ich möchte Mondkuchen kaufen«, erklärte sie der Verkäuferin.

»Dort drüben haben wir verschiedene neuartige Geschmacksrichtungen – Erdbeer, Schoko, Kokos. Und das hier sind die Klassiker.«

»Und was ist da drin?«, fragte Mulan und deutete auf

die »Klassiker«. Die Verkäuferin stutzte. Wie konnte jemand, der chinesisch aussah, eine derart dumme Frage stellen?

»Nüsse, Trockenfrüchte, Bohnenpaste und natürlich der Mond«, erwiderte sie mit verschmitztem Grinsen.

Mulan, die sich nicht noch weiter blamieren wollte, beließ es dabei und deutete auf einen der Geschenkkartons in der Abteilung Klassiker. »Ich nehme die da.«

Sie zahlte, und die Verkäuferin packte den Karton in eine passende rote Tragetasche aus Papier. Dieses Geschenk riss zwar ein weiteres Loch in ihre Reisekasse, aber es würde ihr »Gesicht geben«; Mulan hatte das Gefühl, dass ein Beitrag ihrerseits längst schon fällig war. Befriedigt machte sie sich auf den Heimweg.

Als sie in die Diele trat, saßen alle schon um den gedeckten Tisch und schauten sie fragend an. Mulan schwenkte demonstrativ die rote Tragetasche.

»Jetzt ist doch bald Mondfest. In den Läden gibt es überall diese Kuchen zu kaufen. Da dachte ich, ich bringe welche mit.«

Die Miene der Tante hellte sich auf. »Das wollten wir gerade mit dir besprechen, Mulan. Am Sonntagabend machen wir ein Picknick im Zhabei-Park.«

»Picknick im Dunkeln?«

Hier schaltete sich Biaoge ein, der nur zu gern in die Rolle des Welterklärers schlüpfte: »Na klar, um den Mond anzuschauen. Nach dem traditionellen Mondkalender ist am Sonntag Mittherbstfest, der 15. Tag des achten Mondmonats. Das ist der erste Vollmond im Herbst, angeblich der größte des Jahres. Er symbolisiert Vollkommenheit, deshalb versammelt sich die Familie möglichst vollzählig zu einem Picknick und betrachtet den Mond.«

»Und da wir ein neues Familienmitglied bei uns haben, wird es diesmal etwas ganz Besonderes«, ergänzte die Tante und strahlte Mulan an.

»Fehlt bloß noch deine Mutter«, bemerkte Waipo trocken.

Mulan sah ihre Großmutter forschend an. Hatte Mama in ihrem letzten Brief nicht geschrieben, dass sie jetzt gern hier wäre? Aber da war was zwischen den beiden. Sie hatten ganz offensichtlich ein Problem miteinander. Und hätte Waipo nicht eigentlich »deine Eltern« sagen sollen?

Biaoge, der spürte, wie sich die Stimmung am Tisch auflud, versuchte, die Spannung durch eine Frage zu zerstreuen: »Schon mal was vom Mondhasen gehört?«

»Nö, bei uns gibt's bloß den Mann im Mond.«

»Am Sonntag zeig ich ihn dir. Man kann ihn in den dunklen Flecken des Vollmonds deutlich erkennen. Er sammelt Heilkräuter, die er in einem Mörser zerstampft.«

Die Chinesen ließen wirklich keine Gelegenheit aus, Gesundheitsvorsorge zu betreiben. Sogar der Mondhase musste Heilkräuter sammeln. Aber Mulan interessierte etwas ganz anderes.

»Leider fällt das Mondfest dieses Jahr auf einen Sonntag, sonst hätten wir schulfrei«, erklärte Biaoge mit sichtlicher Enttäuschung. »Das ist bei uns nämlich ein gesetzlicher Feiertag.«

»Umso besser, dass es am Wochenende ist. Dann haben wir genug Zeit, ein Picknick vorzubereiten«, ergänzte die Tante.

Mulan konnte sich zwar nicht vorstellen, was es da viel

vorzubereiten gab, fragte aber höflicherweise: »Kann ich helfen?«

»Dein Beitrag sind die Mondkuchen«, entgegnete die Tante.

Am Sonntag war der Himmel strahlend blau, beste Voraussetzungen für eine wolkenfreie Mondsicht. Den ganzen Nachmittag über liefen die Vorbereitungen auf Hochtouren. Jiumu schnippelte und schnitzelte, Waipo machte Überstunden am Wok und koordinierte die Aktion wie ein General die Schlacht. Unwillkürlich musste Mulan an das letzte Familienpicknick zu Hause denken: Da wurden Brote geschmiert, Äpfel eingepackt, eine Thermoskanne Tee gekocht, und das war's dann; kein Vergleich zu dem Aufwand, der hier betrieben wurde. Mulan und Biaoge versuchten, möglichst unauffällig zu sein, und waren in ihre jeweiligen elektronischen Welten abgetaucht. Jiufu schlief vor dem Fernseher.

Um fünf Uhr brachen sie auf wie zu einer Expedition, bepackt mit Decken, Isomatten und Körben, in denen der Proviant verstaut war. Dabei ging es ja nur in den Park auf der anderen Seite der Hochstraße. Heute war das große Tor neben dem Drehkreuz geöffnet, und es kostete keinen Eintritt. Ungehindert strömten Massen von Besuchern in den Park.

Weil in diesen Breiten die Dunkelheit rasch und unvermittelt und auch im Sommer ziemlich früh hereinbrach, schafften sie es gerade noch, einen Platz auf der Wiese am Teich zu belegen, bevor es dunkel wurde. Und sie waren nicht die Einzigen, die auf diese Idee gekommen waren. Der Rasen war übersät von bunten Grüppchen, in denen fast immer drei Generationen vertreten waren. Kaum hatten sie alles ausgepackt und aufgebaut – für Waipo extra noch einen Schemel, auf dem sie besser saß als auf dem flachen Boden –, als sich eine riesige leuchtende Scheibe über die Baumwipfel schob.

In Mulans Leben hatte der Mond bislang keine besondere Rolle gespielt. Sie gehörte nicht zu den Menschen, die immer wussten, in welcher Phase er sich gerade befand, oder deren Schlaf vom Vollmond beeinträchtigt wurde. Jetzt wurde ihr ganz feierlich zumute. Über die lärmende Menschenmenge senkte sich ein kurzer Moment des Schweigens, gefolgt von einer Art kollektivem Atemholen.

Die Idee, den Vollmond zum Symbol für die Zusammenkunft der Familie zu machen, war ebenso einleuchtend wie genial. Zeitverschiebung hin oder her, überall auf der Welt zeigte sich das Gestirn in dieser Nacht in seiner perfekt gerundeten Form. Das Wissen, dass die Abwesenden den Mond, ganz gleich, wie weit entfernt, ebenfalls sehen konnten, machte ihn zur idealen Projektionsfläche für Sehnsucht und Heimweh. Wie hieß es in dem Gedicht, das Mama geschickt hatte?

> Das Haupt erhoben schau ich auf zum Monde,
> Das Haupt geneigt denk ich des Heimatdorfs.

Umgekehrt dachte jeder in Mulans kleiner Gruppe unwillkürlich an Hongmei, die abwesende Mutter, Tochter, Schwester, Schwägerin und Tante. Und bei Mulan kam noch die Sehnsucht nach ihrem geliebten Papa dazu.

Bevor die Stimmung zu melancholisch werden konnte,

verkündete Biaoge: »Essen wird kalt!«, obwohl es gar keine warmen Speisen gab. Kaum hatten alle die Stäbchen gezückt und zugegriffen, war der beklemmende Augenblick auch schon vorbei. Lachend machten sie sich über die Köstlichkeiten her, die in der Mitte aufgereiht standen.

Zum Nachtisch aßen sie Mulans Mondkuchen. Jiumu hatte sie halbiert, wobei in der Mitte ein ganzes Eigelb sichtbar wurde. Endlich begriff Mulan, was die Verkäuferin mit dem im Kuchen eingeschlossenen Mond gemeint hatte.

»Und wie kriegt man das da rein«, fragte sie verwundert.

»Geheimnis des Bäckers«, schmunzelte die Tante.

Lustvoll biss Mulan in das üppige, süße Gebäck, zu dem das salzige Eigelb einen interessanten Kontrast bildete. Mehr als die Hälfte dieses sättigenden Kuchens hätte sie sowieso nicht geschafft.

Die Zikaden liefen zu Hochform auf, ein ohrenbetäubendes, metallisches Kreischen wie von einer Kreissäge. Fledermäuse flatterten um die Laternen und schnappten sich die vom Licht angezogenen Insekten. Mulan, der diese geschickten Mückenjäger ein bisschen unheimlich waren, rückte näher an Waipo heran.

»Fledermäuse bringen Glück«, wurde sie belehrt.

»Echt?« Mulan klang wenig überzeugt. Wieso machte man ausgerechnet so ein gruseliges Tier zum Glückssymbol.

»Erstens weil sie nützlich sind, und zweitens, weil das Wort gleich ausgesprochen wird wie das Wort für Glück«, erklärte ihr die Großmutter.

Aha – das *fú* in *biānfú* – Fledermaus – war dieselbe Silbe wie *fú* – Glück, nur anders geschrieben. Seit Mulan sich auch mit den chinesischen Schriftzeichen beschäftigte, stieß sie immer wieder auf solche gleichlautenden Silben, eine unerschöpfliche Quelle für Wortspiele, die sich natürlich nur dem Schriftkundigen erschlossen. Jetzt wurde ihr auch klar, warum Fledermäuse auf Keksdosen abgebildet waren und auch sonst zur Dekoration dienten.

Lange saßen sie noch in der lauen Nacht beieinander, während der Mond am wolkenlosen Himmel immer höher stieg. Es war so hell, dass man hätte Zeitung lesen können, zumindest die Überschriften. Um sie herum tobten Kinder; niemand kam auf die Idee, sie ins Bett zu schicken. Erst als Waipo zu gähnen begann, gab der Onkel das Zeichen zum Aufbruch. Sie packten ein und schlenderten nach Hause. Auch in der Wohnanlage saßen noch viele draußen.

»Ah, da kommen die Lins«, hörte Mulan die Nachbarn sagen.

12

Die kommende Woche war kurz, sie bestand nur aus drei Arbeits- beziehungsweise Schultagen. Jetzt bekamen Mulan und Biaoge doch noch schulfrei. Am Donnerstag, dem 1. Oktober, würde wie jedes Jahr die Gründung der Volksrepublik China 1949 gefeiert werden. Es folgte die sogenannte Goldene Woche, drei freie Tage für das ganze Land.

Als sie am Montag beim Abendessen saßen, verkündete der Onkel: »Ich könnte für den 1. Oktober das *miànbāochē* der Firma mieten, mit Fahrer.«

Was ist denn bitte ein »Brotlaibauto«?, fragte sich Mulan und sah ihren Biaoge ratlos an.

»Er meint einen Kleinbus. Ein Auto, in das wir alle reinpassen. Familienausflug«, erklärte ihr Vetter. Besonders begeistert klang er nicht, doch der Onkel ließ sich von seiner Idee nicht abbringen.

»Mulan ist jetzt schon mehr als einen Monat bei uns und noch kein einziges Mal aus der Stadt rausgekommen. Für die offizielle Militärparade interessiert sich sowieso keiner«, sagte der Onkel, dann wandte er sich an sie: »Du musst doch auch etwas von der Umgebung kennenlernen, bevor du wieder heimfliegst.«

»Gute Idee. Wir haben schon lange keinen Ausflug mehr gemacht. Wie wär's mit einem der Wasserdörfer?«, nahm die Tante den Vorschlag auf.

»Zhujiajiao liegt am günstigsten. Nur knapp fünfzig Kilometer von hier. Das Venedig des Ostens«, erläuterte der Onkel wie ein Reiseführer. »Was meinst du dazu, Mama?«

»Auf dem Weg gibt es ein gutes Seafood-Restaurant.«

»Stimmt, da waren wir schon mal. Wann soll der Fahrer uns abholen?«

»Halb zehn, würde ich sagen. Schließlich ist Feiertag, und wir wollen ausschlafen«, schlug die Tante vor.

»Ich bestelle ein Separee in dem Lokal.«

Keiner fragte Biaoge, ob er Lust oder Zeit hatte; Familienausflug war Familienausflug und beschlossene Sache.

Als sie am Morgen des Nationalfeiertags aufbrachen, wurde bald klar, dass sie nicht die Einzigen waren, die diese Idee hatten. Statt des Berufsverkehrs wälzte sich jetzt der Ausflugsverkehr über Shanghais Straßen. Der Fahrer, ein stiller, untersetzter Mann, kommentierte das nicht weiter, für ihn gehörte der Stau zur täglichen Routine.

Mulan, die es seltsam fand, von einem Fahrer durch die Gegend chauffiert zu werden, hatte ihren Biaoge verwundert gefragt: »Warum fährt Jiufu eigentlich nicht selber?«

»Weil der Fahrer bei dem Deal mit inbegriffen ist. Das ist ein Dienstwagen, der eigentlich nicht für Privatausflüge benutzt werden darf. Ein Geschäft ›durch die Hintertür‹. Diesen Ausdruck musst du dir merken, der ist ganz wichtig hier. Natürlich will der Fahrer maximalen Profit machen, wenn er schon das Risiko eingeht; deshalb gibt's den Wagen nur mit Fahrer oder gar nicht.«

Während Mulan versuchte, dieser Logik zu folgen, hatte Biaoge noch hinzugefügt: »Wahrscheinlich ist es das, was unsere Politiker meinen, wenn sie vom ›Sozialismus chinesischer Prägung‹ sprechen.«

Die Tante, die offenbar geahnt hatte, dass die Fahrt länger dauern würde, hatte eine ganze Tasche mit Knabberzeug dabei, das jetzt herumgereicht wurde. Man unterhielt sich, aß und benahm sich wie in einem fahrbaren Wohnzimmer. Biaoge spielte an seinem Smartphone herum. Der Stau schien niemandem die Laune zu verderben. Insofern war das mit dem Chauffeur gar nicht so schlecht; er hatte sich um den Verkehr zu kümmern, während die anderen ihren Feiertag genossen, und sei es in der Autoschlange.

Auf der Autobahn ging es dann etwas flotter. Trotzdem dauerte die Fahrt genau so lange, dass sie pünktlich zur Essenszeit – die bei Chinesen um 12 Uhr mittags und um 6 Uhr abends mit geradezu religiöser Strenge eingehalten wurde – in dem Restaurant ankamen. Nachdem sie sich auf dem Parkplatz ein wenig die Beine vertreten hatten, gingen sie ins Lokal, in dem Mulan als Erstes eine ganze Wand aus einzelnen Aquarien auffiel. Daraus wählten die Gäste ihr Mittagessen, das dort noch munter krabbelte und schwamm – die ultimative Frischegarantie, wie sie von Waipo gelernt hatte.

»Wir sind hier in der Nähe des Dianshanhu, ein großer Süßwassersee, wo es viele Fisch- und Krabbenfarmen gibt, aus denen die Spezialitäten dieser Gegend stammen«, erklärte ihr der Onkel, bevor er mit dem Kellner die Bestellung durchsprach. Auch das ein wichtiges und langwieriges Ritual, bei dem es um die richtige Zusammenstellung der Speisen ging. Außerdem durfte man sich nicht lumpen lassen; bei einem ordentlichen Bankett musste mindestens ein Gericht mehr als die Zahl der Gäste auf dem Tisch stehen. Die anderen wurden unterdessen von einer Bedienung in ein separates Zimmerchen geführt, nur Waipo ließ es sich nicht nehmen, bei der Bestellung ein Wörtchen mitzureden.

Mulan, die inzwischen wusste, wo sie beim Essen ihre Grenzen zog, flüsterte der Großmutter zu: »Bitte keine Seegurken und keine Schildkröten.«

Dem Fahrer wurde Geld zugesteckt, damit er sich im großen Gastraum des Restaurants verpflegen konnte.

Sie verteilten sich um den runden Tisch, wobei Mulan den Ehrenplatz gegenüber der Tür bekam. Nach den heißen Waschlappen, die Mulan inzwischen schon kannte, kam als Erstes eine Kanne Tee, den die Tante für alle ausschenkte. Danach wurde aufgetragen. Jetzt begann der handwerkliche Teil des Mahls: Garnelen aus der Schale lösen, Hummerzangen knacken, Spuren von Fleisch aus Beinsegmenten saugen, Krebse zerlegen, Fischgräten im Mund separieren und geschickt über den Mundwinkel auf die Tischdecke entsorgen. Bald glich der Tisch einem Schlachtfeld. Alle langten kräftig zu, die Lebensmittelskandale waren vergessen. Mulan hielt tapfer mit.

»Ich habe gehört, im Westen mögen die Leute nur Fisch ohne Gräten. Stimmt das, Mulan?«, bemerkte Waipo.

»Stimmt. Die meisten haben Angst vor Gräten. Aber wir zu Hause nicht.«

Das schien die alte Dame zu beruhigen. »Wenn ihr mich fragt, schmecken Fische mit Gräten viel besser.« Ihr Sohn legte ihr den Kopf des Fisches auf den Teller, das beste

Stück. Waipo pickte sich zuerst mit den Stäbchen die Augen heraus, dann lutschte sie den Kopf genüsslich aus.

Mit einer erfrischenden süßen Suppe aus roten Bohnen und etwas, das an Froschlaich erinnerte (hier konnte man nie wissen), sich aber als Sago herausstellte, endete das Mahl. Nach getaner Arbeit lehnten sich alle erschöpft in ihre Stühle zurück.

Als sie auf den Parkplatz kamen, stand ihr Fahrer rauchend an den Wagen gelehnt. Auch er schien mit der Verpflegung zufrieden, jedenfalls strahlte er übers ganze Gesicht. Waipo ließ sich von ihm Feuer geben. Die anderen zogen sich auf ein kurzes Nickerchen in ihre Sitze zurück.

Das Erste, was Mulan vom Wasserdorf sah, war ein weiterer Parkplatz, diesmal so riesig, dass die parkenden Autos wie eine ausgedehnte Wasserfläche in der Sonne funkelten. »Dorf« war offenbar nicht die richtige Bezeichnung für das, was sie hier vorfanden. Mulan, die sich ländliche Idylle in freier Natur erhofft hatte, wurde enttäuscht. Das Wasserdorf war, wie man ihr erklärte, während der Ming-Dynastie ein wichtiger Handelsknotenpunkt gewesen, der über den Kaiserkanal mit der Hauptstadt Peking verbunden war. Doch um die denkmalgeschützte Altstadt zu betreten, mussten sie erst einmal Eintritt bezahlen.

»Disneydorf«, murmelte Biaoge, während sie sich durch das Drehkreuz drängten. Nahezu jedes Haus war im Parterre zu einer Verkaufsfläche oder einem Lokal umgebaut. Neben Spezialitäten aus der Gegend wurden Souvenirs aller Art angeboten, Plastikramsch und folkloristischer Kitsch. Durch die engen Gässchen schoben sich Touristen – chinesische und ausländische – und prüften das Angebot. Deswegen hätten sie den weiten Weg nicht zu machen brauchen, dachte Mulan gerade, als sich die Gasse zu einem Kanal hin öffnete: gesäumt von weiß getünchten Häusern mit Holzbalkonen und trauernden Weiden, darauf überdachte Holzkähne, die die Bootsleute mit einem einzigen Heckruder antrieben und steuerten. Plötzlich war es da – China, wie Mulan es sich immer vorgestellt hatte. So hatte sie sich die Heimat ihrer Mutter ausgemalt, aber bisher hatten die Bilder im Kopf mit der Realität nicht übereingestimmt.

»Wir müssen aus dem Getümmel hier raus. Lasst uns ein Boot nehmen«, schlug der Onkel vor und lenkte die Familie zur Anlegestelle. Gleich daneben überspannte eine Steinbrücke auf elegant geschwungenen Bögen den Kanal. Perfekte Proportionen, die flach ansteigenden Steinstufen vom jahrhundertelangen Gebrauch abgetreten, eine Szene wie auf einem Rollbild. Mulan musste lange warten, bis ihre Familie zu einem Foto am Geländer aufgereiht war, ohne dass andere durchs Bild liefen.

Einmal auf dem Boot, stellte sich die Idylle, die sie gesucht hatten, doch noch ein. Lautlos glitten sie über das grüne Wasser hinein in ein verzweigtes Netz von schmalen Kanälen, zu hören waren nur die Rufe, mit denen ihr Gondoliere sich an Engpässen oder Kreuzungen dem Gegenverkehr ankündigte. Zum Wasser hin zeigten die Häuser sich in ihrer ursprünglichen Form, nicht entstellt von Kommerz und Konsum: geschwungene Giebel, kühn an die Mauern geklebte Altane, Treppchen, die zum Wasser führten. Hier sah man, dass diese Stadt einst vom Wasser und mit dem Wasser gelebt hatte. Und sie war tatsächlich bewohnt; Frauen hängten Wäsche auf und putzten Gemüse, Kinder spielten in engen Höfen.

Alle genossen die Fahrt auf dem Boot. Mulan ließ die Hand durchs Wasser trudeln und war froh, Shanghai, diesen urbanen Wahnsinn, kurzzeitig gegen ein Bilderbuchchina zu vertauschen. Selbst Biaoge hatte seine Verweigerungshaltung aufgegeben und schaute ausnahmsweise einmal nicht in sein Smartphone. Es war einfach nur schön.

Wieder an Land, gerieten sie dann doch noch in Kauflaune. Die Tante schlug vor, eine der mit Maisstroh verschnürten, geschmorten Schweinshaxen mitzunehmen, die hier überall angeboten wurden. Fürs Abendessen. Natürlich gab es eine längere Diskussion zwischen Waipo und ihrer Schwiegertochter, welche man nehmen solle. Außerdem entschieden sie sich für einige mit süßem Klebreis gefüllte Lotoswurzeln, ebenfalls eine Spezialität der Gegend. Mulan entdeckte einen Laden, in dem es Kleidung in traditionellem Blaudruck und Hemden mit Kalligrafie-Muster gab. Wäre das nicht was für Papa? Er als Chinese verkleidet zwischen seinen beiden chinesischen Frauen? Wieder entspann sich eine Debatte, an der sich alle beteiligten – diesmal über die richtige Größe. XXL würde es schon sein müssen, wo die Sachen hier alle auf zierliche Chinesen zugeschnitten waren.

Zufrieden schlenderten sie mit ihren Plastiktüten zum Parkplatz, wo ihr »Brotlaibauto« wartete. Der Chauffeur schlief auf dem zurückgeklappten Fahrersitz. Dann wurden die Rollen getauscht: Auf der Heimfahrt war er der Einzige, der wach war, auf den Rücksitzen schlummerten seine Fahrgäste.

13

Die restlichen Feiertage verbrachten sie faul zu Hause und erholten sich von ihrem Ausflug. Mulan freute sich richtig, als sie am Montag ihre Klassenkameraden wiedersah. Sie merkte, wie ihr diese wild zusammengewürfelte Truppe ans Herz gewachsen war. Vor allem Junice mit ihrem Lästermaul hatte ihr richtig gefehlt. Nach dem Unterricht gingen die beiden noch in ihr Stammcafé.

»Und, was habt ihr gemacht über die Feiertage?«

»Wasserdorf.«

»Wusste ich's doch. Das ist ein Muss im Shanghaier Touristenprogramm. Ich hab mich fast zu Tode gelangweilt über dieses lange Wochenende. Das war eindeutig eine Überdosis Familie«, stöhnte Junice und verzog genervt das Gesicht. »Ich finde, wir sollten mal was zusammen unternehmen. Außerhalb des Unterrichts. Disco, Kino, Bars, irgendwas. Jeden Abend hocke ich mit meinen Leuten vor der Glotze, dabei befinden wir uns in Shanghai, der Welthauptstadt des 21. Jahrhunderts«, klagte sie.

»Du meinst mit Eric und Miles?«

»Genau, für Opa Maier wäre das wohl kaum das Richtige.«

»Hmm«, erwiderte Mulan zögerlich. Aber Junice würde schon machen. Es war gut, eine so erfahrene Freundin zu haben.

»Denen muss man in die Schuhe helfen, findest du nicht? Von selber kommen die nicht in die Gänge.«

»Was schlägst du vor?«

»Ich wollte immer schon mal in die Bar Rouge. Die ist auf dem Dach eines der historischen Gebäude am Bund. Von der Dachterrasse hat man einen sensationellen Ausblick über den Fluss auf Pudong. Schau dir mal die Bilder im Internet an. Awesome! Allein kommen unsere Jungs wahrscheinlich nicht an den Türstehern vorbei. In unserer Begleitung haben sie schon eher Chancen«, sagte Junice und knuffte Mulan in die Seite.

»Und wie willst du denen das beibringen?«

»Lass mich nur machen.« Freitagabend wäre am besten, von wegen ausschlafen. Die machen zwar um sechs auf, aber interessant wird's natürlich erst gegen später. Na, was ist? Bist du kommenden Freitag dabei?«

»Na klar«, entgegnete Mulan ohne zu überlegen, wie sie sich von ihrer Familie loseisen sollte.

»Aber vorher müssen wir shoppen gehen, ich hab nichts anzuziehen.«

Das war natürlich eine typische Junice-Übertreibung, aber Mulan gefiel der Vorschlag trotzdem. Die Freundinnen daheim fragten schon immer, ob sie in einem der Einkaufsparadiese gewesen sei, in denen es Markenartikel zu Spottpreisen gab.

»Ich weiß, wo wir hinmüssen«, versicherte Junice. »Morgen nach der Schule, okay?«

»Okay.«

Tags darauf hielten sie das Mittagessen kurz und fuhren mit der U-Bahn zu einem der Konsumtempel, ein hässlicher grauer Betonklotz mit sechs Stockwerken. Wie Mulan bald feststellen sollte, waren fünf davon vollgestopft mit Klamotten, Schuhen, Taschen, Koffern, Schals und anderen Accessoires; im Erdgeschoss befanden sich Geldautomaten, an denen sich Langnasen ihren Nachschub zogen.

Als Mulan und Junice mit der Rolltreppe in den ersten Stock rollten, wurden sie sofort von einem Rudel Verkäuferinnen überfallen, die sie zu ihren Ständen zu locken versuchten. Die Verkaufsfläche war in winzige Verschläge unterteilt, in denen die Händler so viel Ware wie möglich unterbrachten. In einer Art internationalem Marken-Pidgin priesen sie ihr Angebot an: »Plada, Missie. Plada! Bag vely chea-pee!«

Zum Glück war Junice gut darin, die aufdringlichen Quälgeister abzuschütteln. Mit einem knappen »*Búyào, xìexìe* – Brauch ich nicht, danke!« wies sie sie in die Schranken.

Mulan gingen die Augen über: Shirts mit Krokodilen und Polospielern, Sportklamotten und Schuhe mit dem Häkchen oder den drei Streifen.

»Sind das alles Fakes?«, fragte sie Junice.

»Nicht unbedingt. Die Sachen werden ja zum großen Teil hier hergestellt, da geht schon mal was zur Hintertür raus. Manchmal werden die Arbeiterinnen auch in ›Naturalien‹ bezahlt. Und bei den Preisen gibt es jede Menge Spielraum. Hier musst du gnadenlos handeln.«

Das hatte Mulan ja schon bei Oma gelernt. Trotzdem war sie froh, die resolute Junice dabeizuhaben, die sich hier offenbar auskannte. Zielstrebig zog die ihre Freundin zu einem Stand, wo es mit Pailletten bestickte Tops gab.

»Was meinst du? Wär das was zu meinen Denim-Shorts?« Junice hielt sich eines der glitzernden Teile an.

Mulan nahm ein anderes Top vom Ständer.

»Hier, probier mal das Grüne. Ich glaube, das steht dir besser.«

Eine Umkleidekabine gab es nicht. Die hätte viel zu viel von der kostbaren Verkaufs- und Lagerfläche in Anspruch genommen. Junice verschwand hinter einem provisorisch aufgehängten Leintuch.

»Auweia. Ich fürchte, das muss L sein.« Junice war einen Kopf kleiner als Mulan, aber kompakt gebaut. »Haben Sie das auch größer?«, fragte sie die Verkäuferin.

»Ja, einen Moment bitte.« Daraufhin eilte die junge Frau in irgendein entferntes Lager. Gleich darauf tauchte sie wieder auf und reichte Junice das gewünschte Top hinter das Leintuch.

»Schon besser. Was meinst du?« Junice begutachtete sich kritisch vor dem Spiegel.

»Total Glitzerpony«, lachte Mulan.

Dann erst fragte Junice nach dem Preis und brach sofort in gespieltes Entsetzen aus. Ihr eigenes Angebot betrug nicht mal ein Viertel des genannten Preises. Jetzt war es an der Verkäuferin, empört zu reagieren. Doch Junice drückte ihr daraufhin das Top mit großer Geste in die Hand und machte auf dem Absatz kehrt. »Komm, Mulan, das wird nichts.«

»Aber Junice, das Teil sah doch total gut aus an dir. Warum kaufst du es nicht?« Und außerdem, fand Mulan, war es spottbillig.

Junice zog sie mit sich fort und zischte: »Pssst, sei ruhig. Peilst du denn gar nichts?« Sie drehten eine Runde durch die Etage, schlenderten von einem Verschlag zum nächsten. Als sie wieder in Sichtweite kamen, lief ihnen die Verkäuferin mit dem grünen Glitzertop schon entgegen. Inzwischen war sie bei der Hälfte ihres ursprünglichen Angebots gelandet. Doch Junice verhandelte knallhart. Schließlich einigten sich die beiden auf ein Viertel des Anfangspreises. Und zu Mulans Verwunderung schien die Verkäuferin mit dem Deal gar nicht unzufrieden, fröhlich plaudernd packte sie das Top in eine Plastiktüte und versuchte dann ihr Glück bei Mulan. Aber was hier angeboten wurde, war nicht ihr Stil.

Sie rollten ins nächste Stockwerk.

»Und du?«, drängelte Junice.

Mulan schwirrte bereits der Kopf. Auf die Fülle des Angebots reagierte sie eher mit Verweigerung. Sie konnte sich einfach zu nichts entschließen. Erst als sie das oberste Stockwerk erreicht hatten, erwachte sie aus ihrer Lethargie. Hier gab es Stoffe, Seide zumeist, und die kleinen Verkaufskojen dienten gleichzeitig als Werkstätten für die Schneider, die hier Kleidungsstücke nach Maß anfertigten. Immer wieder strich Mulan bewundernd über die Stoffballen mit dem geschmeidigen Material in den unglaublichsten Farben. Sollte sie sich eine Seidenbluse nähen lassen? So was eng Anliegendes mit seitlichem Verschluss und geflochtenen Knebelknöpfen?

Aber da zerrte Junice sie schon weiter zu einem Stand, an dem Qipaos geschneidert wurden, die figurbetonten traditionell chinesischen Etuikleider.

»Also wirklich, Mulan, wenn ich deine Figur hätte, würde

ich mich in so ein Teil einnähen lassen.« Sie nahm eines der Muster vom Ständer und wedelte damit vor Mulan herum. Und natürlich hatte sie in der Frau des Schneiders sofort eine Verbündete. »Try on, Missie!«

Mit professionellem Blick taxierte sie Mulan und drückte ihr dann ein anderes Modell zum Probieren in die Hand. Damit wurde sie hinter das obligatorische Leintuch geschoben. Als sie in das Kleid gestiegen war, half ihr die Frau beim Schließen der vielen unsichtbaren Druckknöpfe und sichtbaren Knebelverschlüsse. Das fühlte sich tatsächlich an wie eine zweite Haut – eine sehr chinesische Haut. Der hohe Stehkragen ließ ihren Hals noch länger erscheinen und zwang sie in einen aufrechten Gang.

»Wow, Mulan, das ist echt der Wahnsinn!« Junice entfuhr ein Ausruf echter Bewunderung.

»Tailor-made even better«, ergänzte die Frau, die aus irgendwelchen Gründen anzunehmen schien, dass sie zwei Amerikanerinnen vor sich hatte.

»Mulan, das musst du machen, unbedingt.« Junice bettelte fast. »Du siehst so verdammt gut aus in dem Teil.«

Mulans Blick wanderte zwischen ihrem Spiegelbild und der Freundin hin und her. »Meinst du? Aber ist es nicht schrecklich teuer, sich so was nähen zu lassen?«

»Lass mich nur machen.« Sofort stieg Junice in harte Verhandlungen mit der Frau des Schneiders ein, ihr Mann arbeitete unterdessen ungerührt an seiner Nähmaschine. Mulan sah sich derweil die Stoffe an. Sie hatte längst angebissen. Ein roter Seidenbrokat mit eingewebten Glücksmotiven stach ihr besonders ins Auge.

»Red – good luck color«, bemerkte die Schneiderfrau. Offenbar waren die beiden handelseinig geworden.

»Wenn du das nicht machst, Mulan, wirst du es dein Leben lang bereuen. Ich hab sie schon über die Hälfte runtergehandelt und ihr gesagt, dass du das Kleid bis Donnerstag brauchst. Sie sagt, das schaffen sie. Bitte, bitte, Mulan. Das ist echt der Knaller.«

Mulan rechnete rasch im Kopf nach. Der Endpreis wäre ein Drittel ihres monatlichen Taschengelds, also machbar, wenn sie ansonsten sparsam lebte. Und sie musste Junice recht geben, das Kleid brachte ihre Kurven und die schmale Taille wirklich optimal zur Geltung. Ihr gegenüber im Spiegel stand eine sexy Chinesin.

»Na? Da kannst du doch nicht ernstlich zögern, oder?«

»Okay«, stimmte Mulan schließlich zu.

Darauf hatte die Schneiderfrau nur gewartet. Sofort zückte sie das Maßband und vermaß Mulan nach allen Regeln der Kunst. Anschließend wurde noch der Stoff für die Paspelierung und die Knöpfe ausgesucht. Dann leistete Mulan eine Anzahlung, und der Handel war besiegelt.

»Thursday leady«, beteuerte die Frau. Der Schneider hatte kein einziges Mal von seiner Arbeit aufgesehen.

Als Mulan nach Hause kam, sah sie den Brief schon auf dem Esstisch liegen. Niemand da. Auf diese Weise blieben ihr wenigstens die forschenden Blicke und Kommentare erspart.

Mama, wenn du wüsstest, was ich gerade gemacht habe! Du würdest Augen machen! Aber diese Kommunikation ging zum Glück nur in eine Richtung. Gespannt auf das, was sie diesmal erfahren würde, riss Mulan den Umschlag auf.

München, den 30. September

Meine liebe Mulan,

erschrick nicht, dass ich Dir schon wieder schreibe, aber die Sache hat mir keine Ruhe gelassen. Seit meinem letzten Brief an Dich haben mich meine Erinnerungen eingeholt. Ich habe Dir die Geschichte nämlich nicht zu Ende erzählt.

Die Demonstrationen auf dem Platz des Himmlischen Friedens, die so friedlich begonnen hatten, spitzten sich immer mehr zu. Die Regierung verweigerte den Dialog mit den Studenten, die Kader fürchteten um ihre Privilegien. Daraufhin sind die Studenten in den Hungerstreik getreten, und viele aus der Bevölkerung haben sich mit ihnen solidarisiert. Das war zu viel für die Regierung, die Vorherrschaft der Partei war infrage gestellt. In der Nacht vom 3. auf den 4. Juni haben sie dann Panzer gegen die Demonstrierenden eingesetzt. Die Göttin der Demokratie wurde von ihrem Sockel gestürzt. Starr vor Schreck schaute die Weltöffentlichkeit zu, wie aus den Panzern auf die Demonstranten geschossen wurde. Die Träume einer ganzen Generation hat das Militär in dieser Nacht blutig niedergeschlagen.

Auch ich habe zugeschaut. Die Fernsehnachrichten lieferten mir die schrecklichen Bilder jeden Tag bis ins idyllische Prien. Vermutlich war ich dort sogar besser informiert, als ich es in China gewesen wäre, wo man die Bevölkerung über die Vorgänge bewusst im Unklaren ließ. (Ein allgemein verfügbares Internet existierte damals noch nicht, Wörter wie »simsen« und »skypen« waren noch nicht erfunden.)

Im Goethe-Institut gab es noch andere chinesische Studenten, die mit mir vor dem Fernseher hockten. Wir bangten und diskutierten und fuhren gemeinsam nach München, wo eine Solidaritätskundgebung auf der Theresienwiese stattfand – ja, genau da, wo immer das Oktoberfest ist. Niemals werde ich dieses Bild vergessen: Die vielen Menschen vor der Treppe zur Bavaria, im Hintergrund die große Bronzefigur, die wie eine große Schwester unserer Göttin der Demokratie den Siegeskranz in der Hand hielt, und die Redner, die die chinesische Regierung für ihr brutales Vorgehen scharf kritisierten. Es trieb mir die Tränen in die Augen, als ich das sah. Wie konnte ein Land – mein Land – das Feuer auf die eigene Jugend, die Hoffnungsträger der Nation, eröffnen?

Jedes Mal, wenn ich mit Gregor und Dir auf die Wiesn gegangen bin, habe ich daran denken müssen. Aber damals warst du noch zu klein, als dass ich Dir das alles hätte erzählen können. Jetzt kannst Du vielleicht verstehen, warum ich nach Ende des Stipendiums nicht nach China zurückwollte: Mein Land hatte mich bitter enttäuscht, und meine Mutter in ihrem kritiklosen Glauben an Mao und die Partei hätte meine Empörung niemals geteilt oder auch nur verstanden. Ich war inzwischen alt genug, um eigene Entscheidungen zu treffen. Also habe ich beschlossen, in Deutschland zu bleiben. Nur meine Großeltern habe ich sehr vermisst und es mir später nie verziehen, dass ich sie nicht noch einmal gesehen habe.

Du siehst, auch ich habe ein Problem mit China und ein Problem mit meiner Mutter – ich kann Dich also besser verstehen, als Du glaubst. Vielleicht habe ich Dir auch deshalb so lange nichts von früher erzählt, weil ich nicht wollte, dass Du voreingenommen bist, denn natürlich liebe ich trotz allem meine Mutter und mein Land. Jetzt hast Du Gelegenheit, Dir selbst ein Bild zu machen.

Und noch etwas anderes ist mir aufgefallen. Seit ich Dir schreibe und in Gedanken so oft bei Dir und meiner Familie in Shanghai bin, merke ich, dass sich auch bei mir etwas verändert. Manchmal packt mich plötzlich eine Sehnsucht nach dem, was ich so viele Jahre aus meinem Leben ausgeklammert habe. Dich nach Shanghai zu schicken war Gregors Idee. Zuerst war ich gar nicht begeistert, aber er hat recht gehabt. Wir müssen Dir die Chance geben, das alles selbst für Dich zu entdecken, unbelastet von der Vergangenheit. Aber dazu gehört auch, dass Du über sie Bescheid weißt.
Ich hoffe, meine Briefe belasten Dich nicht, sondern helfen Dir, Deine Umgebung besser zu verstehen. Lass Dir von Deiner Mama den Spaß nicht verderben ☺.

Bis bald Deine
Hongmei

Es war das erste Mal, dass die Mutter mit eigenem Namen unterschrieb. Was wollte sie damit sagen? Dass sie hier in eigener Sache sprach und nicht als Mutter? Sie hatte damals beschlossen, ganz allein in einem fremden Land zu leben. Plötzlich fühlte sich Mulan ihrer Mutter über den halben Globus hinweg näher als in den vergangenen Monaten zu Hause. Ohne dass sie etwas dagegen tun konnte, füllten sich ihre Augen mit Tränen. Ein ungekanntes Heimweh schüttelte sie. Oder war es ein schlechtes Gewissen der Mutter gegenüber? Die Erkenntnis, mit ihrer Verweigerung zur Einsamkeit der Mutter beigetragen zu haben? Das Gefühl war so überwältigend, dass Mulan ein lautes Schluchzen nicht unterdrücken konnte. Zum Glück war niemand da, der sie hörte. Sie hatte sich auf ihr

Bett gelegt, um in Ruhe den Brief zu lesen, jetzt rollte sie sich zusammen und heulte hemmungslos.

Als Biaoge von der Schule kam, hatte sie sich wieder gefangen, aber eine Frage war geblieben. Was hatte es mit diesem Platz auf sich, der offenbar zu Unrecht das Wort Frieden im Namen führte. In der Geschichte ihrer Familie kam er immer wieder vor, und zwar mit ganz gegensätzlichen Vorzeichen. Der Generation ihrer Großmutter war dort blindes Vertrauen gegenüber der staatlichen Führung eingebläut worden, der nächsten hatte man es an gleicher Stelle gründlich ausgetrieben.

»Sag mal, wie war das eigentlich mit den Demonstrationen auf dem Platz des Himmlischen Friedens? Das muss ja heftig gewesen sein«, überfiel sie ihren Cousin, kaum dass er zur Tür herein war.

»Du meinst 6/4, den 4. Juni 1989? Wie du es nur immer schaffst, den Finger auf die sensiblen Punkte zu legen«, bemerkte ihr Cousin. »Das ist auch so ein Tabu-Thema. Auf Baidu Baike – unserer Wikipedia – wirst du darüber nichts finden. Ich war damals noch nicht auf der Welt, und mein Vater war noch zu jung. Ich weiß nur, dass die Studentenproteste blutig niedergeschlagen wurden. Es hat viele Tote und noch mehr Verhaftungen gegeben, die Aktivisten wurden wie Verbrecher gejagt. Noch heute wird die Führung an diesem Datum regelmäßig nervös, an jedem Jahrestag reagiert sie mit Versammlungsverbot und verstärkter Polizeipräsenz auf dem Platz. Heute, im Zeitalter von Smartphones und Tablets, hätten solche Proteste natürlich eine ganz andere Tragweite«, schloss ihr Cousin nachdenklich.

»Am selben Platz, wo Waipo Mao getroffen hat?«

»Genau. Das war Ende der Sechzigerjahre.«

»Aber da hat sich doch inzwischen sicher was verändert im Sinn vom Demokratisierung, oder?«

»Vieles ist seither anders geworden. Wir praktizieren mittlerweile den ›Sozialismus chinesischer Prägung‹, will heißen, in der Wirtschaft ist alles erlaubt, Kapitalismus pur. Mit dem Segen der Partei nehmen sich manche die Freiheit, reicher zu werden als andere. Und natürlich sind es die Parteikader, die an der Quelle sitzen und sich bedienen. Aber mit Demokratie hat das nichts zu tun.« Die Ironie in seiner Stimme war nicht zu überhören.

Mulan konnte sich über Biaoge nicht genug wundern. Wenn sie die richtigen Fragen stellte, hatte er jede Menge zu erzählen. Dann verwandelte er sich vom braven Musterschüler in einen kritischen jungen Mann. Stille Wasser waren eben tief. Fing sie jetzt auch schon an, in Sprichwörtern zu reden? Vielleicht war das ja eines ihrer China-Gene.

14

Am Donnerstag nach der Schule holten die beiden den Qipao ab. Mulan probierte ihn an, und wirklich saß das Kleid wie angegossen. Selbst dem Schneider entlockte ihr Spiegelbild ein anerkennendes Lächeln. Er schien mit seiner Arbeit zufrieden. Mulan war es auch.

Auf dem Heimweg überlegte sie, ob sie ihr neues Stück zu Hause vorführen sollte. Für Oma wäre es vermutlich der Inbegriff bürgerlicher Dekadenz. Und bei Tante und Onkel würden – in Verbindung mit dem abendlichen Ausgang am Freitag – sofort alle Alarmglocken schrillen, und sie konnte den Discoabend knicken. Bisher war sie abends nie allein unterwegs gewesen, die Fürsorge ihrer Familie grenzte an Freiheitsberaubung. Die würden sie bestimmt nicht gehen lassen oder ihr Biaoge als Aufpasser mitschicken. So gern sie ihren Cousin mochte, bei dieser Unternehmung wollte sie ihn nicht dabeihaben. Doch ihr würde schon was einfallen.

Zum Glück war niemand zu Hause, als sie heimkam, und sie konnte die schöne Tragetasche mit dem in Seidenpapier eingeschlagenen Kleid unbemerkt in ihr Zimmer schmuggeln.

Beim Abendessen verkündete Mulan: »Morgen Abend machen wir eine Exkursion mit der Schule.« Zum Glück war Waipo heute mit den Tischtennissenioren bei einem Auswärtsturnier. eine weniger, die ihr Steine in den Weg legen konnte.

»Wo geht ihr denn hin?«, erkundigte sich die Tante.

»Zusammen ins Kino, einen chinesischen Film ansehen. Als Hörverständnisübung.«

»Was schaut ihr euch an?«, wollte Biaoge wissen, der sich mit Filmen auskannte. Er besaß jede Menge Raubkopien, die man hier an jeder Straßenecke kaufen konnte.

»Weiß noch nicht. Auf jeden Fall treffen wir uns um sieben am Bund.«

»Warum zeigt euch die Lehrerin den Film nicht auf DVD? Das wäre doch viel einfacher.« Mulan warf Biaoge einen drohenden Blick zu. Der sollte ihr jetzt bloß nicht in den Rücken fallen.

»Gibt es da keine Nachmittagsvorstellung?«, wandte die Tante ein.

»Keine Ahnung. Es soll wohl so was wie eine landeskundliche Exkursion sein.«

»Aha, Shanghai bei Nacht«, witzelte Biaoge. Mulan hätte ihren Cousin am liebsten vors Schienbein getreten.

Das war das Stichwort für seine Mutter, die sofort besorgt fragte. »Und wie kommst du anschließend nach Hause?«

»Ich kann ja ein Taxi nehmen.«

»So spät und ganz allein?« Der Tante war das gar nicht recht. Fragend sah sie ihren Mann an.

»Zu Hause mache ich das auch«, versuchte Mulan möglichen Einwänden zuvorzukommen.

»Du bist hier aber nicht zu Hause. Du kennst dich nicht aus in der Stadt.«

»Länger als zwei Stunden kann so ein Film ja nicht dauern«, lenkte der Onkel ein. »Wir schreiben dir einen Zettel mit unserer Adresse.«

»Und wenn wir nachher noch was trinken gehen?«

»Alkohol?«, fragte die Tante entsetzt.

»Nein, Tee«, beruhigte Mulan sie. »Bloß noch ein bisschen zusammensitzen und über den Film reden.«

»Spätestens um elf bist du wieder hier.« Damit hatte der Onkel das Machtwort gesprochen. Das Thema war vom Tisch.

Jetzt musste Mulan nur noch einen angesagten Film finden, von dem sie anschließend berichten konnte. Da würde ihr das Internet helfen.

Am Freitag richtete Mulan es so ein, dass sie vor der Rückkehr der anderen Familienmitglieder die Wohnung verließ, und zwar in einem Outfit, das sogar Waipos kritischem Blick standhielt: lange, weite Leinenhose, schlabberiges Sweatshirt mit Schullogo, dazu bunte Birkenstocks und Rucksack, die Haare waren ordentlich aufgesteckt.

»Wo gehst du hin?«

»Wir machen eine Exkursion mit unserer Sprachlehrerin. Jiufu und Jiumu wissen Bescheid.«

Bevor Waipo etwas einwenden konnte, war Mulan zur Tür hinaus.

Junice erwartete sie wie vereinbart im Starbucks gleich bei der U-Bahn-Haltestelle. Sie war bereits im Party-Look – knappe Shorts und ihr neues Glitzertop. Kichernd hakte sie sich bei Mulan unter. »Na, alles klar?«

»Alles klar zur großen Verwandlung.«

Die beiden verschwanden in der Toilette. Mulan drückte Junice ihren Rucksack in die Hand, zog die Hose aus und stieg in ihr Kleid. Es dauerte eine Weile, bis sie alle Knöpfe zuhatten. Mulan wagte kaum zu atmen. Dann wurden die Birkenstocks gegen hochhackige Riemchensandalen getauscht. Als Nächstes fiel der Haarknoten, Mulans glattes, langes Haar reichte bis zur Hüfte.

»Das ist echt der Hammer. Von hinten bestehst du nur aus Haaren und Beinen!«

Gut so. Mulan stopfte ihre Tarnklamotten in den Rucksack, nahm ihr Schminktäschchen heraus und begann, vor dem Spiegel glitzernden Lidschatten aufzutragen. Junice verfolgte den Vorgang mit neidischen Blicken.

»Wenn ich bloß so eine Lidfalte hätte wie du! Da sieht man wenigstens was vom Make-up. Hab mir schon überlegt, ob ich mir eine Augen-OP machen lasse.«

»Echt?« Mulan war gar nicht klar gewesen, dass dieses kleine Stückchen sichtbare Haut für andere so begehrenswert war.

Doch Junice drängte zur Eile: »Die beiden erwarten uns um acht vor dem Peace Hotel. Die werden Augen machen.«

Es war bereits dunkel, als Mulan und Junice das Café verließen und Richtung Bund abbogen. Vor der Drehtür des berühmten Hotels aus den Dreißigerjahren standen ihre Mitschüler, ausgehfertig in dunklblauen Blazern, weißen Hemden und Khakihosen.

»Sind sie nicht süß, die beiden, so very british«, kommentierte Junice.

»In diesen Klamotten sehen sie aus wie geklont.« Mulan grinste.

»Aber du weißt hoffentlich, wer wer ist, sonst kriegen wir Ärger«, drohte Junice ihr scherzhaft. »Hi, there!«

Die Köpfe der Jungs fuhren synchron herum, als hätte jemand an einer Schnur gezogen. Sie starrten die Mädchen an, als sähen sie sie zum ersten Mal. Was ja auch stimmte, denn so aufgestylt hatten sie ihre Klassenkameradinnen noch nie gesehen. Miles fasste sich als Erster und deutete eine Verbeugung an. »Here come the ladies.« Dann bot er Junice galant den Arm. Mulan hakte sich bei seinem »älteren« Bruder unter.

Diesmal gingen sie nicht durch die Fußgängerunterführung ans Wasser, sondern an der historischen Häuserfront entlang. Nur zwei Häuser vom grünen Spitzdach des Peace Hotels entfernt blieben sie vor der Hausnummer 18 stehen. Wie anders wirkten die majestätischen grauen Fassaden, wenn Scheinwerfer Säulen und Fensternischen plastisch hervorhoben. Mulan meinte, in den falschen Film geraten zu sein, als sie das prunkvolle, marmorgetäfelte Foyer durchquerten und in die große Halle mit den hohen, stuckverzierten Decken und Kronleuchtern traten. Juweliere und teure Marken hatten hier ihre Flagship-Stores. Was hatte sie in dieser Glitzerwelt zu suchen?

»Junice, bist du sicher, dass wir hier richtig sind?«

»Yep. Die angesagteste Location vor Ort.« Sie deutete auf den Aufzug. »Wir müssen rauf in den 7. Stock.«

Das kann teuer werden, dachte Mulan, während sie nach oben fuhren.

Nach eingehender Begutachtung winkte der Türsteher sie gnädig durch. Sie betraten eine durchgestylte, in rotes Licht getauchte Bar, in der sich der Abend langsam warmlief. Das meist ältere, aus Westlern und Chinesen bestehende Publikum drängte sich um die Bar und nippte an farbenfrohen Drinks, trotz der pochenden Beats war auf der Tanzfläche noch nicht viel los. Junice schob Mulan quer über die Tanzfläche nach draußen auf die mit bequemen Sofas und einer weiteren Bar ausgestattete Dachterrasse. Die Blicke der Männer folgten ihr.

»Das ist e i n Grund, warum wir hier sind«, sagte Junice, der das nicht entgangen war. Mit ausladender Handbewegung präsentierte sie Mulan das großartige Panorama.

Mulan stieß hörbar die Luft aus. Was sie sah, nahm ihr den Atem. Der Blick über den Huangpu hinüber nach Pudong war schon am Tag spektakulär, jetzt glitzerte und flimmerte alles in vielfarbigem Neon. Die Wände der Hochhäuser hatten sich in gigantische Werbeflächen verwandelt, die Umrisse der kühnen Konstruktionen wurden von bunten Lichtstreifen in den dunklen Nachthimmel gezeichnet, die kugeligen Körper des Pearl Tower strahlten wie Christbaumkugeln. Das Ganze wiederholte sich als zitterndes Echo auf dem schwarzen Wasser des Huangpu, farbige Lichtreflexe, die über den Fluss zuckten. Auf Augenhöhe hing schlapp die rote Nationalflagge mit den gelben Sternen in der schwülwarmen Abendluft. Die Hitze, die tagsüber unerträglich sein konnte, nahm abends eine andere Qualität an, sie umhüllte einen wie ein federleichter Mantel, schützend und befreiend zugleich. Mulan meinte zu schweben und stand doch fest auf beiden Beinen. Noch nie hatte sie sich so angekommen gefühlt, in Shanghai und bei sich selbst, in ihrer chinesischen Haut aus roter Seide. Sie atmete tief durch und warf mit beiden Händen ihr langes Haar zurück.

»Schön, nicht?«, sagte eine unbekannte Stimme neben

ihr. Mulan fuhr herum. Sie hatte gar nicht bemerkt, dass Junice längst woanders war, so versunken war sie in die Aussicht. Wie lange stand dieser junge Chinese schon da? Wo waren ihre Klassenkameraden?

»Ja, Wahnsinn, der Blick von hier oben«, hörte sie sich antworten.

»Kommst du öfter her?«

»Nein, das erste Mal. Bin noch nicht lange in der Stadt.«

»Du klingst ein bisschen ... äh ... anders.«

Mulan musste lachen über seinen Versuch, es höflich zu formulieren. »Und ich sehe auch ... äh ... ein bisschen anders aus. Sag's ruhig. Ich heiße Mulan und komme aus München.«

»Ich heiße Nianshen und komme aus Taipeh.«

»Dann sind wir also beide ... äh ... ein bisschen anders.« Jetzt musste auch er lachen.

»Darf ich dir einen Drink bringen?«

»Gern. Aber bitte was ohne Alkohol.«

»Bin gleich wieder da.« Ihr neuer Bekannter steuerte auf die Bar zu.

Mulan blickte dem jungen Mann nach. Er war kaum größer als sie, das Gesicht mit den weichen Zügen war von schwarzem, etwas längerem Haar umrahmt. An der Stirn sorgte ein widerspenstiger Wirbel dafür, dass ihm beim Reden immer wieder eine Strähne in die Stirn fiel. Die schleuderte er dann mit einer raschen Kopfbewegung aus dem Gesicht. Mit seinen Slacks und dem bunt bedruckten Sommerhemd war er viel lässiger gekleidet als die Zwillinge. Wo waren die überhaupt abgeblieben? Die Dachterrasse hatte sich inzwischen gefüllt, auf der Tanzfläche wogten die Köpfe. Auch Junice war nirgends in Sicht.

Nianshen kam mit zwei Drinks zurück, aus denen bunte Strohhalme ragten. »Nennt sich ›Breeze on the Bund‹, allerdings ohne den Wodka.« Er reichte ihr eines der Gläser.

»Danke.« Der Fruchtcocktail rann ihr eiskalt die Kehle hinunter. »Wunderbar!«

»Und was machst du hier?«

»Einen Sprachkurs.«

»Aber du bist doch Chinesin?« Er sah sie fragend an.

Mulan zögerte den Bruchteil einer Sekunde mit ihrer Antwort. War sie das? Dann sagte sie: »Zur Hälfte. Mein Vater ist Deutscher, und ich bin in Deutschland aufgewachsen. Reden ist okay, aber ich kann keine Schriftzeichen.«

»Ich musste mich auch erst umgewöhnen, weil in Taiwan die traditionellen Langzeichen in Gebrauch sind. Hier werden die vereinfachten Zeichen benutzt.«

»Einfach, na danke – für mich sind die hier kompliziert genug.«

»Und, wie läuft's?«

»Geht so, der Kurs ist ganz in Ordnung. Ich bin mit meinen Klassenkameraden hier.« Wieder sah sie sich nach den anderen um, diesmal entdeckte sie Junice' Kopf unter den Tanzenden und winkte ihr zu. »Und was machst du in Shanghai?«

»Ich bin die letzten Jahre hier in die Schule gegangen und habe gerade die *gāokǎo* hinter mir.«

»Oh, gratuliere. Das muss ja echt heftig sein. Mein Cousin ist nächstes Jahr dran und paukt jetzt schon. Was hast du dann vor?«

»Ich warte auf einen Studienplatz, in Geschichte. Bis es

so weit ist, helfe ich ein bisschen in der Firma meiner Eltern aus.«

»Was ist das für eine Firma?« Inzwischen hatte auch Mulan gelernt, neugierige Fragen zu stellen, aber das galt ja hier nicht als indiskret, sondern war ein Zeichen von Interesse – und Interesse an diesem jungen Mann hatte sie.

»Sie vermarkten Tee aus Taiwan. Du hast sicher schon von den Lebensmittelskandalen gehört, die es hier immer wieder gibt. Vor allem die Teeblätter sind voller Chemie und Spritzmittel. Wer es sich leisten kann, trinkt Tee aus kontrolliertem Anbau von der Insel.«

»Aber du bist Chinese«, stellte Mulan fest.

»Na klar. Meine Mutter ist aus Taiwan, väterlicherseits kommt die Familie vom Festland. Mein Opa stammt aus Shanghai. Deshalb haben sie mir ja auch diesen Namen verpasst.«

»Ich hab mich schon gewundert, was es damit auf sich hat. *Niàn* wie vermissen, sich sehnen, das ist klar. Aber was vermisst du? Was bedeutet *shēn*?«

»›*Shēn*‹ ist eine alte Bezeichung für Shanghai, also: ›Shanghai vermissen‹. Mein Opa hat sich nach Shanghai gesehnt, als er in Taiwan lebte, und deshalb muss ich jetzt mit diesem Namen rumlaufen.«

Schon wieder einer, der in seinem Namen eine historische Bürde mit sich herumtrug. Da hatte sie mit Mulan gar kein so schlechtes Los gezogen.

»Mit so einem Namen bin ich in Taiwan sofort als sogenannter *wàishěngrén* erkennbar«, fuhr Nianshen fort, »einer der ›draußen‹ geboren wurde, obwohl ich in Taipeh zur Welt gekommen bin. Und hier in Shanghai, wo ich mit meinen Eltern schon seit Jahren wohne, bin ich ein *táibāo* – ein Landsmann aus Taiwan.«

Da war sie wieder, die Silbe *wài*, die einen im Handumdrehen zum Außenseiter machte.

»Aber in Taiwan wohnen doch auch Chinesen.«

»Das schon, aber die Taiwaner sind um einiges länger auf der Insel als diejenigen, die erst nach 1949 vom Festland herübergekommen sind. Du siehst, auch als Chinese kann man zwischen allen Stühlen sitzen.«

»Immerhin hast du die Sehnsucht deines Opas erfüllt.«

»Na ja, heute ist das kein Problem mehr. Man steigt in den Flieger, und in einer guten Stunde ist man da. Aber für die Generation meines Großvaters war die Taiwan-Straße eine unüberwindliche ideologische Grenze. Und wie ist das bei dir?«

»Ich hatte mit meiner chinesischen Hälfte zu Hause immer Probleme. Von wegen kulturelle Identität und so.«

Nianshen ließ den Blick bewundernd über Mulan und ihr Kleid wandern.

»Scheint mir aber nicht so«, grinste er.

Mulan lächelte vage in den Abend hinaus. Plötzlich war sie sich ihrer zweiten, ihrer chinesischen Haut sehr bewusst. Was ging hier eigentlich ab?, fragte sie sich. Wie kam es, dass sie mit einem Wildfremden schon nach kürzester Zeit mitten im Thema war? Ihm ganz persönliche Dinge erzählte? Hier war jemand, der sie verstand, das spürte sie.

»Es hat dauernd Zoff mit meiner Mutter gegeben. Sie hat mich ständig mit ihrem Chinesisch genervt, und samstags musste ich zusätzlich eine chinesische Schule besuchen. Irgendwann hab ich die Notbremse gezogen. Da gab's natürlich erst richtig Ärger. Deshalb haben meine Eltern beschlossen, mir die volle Dosis China zu verpassen. Drei Monate Zwangsevakuierung nach Shanghai. Ich soll hier Schriftzeichen pauken und meine chinesische Familie kennenlernen.«

»Und, wie kommst du zurecht?«

»Mit den Schriftzeichen?«

»Nein, mit der Familie.«

»Eigentlich sind die alle ganz okay. Aber es wird immer verwirrender, je besser ich sie kennenlerne. Ich habe eine maobegeisterte Oma, eine ausgewanderte Mutter und einen Cousin, der sich auf Umwegen im Internet rumtreibt, wenn er nicht gerade für die *gāokǎo* büffelt. Und jetzt hat meine Mutter auch noch angefangen, mir Briefe zu schreiben. Echte Briefe, auf Papier. Nachhilfe in Familienkunde. Ich frage mich, warum in chinesischen Familien alles so kompliziert sein muss.«

»Na ja, bei euch in Deutschland ist das auch nicht viel anders. Da ist der Opa vielleicht ein Nazi gewesen, der Sohn war ein 68er, und Teile der Familie haben in der DDR gelebt.«

»Du kennst dich aber gut aus«, bemerkte Mulan anerkennend. Kein Wunder, dass der Junge Geschichte studieren wollte.

»Bei uns in Taiwan hat man die deutsche Wiedervereinigung und ihre Vorgeschichte mit großem Interesse verfolgt. Schließlich sind wir auch ein geteiltes Land; zwei Hälften mit unterschiedlichen ideologischen Vorzeichen.«

So hatte Mulan das noch nie betrachtet. Über die kleine, dem chinesischen Festland vorgelagerte Insel wusste sie kaum etwas.

Während sie sich unterhielten, hatte Mulan gar nicht bemerkt, wie voll es um sie herum geworden war. Auf der Dachterrasse standen die Leute jetzt dicht gedrängt, auf der Tanzfläche bewegten sich schwitzende Leiber – Expats und Chinesen im Thank-God-it's-Friday-Taumel. Nianshen und Mulan mussten zusammenrücken, um sich über die stampfenden Rhythmen hinweg verständigen zu können.

»Möchtest du tanzen?«, brüllte er ihr ins Ohr.

Mulan nickte, und sie drängten sich ins Getümmel auf der Tanzfläche. Zwischen den wippenden Köpfen tauchte kurz das Gesicht von Junice auf. Mulan winkte der Freundin zu, die fragend die Schultern hob. Mulan deutete auf Nianshen. Junice hob anerkennend den Daumen. Von Eric und Miles keine Spur. Gleich darauf war Junice wieder abgetaucht.

Mulan spürte, dass ihr Schweißperlen die Wirbelsäule hinunterrannen. Wie ihr Kleid aussah, wollte sie sich lieber nicht vorstellen. Nianshen hingegen wirkte taufrisch, sein Hawaii-Hemd sah aus wie aus dem Schrank. Kein Wunder, er war ja in diesem feucht-heißen Klima aufgewachsen.

Sie tanzten bis zur Erschöpfung. Endlich konnte Mulan die Anspannung der letzten Wochen abschütteln. Im Nachhinein merkte sie, wie anstrengend es war, sich in einer fremden Kultur zu bewegen, immer im Slalom um die drohenden Fettnäpfchen. Da tat es gut, endlich mal die Kontrolle zu verlieren und sich auszutoben.

Als sich ihre Blicke begegneten, wies Mulan mit dem Kopf zum Rand der Tanzfläche. Nianshen nahm sie bei der Hand und bahnte ihnen einen Weg durch die Menge.

Ihren Platz an der Balustrade mussten sie sich mühsam zurückerobern. Dann standen sie lange auf das Geländer gestützt und unterhielten sich, während hinter ihnen das Leben tobte. Die kühle Brise vom Fluss tat jetzt richtig gut. Der Blick über die Hochhauskulisse, die samtige Abendluft, die Nähe dieses Jungen. Mulan fühlte sich wie betrunken, obwohl kein Alkohol im Spiel war. Wieder stellte sie fest, wie gut man mit Nianshen reden konnte. Er war Chinese und wusste doch, was es bedeutete, fremd zu sein. Er hatte eine andere Perspektive auf die Dinge, weil er sie mit dem analytischen Blick des angehenden Historikers betrachtete.

Als sie sich erneut zwischen die Tanzenden drängten, hatten sich die Rhythmen verlangsamt. Nianshen legte die Hände auf ihre Schultern, und sie wiegten sich zur Musik. Mulan spürte eine prickelnde Spannung, als ihre Körper sich näher kamen. Es war, als wären sie inmitten des Gedränges ganz allein miteinander, in einem Kokon, in dem die Zeit stillstand. Sie hätte ewig so weitertanzen können. Doch ein Blick auf ihre Swatch zeigte, dass die Zeit ihr diesen Gefallen nicht tat. Es war bereits nach zehn.

»Ich muss los. Um elf soll ich zu Hause sein. Wenn ich nicht pünktlich bin, lassen die mich nie wieder weg.«

»Das dürfen wir auf gar keinen Fall riskieren«, sagte Nianshen und blinzelte ihr zu. »Ich hoffe doch, dass wir uns wiedersehen.«

»Ich auch«, erwiderte Mulan schlicht und meinte, was sie sagte.

»Wir suchen dir ein Taxi.«

Sie hielt nach ihren Klassenkameraden Ausschau, doch keiner war in Sicht. Mit denen konnte sie sich jetzt nicht aufhalten. Hektisch überlegte Mulan, wie sie ihre Rückverwandlung bewerkstelligen sollte. Mit Nianshen im Schlepptau konnte sie sich unmöglich, wie geplant, in der Toilette umziehen. Lieber würde sie die Fragerei zu Hause über sich ergehen lassen, als sich vor ihm zu blamieren. Dieses Risiko musste sie eingehen.

Unten an der Straße fragte Nianshen sie nach ihrer Adresse und winkte dann mit lässiger Handbewegung, die Finger nach unten weisend, ein Taxi heran. Schneller als erwartet scherte eines aus dem fließenden Verkehr aus und hielt an der Bordsteinkante. »Zum Volkskrankenhaus Nummer 10«, erklärte Nianshen dem Fahrer.

Mulan überlegte krampfhaft, wie sie es anstellen sollte, vor dem Abschied noch rasch Handynummern zu tauschen. Doch da glitt Nianshen schon zu ihr auf die Rückbank.

Als er ihr überraschtes Gesicht sah, strahlte er sie an: »Es macht dir doch nichts aus, wenn ich mitfahre? Ich muss sehen, dass du heil nach Hause kommst.«

»Nein, natürlich nicht, aber ich muss Junice nur rasch eine SMS schreiben«, überspielte Mulan ihre Verunsicherung. Das war sie der Freundin schuldig, außerdem war es eine gute Gelegenheit, um die Sache mit dem Nummerntausch in die Wege zu leiten. Als hätte er ihre Gedanken gelesen, zog Nianshen, während sie tippte, sein iPhone heraus.

»Wo du gerade dabei bist, kannst du auch gleich meine Nummer eingeben.« Er diktierte ihr die Zahlen, und sie ließ es kurz bei ihm klingeln. Fertig. Dann saßen sie schweigend nebeneinander, während das Taxi über die Hochstraße brauste. Mulan erkannte ihre Wegmarken und wusste, dass der Fahrer die nächste Abfahrt nehmen würde.

»Da drüben ist es.« Mulan deutete auf die andere Straßenseite.

»Ach, Sie wollen gar nicht ins Krankenhaus?«, fragte der Fahrer.

»Nein, ich wohne gegenüber«, erklärte Mulan, was den Fahrer zu einem kühnen U-Turn quer über die befahrene Kreuzung veranlasste. Er hielt am Eingang zur Wohnanlage. Während sie ihren Rucksack zusammenraffte, war Nianshen bereits ausgestiegen und hielt ihr die Tür auf; ihrem Versuch, den Taxifahrer zu bezahlen, kam er zuvor: »Nein, lass, ich fahre ja weiter. War praktisch kein Umweg.«

»Lass mich wenigstens meinen Teil ...«

»Es war wunderbar, dich kennengelernt zu haben«, unterbrach er sie. »Ich hoffe wirklich, dass wir uns wiedersehen.« Jetzt, wo sie sich gegenüberstanden, war er tatsächlich ein wenig verlegen, was ihn Mulan nur noch sympathischer machte.

»Ich auch. Und danke für den Drink und die Begleitung.«

»Gern geschehen. Ich melde mich.«

Waren die hier alle so wohlerzogen? Oder war das mehr als nur die sprichwörtliche asiatische Höflichkeit? Mulan wollte sich gerade dem Tor zuwenden, als Nianshen sie an sich zog und ihr einen schüchternen Kuss auf die Wange drückte. »*Zàijiàn.*«

Gleich darauf war er im Fond des Taxis verschwunden. Mulan winkte ihm nach. Als sie die Wohnanlage betrat, entbot ihr der Wachmann grinsend einen militärischen Salut.

Jetzt musste sie nur noch ungesehen bis in ihr Zimmer kommen. Heute war sie ausnahmsweise froh, dass das Treppenhaus so spärlich beleuchtet war. In den Küchen war um diese Zeit zum Glück nichts mehr los. Oben angekommen öffnete sie mit ihrem Schlüssel leise die Wohnungstür. Es brannte kein Licht, niemand war zu sehen. Mulan nahm ihre Sandalen in die Hand und tapste barfuß durch die dunkle Diele. Hinter der Schlafzimmertür hörte sie diskretes Husten. Natürlich hatten Tante und Onkel kein Auge zugetan, solange sie nicht zu Hause war, und Biaoge surfte bestimmt noch im Internet. Trotzdem war Mulan heilfroh, dass sie ihnen keine Lügengeschichten auftischen musste. Auf Zehenspitzen schlich sie in ihr Zimmer.

15

Den folgenden Tag hatte Mulan in einem Zustand kribbelnder Unruhe verbracht und ihr Smartphone nicht aus den Augen gelassen. Es war aber nur eine SMS von Junice eingegangen: »Am Montag musst du mir alles h a a r k l e i n erzählen!« Immerhin schien ihr die Freundin nicht übel zu nehmen, dass der Abend etwas anders verlaufen war als geplant.

Beim Mittagessen hatte Waipo dann plötzlich einen überraschenden Vorschlag gemacht: »Ich gehe später zum *bàibai* in den Stadtgotttempel, kommst du mit, Mulan?«

»Ja, gern«, hatte sie geantwortet, wunderte sich allerdings, wie das zusammenpasste. Sie hatte ihre Großmutter als glühende Maoistin kennengelernt und als Anhängerin des vernunftbegabten Konfuzius. Offenbar schien sie auch mit dem Übersinnlichen keine Berührungsängste zu haben. Und was bitte war ein *bàibai*? Sprach Waipo jetzt Englisch? Von wem wollte sie sich verabschieden?

»Was hast du vor, Nainai? Willst du die Götter auf Parteilinie bringen?«, hatte Biaoge gefrotzelt. Mulan war es inzwischen gewöhnt, dass ihre Waipo für ihn die *nǎinai*, die Großmutter väterlicherseits, war.

»Mit so was scherzt man nicht, Sunzi«, rügte sie ihren Enkel. Wenn sie es ernst meinte, nannte sie ihn nicht Kleiner Tiger, sondern benutzte die Verwandtschaftsbezeichnung als Anrede. »Es kann nie schaden, sich der Gunst der Götter zu versichern.«

»Und wie machst du das, Waipo?«, wollte Mulan wissen. Die Ethnologin in ihr war wieder erwacht.

»Das wirst du schon sehen.«

Am frühen Nachmittag brachen sie auf. In der U-Bahn gab es heute sogar freie Sitzplätze. Waipo nutzte die Fahrt, um ihre Enkelin aufzuklären. »Jede Stadt hat ihren *chénghuáng miào*, einen Tempel, der dem Schutzpatron der Stadt geweiht ist. Unserer war ein unbestechlicher und pflichtbewusster Beamter im ersten vorchristlichen Jahrhundert. Damals war Shanghai noch ein winziges Fischerdorf, aber er hat es mutig vor einem Piratenangriff geschützt und wurde deshalb später zum Stadtheiligen erhoben und wie ein Gott verehrt.«

»Solche könntet ihr heute auch gebrauchen«, bemerkte Mulan, die in Deutschland immer wieder über Bestechungsskandale unter chinesischen Beamten gelesen hatte.

»Das kannst du laut sagen.« Waipo kicherte zustimmend. »Und die Piraten von heute sind die Immobilienhaie.«

»Aber wieso betest du zu ihm, Waipo?« Mulan hatte sich inzwischen bei Biaoge schlaugemacht: *Bàibai* bedeutete, den Göttern mit Räucherstäbchen oder anderen Opfergaben seine Referenz zu erweisen.

»Dieser Tempel ist der älteste in Shanghai, dort werden

noch andere taoistische Götter verehrt. Zum Beispiel der Gott des Reichtums, Cai Shen. Dessen Beistand kann ich bei meiner kleinen Rente gut gebrauchen. Dir empfehle ich Wenchang, den Schutzpatron der Literatur und Gelehrsamkeit, er hilft bei Prüfungen.«

»Ja geht denn das so einfach?« Mulan konnte sich nicht vorstellen, dass sich dieser Gelehrsamkeitsgott für eine dahergelaufene Sprachschülerin zuständig fühlte, die noch dazu zur Hälfte Ausländerin war. Doch Waipo ging nicht weiter darauf ein, über Glaubensfragen ließ sich eben nicht diskutieren.

Inzwischen waren sie aus dem U-Bahnhof aufgetaucht und flanierten ein Stück die belebte Einkaufsstraße, die Nanjing Donglu, entlang, wo sich Touristen und Einheimische gleichermaßen drängten. Die Geschäfte hatten auch am Wochenende geöffnet, und der Samstag war offenbar ein beliebter Einkaufstag für Familien. Als sie Richtung Altstadt abbogen, wurde die Menge der Kauflustigen eher noch dichter. Kein Wunder, denn hier drängten sich in auf alt getrimmten Neubauten und Arkaden Souvenirstände und Esslokale, Bekleidungsgeschäfte und Schmuckläden. Und dazu – natürlich – jede Menge kleine Restaurants und Imbissstände. Hier ging es *rènào* zu – heiß und laut –, eine für Chinesen unwiderstehliche Mischung.

Auch der Tempel, der inmitten dieses Einkaufsparadieses lag, vermittelte keineswegs das Gefühl von Heiligkeit. Die quietschbunt bemalten Götterfiguren erinnerten eher an einen Rummelplatz. Mulan stellte sich vor, dass diese zum Teil erschreckend fratzenhaften Gestalten auch gut zur Ausstattung einer Geisterbahn gehören könnten.

Den Spruch auf dem großen, schwarz lackierten Schild über dem Eingang musste sie sich von Waipo ins heutige Chinesisch übersetzen lassen: »Sei ehrlich, damit du ruhig schlafen kannst. / Tue Gutes, und die Götter werden davon erfahren.«

Mulan fühlte sich ertappt. Hatte sie ihre chinesische Familie gestern nicht nach Strich und Faden belogen? Und schlecht geschlafen hatte sie schon deshalb, weil ihr Nianshen nicht aus dem Kopf gegangen war. Immer wieder hatte sie die Szenen ihrer Begegnung vor- und zurückgespult.

Waipo steuerte auf einen der Stände zu, die im Vorhof des Tempels Räucherwerk, Totengeld und andere Devotionalien feilboten, und kaufte zwei Bündel Räucherstäbchen. Eines davon drückte sie Mulan in die Hand, die es an dem großen Räucherbecken in der Mitte des Hofes entzündete. Na schön, dann konnte sie hier ja gleich Abbitte tun. Mit dem duftenden Räucherbündel betrat sie den eigentlichen Tempelbezirk.

»Das ist aber nicht gerade alten- und behindertenfreundlich«, bemerkte Mulan, als sie über die hohe Schwelle stieg.

»Dafür hält es böse Geister ab. Die können nämlich weder Schwellen überschreiten noch um die Ecke gehen.«

Mulan sah ihre Waipo von der Seite an. Doch die schien das total ernst zu meinen. Für die alte Dame bestand offenbar kein Widerspruch zwischen Mao-Verehrung und Geisterglaube.

»Der mit dem roten Gesicht ist Huo Guang, flankiert von seinen Adjutanten und Amtsbütteln«, erklärte sie.

Mulan verneigte sich dreimal und spendierte dem Stadtgott ein paar von ihren Räucherstäbchen. Die steckte sie in ein mit Sand gefülltes Gefäß am Fuß des Altars, wo bereits viele andere glommen. Dasselbe wiederholte sie bei Wenchang. Allerdings war sie überzeugt, dass die Lern-App auf ihrem Smartphone, mit der sie Schriftzeichen übte, ein sichereres Mittel für den Prüfungserfolg war. Anschließend schauten sie noch bei Cai Shen, dem Gott des Reichtums, vorbei. Vor diesem kapitalistischen Idol verbeugte Waipo sich besonders ehrfurchtsvoll. Anschließend folgte Mulan der Großmutter in eine Durchgangshalle, in der unzählige Götterfiguren dicht aufgereiht hinter Glas saßen.

»Und wer sind die?«, wollte Mulan wissen.

»Das sind die Jahrespatrone«, erklärte Waipo. »Du bist im Zeichen des Drachen geboren, stimmt's?«

Aha, Waipo wusste also Bescheid. Mulan nickte.

»Das regierende Element im Jahr 2000 war das Metall. Wenn man die fünf Elemente mit den 12 Tieren des Horoskops kombiniert, erhält man die 60 Schutzpatrone, die du hier sitzen siehst. Jetzt müssen wir nur noch den für dich Zuständigen finden.« Waipo ging an dem Schaufenster entlang und studierte mit zusammengekniffenen Augen die kleinen Schildchen. »Der da oben links ist es.« Sie deutete auf eine kleine Holzfigur in der obersten Reihe.

Mulan fühlte sich an die Heiligen der katholischen Kirche erinnert, nur dass bei denen eine andere Arbeitsteilung herrschte. Die Heiligen bekamen ihre Schutzbefohlenen nicht per Geburtsdatum zugeordnet, vielmehr bot jeder eine bestimmte Dienstleistungen an: Florian schützte vor Feuer, Antonius half, verlorene Gegenstände wiederzufinden, Christopherus stand den Reisenden bei.

Mulan musterte ihren privaten Schutzheiligen genau: Diesem kleinen hölzernen Männlein mit dem schütteren schwarzen Bart traute sie nicht viel zu, er sah nicht so aus, als könnte er Einfluss auf ihre Geschicke nehmen. Aber ausschließen wollte sie es auch nicht. Wenn ihre Großmutter auf Nummer sicher ging und sich mit allen gut stellte, warum nicht auch Mulan? Ein Anliegen hatte sie nämlich schon.

Wieder drängte sich Nianshen in ihre Gedanken. Würde sie ihn wiedersehen? Wünschte er sich das genauso sehnlich wie sie? Dachte er in diesem Moment auch an sie?

»Sag mal, Waipo, kann ich den um etwas bitten?« Sie deutete auf das Männlein.

»Wer ernstlich krank ist, kann sich den Arzt nicht aussuchen«, zitierte Waipo aus ihrem unerschöpflichen Weisheitsschatz und sah ihre Enkelin prüfend an.

Als »ernstlich krank« hätte Mulan sich nicht bezeichnet, höchstens als ein bisschen verliebt. Konnte es sein, dass ausgerechnet ihre Oma sie durchschaut hatte?

Sie ließ ihrer Enkelin Zeit, sich andächtig vor ihrem Schutzpatron zu verneigen und ihr Anliegen vorzubringen, stumm natürlich. Dann fragte sie: »Sag mal, Mulan, wer hat dich eigentlich gestern Abend nach Hause gebracht?«

Mulan verschluckte sich fast vor Schreck. Konnte ihre Waipo Gedanken lesen? Wie hatte sie das rausgekriegt? Dann dämmerte es Mulan. Natürlich – der Wachmann am Tor. Er hatte gesehen, wie sie aus dem Taxi gestiegen war und sich von Nianshen verabschiedet hatte beziehungsweise er sich von ihr. Der musste die Info rechtzeitig zum Frühsport in Umlauf gebracht haben, und die alten Herrschaften hatten bei ihrer Morgengymnastik nichts Besseres zu tun, als Waipo alles brühwarm zu erzählen.

»Das war ein Junge aus meiner Klasse«, lag es Mulan auf der Zunge, doch dann fiel ihr der Spruch über dem Tempeltor ein, und sie sagte stattdessen: »Das war Nianshen. Ich habe ihn kennengelernt, als wir nach dem Film noch in eine Bar gegangen sind.« Das war immerhin die halbe Wahrheit.

»Aha, jemand aus der abtrünnigen Provinz.« Natürlich konnte Waipo die in diesem Namen versteckte Botschaft sofort entschlüsseln, und aus ihrer Sicht war und blieb die Insel Taiwan ein unveräußerlicher Teil Chinas. »Immerhin hat er Anstand und ist um deine Sicherheit besorgt.«

»Er lebt mit seinen Eltern hier, sie importieren Tee aus Taiwan. Waipo, bitte erzähl den anderen erst mal nichts davon, ja?«

Waipo hob vielsagend eine Augenbraue, sagte aber nichts. Dann grinste sie, dass man ihren Goldzahn, der in Wirklichkeit ein Blechzahn war, deutlich sah.

Nie hätte Mulan gedacht, dass ausgerechnet ihre strenge Großmutter einmal ihre Verbündete sein würde.

»Und jetzt besorgen wir uns was zu essen. Heute muss ich ja nicht kochen.«

Sie kamen an einem kleinen See vorbei, in dessen Mitte ein Gebäude lag, das genauso aussah, wie Mulan sich das alte China vorstellte: spitze Dächer aus glasierten Ziegeln, geschwungene Giebel und jede Menge Schnitzereien.

»Das ist das Huxintang – das Teehaus im Herzen des Sees. Kannst du dir denken, warum die Brücke dorthin im Zickzack verläuft?«

»Weil Geister nur geradeaus gehen können«, kam es wie aus der Pistole geschossen von Mulan.

»Kluges Kind.« Waipo schmunzelte zufrieden. »Da gehen wir aber nicht rein, das ist eine Touristenfalle, wie alles hier.« Sie deutete verächtlich auf den Häuserkomplex im traditionellen Stil. »Alles neu gebaut. Als ich so jung war wie du, konnte man sich für wenig Geld an den Imbissständen und Garküchen um den Tempel bestens verpflegen. Aber ein paar gute Plätze gibt es zum Glück noch.«

Waipo steuerte auf einen Imbissverkäufer an der Straße zu, der seinen mobilen Stand auf der Ladefläche eines Lastenfahrrads aufgebaut hatte. Die beiden schienen sich zu kennen. »Lange nicht gesehen, *lǎotàitai*«, begrüßte er die alte Dame höflich. Auf einer Kochplatte brutzelte ein Pfannkuchen mit Frühlingszwiebeln. Als er fertig war, teilte ihn der Mann mit seiner Spachtel geschickt in Segmente, stapelte sie aufeinander und schob sie in eine braune Papiertüte. Die reichte er Mulan: »Chinese Pizza to go!«

Ich bin doch keine doofe Touristin, empörte sich Mulan im Stillen, doch der würzige Geschmack des heißen, fettigen Gebäcks versöhnte sie sofort. Einträchtig kauend gingen Großmutter und Enkelin Richtung U-Bahn.

Beim Abendessen ging plötzlich Mulans Smartphone los. Sie hatte es den ganzen Tag mit sich herumgetragen, und ausgerechnet jetzt musste es läuten. Der ungewohnte Klingelton ließ die Köpfe der anderen herumfahren. Ihre Familie betrachtete das Telefon offenbar als Medium zur fürsorglichen Überwachung des ihnen anvertrauten Gastes; damit, dass beide ein Eigenleben entwickeln könnten, schien niemand gerechnet zu haben. Mulan merkte, wie sie knallrot wurde.

»Das muss jemand aus der Sprachschule sein. Wegen der Hausaufgaben«, beeilte sie sich zu erklären, dann stürzte sie in ihr Zimmer. Die anderen schauten ihr überrascht hinterher, Waipo lächelte.

»Hallo?«

»Hier ist Nianshen. Störe ich?«

Mulans Herz machte einen Sprung. »Hi, nein, überhaupt nicht.«

Außer, dass wir beim Abendessen sitzen, und meine Familie rasend gern wüsste, wer mich anruft.

»Ich wollte fragen, ob du morgen Nachmittag mit mir in ein Teehaus gehen möchtest.«

»Hm ja, äh ... Teehaus? Ach ja, super, gern.« Wenn Mulan aufgeregt war, ließ ihr Chinesisch sie auch jetzt noch manchmal im Stich, dann stand sie einen Moment lang auf der Leitung, bis das entscheidende Wort in ihrem Kopf seine deutsche Entsprechung fand. Besonders schlimm war es am Telefon, wenn sie ihren Gesprächspartner nicht sah.

»Kannst du um zwei an der Hengshan Lu sein? Das ist eine Haltestelle auf der Linie 1. Ich warte am Ausgang in Fahrtrichtung auf dich.«

»Linie 1, Hengshan Lu, Fahrtrichtung«, wiederholte Mulan sicherheitshalber. »Um zwei.«

»Genau. Ich freue mich. Bis dann.«

»Ich mich auch. *Zàijiàn.*«

An den Esstisch zurückgekehrt, verkündete Mulan, ohne mit der Wimper zu zucken: »Das war Junice. Wir treffen uns morgen Nachmittag bei ihr, weil wir übers Wochenende so viel Hausaufgaben aufhaben. Gemeinsam geht das besser.«

»Dein Biaoge könnte dir sicher auch helfen, nicht wahr, Xiaohu?«, wandte die Tante ein. Ihr Cousin nickte zwar pflichtschuldig, hielt aber den Kopf gesenkt und tippte auf seinem Smartphone herum.

»Lass doch die Mädels. In dem Alter hat man sich so viel zu erzählen«, mischte Waipo sich ein. Ausnahmsweise zitierte sie diesmal nicht die Weisheit großer Männer, sondern schien auf ihren eigenen Erfahrungsschatz zurückzugreifen. Mulan warf ihr einen dankbaren Blick zu.

Sie sah ihn sofort, er stand hinter der Sperre und wartete auf sie. Einen Moment lang betrachtete sie ihn, ohne sich bemerkbar zu machen. Sie wollte diesen Augenblick auskosten, wollte sein Gesicht sehen, wenn er sie entdeckte. Eine schwarze Strähne war ihm in die Stirn gefallen, ungeduldig schob er sie weg, während er nach ihr Ausschau hielt. Dann trafen sich ihre Blicke, und seine Züge lösten sich in ein strahlendes Lächeln.

»Hallo!« Er winkte, Mulan winkte zurück. Sie legte ihr elektronisches Ticket auf das Lesegerät, die Schranke öffnete sich.

Im ersten Moment waren beide etwas verlegen, doch Nianshen überspielte es, indem er ihr höflich den Rucksack abnahm.

»Den musste ich mitnehmen, weil ich ja offiziell mit Junice Hausaufgaben mache«, erklärte Mulan.

»Sind deine Leute so streng?«

»Nicht streng, aber fürsorglich und furchtbar neugierig – eine anstrengende Mischung.«

In einer Straße mit vielen Restaurants und Bars tauchten sie aus dem U-Bahnhof auf.

»Das ist eine ziemlich touristische Gegend«, erklärte Nianshen. »Am Abend sind hier vor allem Langnasen unterwegs. Aber in einer der Nebenstraßen kenne ich ein kleines Teehaus, das von Taiwanern geführt wird. Vor allem weiß ich, dass der Tee dort in Ordnung ist. Die werden von uns beliefert.«

»Wie praktisch. Dann ist das sozusagen dein erweitertes Wohnzimmer. Aber ich kenne mich ehrlich gesagt mit Tee nicht aus. Bei uns gibt's nur schwarzen Tee im Teebeutel.«

»Euer ›schwarzer‹ Tee heißt bei uns ›roter‹ Tee, aber in China wird vor allem grüner Tee getrunken. Die Teeblätter sind die gleichen, es kommt nur darauf an, wie sie nach dem Pflücken weiterverarbeitet werden. Und Teebeutel sind tabu.«

Durch eine Bambushecke waren sie in einen Garten getreten, in dem ein schlichtes Holzhaus stand, zur Hälfte überwachsen von einer mächtigen Glyzinie. Schon nach wenigen Schritten über die Trittsteine hatte man den Eindruck, die Stadt weit hinter sich gelassen zu haben. Am Eingang wurde Nianshen von der Besitzerin, einer kleinen, energischen Chinesin, wie ein Familienmitglied begrüßt. Sie wurden in eines der separaten Zimmerchen geführt, das sich durch eine Schiebetür vom übrigen Raum abtrennen ließ. Bevor sie das mit Tatami-Matten ausgelegte Kämmerchen betraten, zogen sie die Schuhe aus. Erleichtert stellte Mulan fest, dass sie keine Löcher in den Socken hatte.

Die Frau entfachte mit einem Anzünder den Gasbrenner unter einem Wasserkessel, dann hielt sie Nianshen eine gebundene Karte hin, die vom Umfang her für ein Speiselokal gepasst hätte.

»Ich weiß schon, Ayi. Wir nehmen den Alishan *gāoshān wūlóng*. Und ein paar Snacks dazu.«

Nianshen hatte die Frau tatsächlich mit »Tante« angeredet, dabei aber das Wort *āyí* benutzt, das nicht die leibliche Tante meinte, sondern eine bei Kindern übliche respektvolle Anrede für ältere Frauen war.

Als sich die Tür hinter ihr schloss, öffnete Nianshen auf der gegenüberliegenden Seite eine Schiebetür nach draußen. Auf diese Weise hatten sie ihren ganz privaten Ausblick in den Garten mit seinen Ziersteinen, Kieswegen und Steinlaternen. Der Garten war winzig, vermittelte aber das Gefühl von unbegrenztem Raum.

Mit untergeschlagenen Beinen ließen sie sich an einem Tischchen nieder, das kaum einen halben Meter hoch war.

»Das kommt mir hier alles so japanisch vor«, stellte Mulan fest, während ihr Blick über die Einrichtung schweifte: An der Wand ein Rollbild, überall schimmernde Oberflächen aus poliertem Holz oder Lack und die strenge Geometrie der schwarz eingefassten Matten, die einen angenehm grasigen Geruch verströmten.

»Ist es auch. Taiwan war fünfzig Jahre lang von den Japanern besetzt. Aus dieser Zeit ist uns vieles geblieben. Wir Taiwaner haben auch ein deutlich besseres Verhältnis zu den Japanern als die Chinesen. Hier auf dem Festland haben die im Zweiten Weltkrieg schlimm gewütet.«

Mulan blickte allmählich nicht mehr durch: »wir Taiwaner«, »die Chinesen«, und jetzt kamen auch noch »die Japaner« ins Spiel. Aber das wollte sie jetzt nicht weiter vertiefen, sie war schließlich nicht gekommen, um über Politik zu reden.

Die Besitzerin brachte ein Tablett mit exotischem Knabberzeug und eine kleine Tüte gerollter grüner Teeblätter. Inzwischen brodelte der Wasserkessel, und Nianshen begann kennerhaft mit den Teeutensilien auf dem Beistelltischchen zu hantieren. Nachdem er eine winzige Teekanne aus rotem Ton mit heißem Wasser ausgebrüht hatte, gab er die Teeblätter hinein. Die Kanne hätte aus Mulans Puppenservice stammen können.

»Da passt aber nicht viel rein«, bemerkte sie und sah erstaunt zu, wie Nianshen den ersten Aufguss wegschüttete.

»Keine Sorge, dafür wird vier- bis fünfmal aufgegossen. Die Blätter entwickeln ihr volles Aroma erst beim zweiten Aufguss. Hier, probier mal.« Er goss zartgrünen Tee in ein Schälchen, dessen weiße Innenglasur den Farbton perfekt zur Geltung brachte. »Erst riechen, dann schmecken.«

Mulan schnupperte, nippte und mühte sich, mehr zu schmecken als den ersten bitter-herben Geschmackseindruck. Nianshen sah sie erwartungsvoll an. Sie musste an ihren Vater denken, wenn er einen besonderen Rotwein aus dem Keller holte. Der machte ein ähnliches Getue um Jahrgang, Lage, Architektur, Bukett, Abgang – seine Geheimsprache, um einen Genuss zu beschreiben, der sich nur ihm erschloss. Waren auch Geschmacksknospen kulturell geprägt?

»Es dauert eine Weile, bis man die verschiedenen Nuancen herausschmeckt«, tröstete Nianshen, als er ihre Verunsicherung spürte. »Ich bin damit aufgewachsen, hab praktisch schon mit der Muttermilch grünen Tee getrunken.«

Mulan merkte, wie ihr allmählich der Fuß einschlief. Auch das noch. Sie versuchte, ihn diskret in eine bequemere Lage zu bringen.

»Das ist Gewöhnungssache«, sagte Nianshen, dem nichts verborgen blieb.

Schwacher Trost, dachte Mulan, die sich die kribbelnde Fußsohle massierte. Sie hatte das Gefühl, im China-Eignungstest gleich in mehreren Disziplinen durchgefallen zu sein.

Doch mit der Zeit entspannte sie sich. Sie knabberten Nüsse und kandierte Früchte, Mulan erzählte von München und Nianshen vom Ali-Berg in der Mitte Taiwans, an dessen Fuß er aufgewachsen war und von dessen Hängen der Tee stammte, den sie tranken.

Was hatte es mit diesem Jungen auf sich, von dem sie so viel wissen wollte und dem sie so bereitwillig von sich erzählte? War es die Art, wie er ihr zuhörte, sie dabei ansah und den Redefluss mit Fragen in Gang hielt? Ernst und doch immer für einen Scherz bereit. Er war so anders als alle Jungen, die sie kannte; erwachsener, erfahrener, anziehender.

Nur ein einziges Mal wurden sie von einer jungen Bedienung unterbrochen, die den Wasserkessel nachfüllte. Mulan begriff, dass ein Teehaus Ähnliches bot wie die Karaoke-Bar: Privatsphäre, die bei den beengten Wohnverhältnissen kaum zu haben war. Nur dass man dort hemmungslos laut sein durfte, während man hierherkam, um die Ruhe zu genießen. Zusammen mit den Teeblättern erwarb man einen Anspruch auf Raum und Zeit – Zeit, die für Mulan unmerklich und viel zu schnell verging. Als sie auf die Uhr sah, war es schon halb sechs – höchste Eisenbahn, wenn sie pünktlich zum Essen zu Hause sein wollte. Wieso hatte Nianshen immer diesen Zeitraffereffekt? Kaum hatten sie angefangen zu reden, war die Zeit schon wieder um, dabei gab es noch so viel zu sagen.

»Ich muss jetzt leider los«, sagte Mulan und schlüpfte in ihre Schuhe. Diesmal war sie es, die die Initiative ergriff und Nianshen einen Abschiedskuss auf die Wange drückte. Besser hier drin, da war man sicher vor Spionen. Jetzt war er es, der verblüfft schaute. »Ich finde schon den Weg. Und danke für die Einladung. War schön hier. Wir telefonieren.« Damit ließ sie ihn in dem Zimmerchen zurück und hastete hinaus.

Für diesen keuschen Kuss hatte Mulan ihren ganzen Mut aufbieten müssen. Auf dem Weg zur U-Bahn wunderte sie sich über sich selbst. Wie kam es, dass alles so schnell ging? Schon am ersten Abend hatte sie mit Nianshen über Dinge geredet, die anderen zu erklären sie gar nicht erst versucht hatte. Ungefragt verstanden sie sich, alles an ihm war vertraut und zugleich aufregend neu. Dass sie bis über beide Ohren verliebt war, daran zweifelte sie inzwischen nicht mehr. So etwas war ihr noch nie passiert, aber die Symptome waren eindeutig. In ihren Mädchenbüchern war in solchen Fällen immer von »Schmetterlingen im Bauch« die Rede, aber das beschrieb ihren Zustand nur unzureichend. Jede Faser ihres Körpers summte vor Glück. Sie hätte laut schreien mögen – grundlos und vom Grund ihres Herzens.

Als sie an ihrer Haltestelle ausstieg, musste Mulan sich

wieder in Erinnerung rufen, dass sie bei Junice gewesen war und Hausaufgaben gemacht hatte.

Als Mulan am Montag in der Sprachschule erschien, wartete Junice schon und nahm sie beiseite.

»Wer war denn der gut aussehende Typ, mit dem du am Freitag abgezogen bist?«

War das tatsächlich erst drei Tage her?

»Das war Nianshen, er kommt aus Taiwan.«

»Und? Hat er dich heimgebracht?«

Junice gab erst Ruhe, als Mulan der Freundin den Verlauf des Abends einschließlich Abschiedskuss und gestrigem Teehausbesuch detailliert geschildert hatte. Dann endlich konnte Mulan ihre Gegenfrage loswerden.

»Und wie lief's bei euch? Sorry, dass ich mich nicht um Eric kümmern konnte.«

»Keine Sorge. Die beiden haben nichts anbrennen lassen. Haben sich sofort an einen Trupp Engländerinnen rangeschmissen. Du weißt schon: blond, großer Busen, große Zähne. Diese Tussies konnten sich gar nicht mehr einkriegen: ›A real Chinese from Birmingham – how cuuute!‹ Für die war der Abend gerettet; sie hatten ihre exotischen Chinesen ohne das übliche Kommunikationsproblem. Dann sind die Boys mit ihnen abgezogen, und ich stand allein da. Ich war echt sauer. Das war's dann mit unserem gemeinsamen Ausflug.«

Trotz ihres schlechten Gewissens musste Mulan grinsen. Ausgerechnet Junice, die vorlauteste von allen, war leer ausgegangen.

16

Zu Hause ging alles seinen eingefahrenen Gang. Tante und Onkel mussten zur Arbeit, Biaoge und Mulan in die jeweiligen Schulen, und Oma sorgte dafür, dass am Abend, wenn alle heimkamen, das Essen auf dem Tisch stand. Diese Familie war ein gut funktionierendes kleines Gemeinwesen, in dem jeder seinen Platz und seine Pflichten hatte, auch Mulan.

Und doch merkte Mulan, dass sich etwas verändert hatte. Mit Rücksicht auf ihren begrenzten Zeichenvorrat lief die Kommunikation mit Nianshen per Telefon. Eine SMS hätte sie nicht entziffern, geschweige denn selbst eine schreiben können. Sie beneidete die Jugendlichen, die in der U-Bahn mit affenartiger Geschwindigkeit Schriftzeichen in ihre Smartphones tippten. Und weil jedes Zeichen eine ganze Wortbedeutung war, ging das insgesamt sogar schneller als im Deutschen, wo jeder Buchstabe eines Wortes einzeln getippt werden musste. Vorausgesetzt, man konnte es. Was hätte Mulan darum gegeben, auch so lässig SMS schreiben zu können.

Seither ging sie auch viel lieber in die Sprachschule. Was zuvor lästige Pflicht gewesen war, nahm sie jetzt als sportliche Herausforderung. Chinesisch war ihre gemeinsame Sprache mit Nianshen, in der sie alle Gefühlsnuancen ausdrücken wollte. Kaum hatte sich das Chinesische aus der Bindung an die Mutter befreit, da gingen in Mulans Kopf die Knoten auf, Blockaden lösten sich, Synapsen funkten. Es gab keinen besseren Sprachlehrer als die Liebe.

Es hatte sich eingespielt, dass Mulan Nianshen morgens auf dem Weg zur Schule anrief, und wenn ihn seine Eltern nicht in der Firma brauchten, verabredeten sie sich für den Nachmittag.

Auch Junice fiel auf, dass sich etwas verändert hatte.

»Gehst du heute Nachmittag mit? Wir wollen aufs Shanghai World Financial Center. Du weißt schon – der Flaschenöffner. Die Aussichtsetage ist oben in dem Querriegel. Muss toll sein der Blick von da oben«, verkündete sie nach dem Unterricht.

»Tut mir leid, ich hab schon was vor.«

Noch bevor Mulan dies näher erklären konnte, maulte Junice: »Dauernd hängst du mit diesem Typen ab. Und was ist mit uns, deinen Leidensgenossen? Hast du für uns keine Zeit mehr?«

Die Zeit, die war genau das Problem. Seit sie Nianshen kennengelernt hatte, war Mulan deren stetes Verrinnen plötzlich sehr bewusst, sie war zu einem begrenzten und damit kostbaren Gut geworden. Wie sollte sie Junice erklären, dass sie gar nicht so hoch hinauswollte, dass es für sie »das Höchste« war, einfach nur mit Nianshen auf ihrer Lieblingsbank im Bund-Park zu sitzen, wo sie sich unterhielten und die Wolkenkratzer von unten anschauten? Solange sie pünktlich zum Abendessen erschien, fragte niemand nach; die Nachmittage gehörten ihr.

Inzwischen glichen die abendlichen Gespräche nicht mehr den Kreuzverhören des Anfangs; hier saß kein Gast am Tisch, sondern ein Familienmitglied. Es ging um alltägliche Dinge, Klatsch und Tratsch über Nachbarn und Arbeitskollegen und die üblichen familiären Kabbeleien.

»Habt ihr mitgekriegt, dass die Chens von unten sich ein Auto gekauft haben? Einen Ostwind. Aber sie dürfen damit nicht in die Wohnanlage fahren. Und draußen haben sie wegen der vielen Krankenhausbesucher ständig Parkplatzprobleme«, verkündete die Tante nicht ohne Schadenfreude. »Was nützt mir ein Wagen, wenn ich meine Einkäufe trotzdem bis nach Hause schleppen muss.«

»Dazu habt ihr ja eure alte Oma«, bemerkte Waipo säuerlich. Sie mochte es nicht, wenn ihr Beitrag für den Haushalt nicht ausreichend gewürdigt wurde.

»Aber *māma*, wir haben dir doch schon so oft gesagt, dass Xiaohu und ich die schweren Sachen am Abend besorgen können«, erklärte der Onkel. »Wir sind ja schon unendlich dankbar, dass du dich ums Kochen kümmerst.«

Und die Tante beeilte sich zu sagen: »Ich wüsste nicht, wie wir es ohne dich schaffen sollten, *mā*.«

Dann war es an Oma, großzügig abzuwinken: »Redet keinen Unsinn, Kinder. Das versteht sich doch von selbst.«

»Und die Staus werden auch immer schlimmer«, nahm die Tante den Faden wieder auf. »Kaum jemand fährt noch mit dem Rad.«

»Das wäre ja auch Wahnsinn. Als Radfahrer kann es dir passieren, dass du von diesen SUVs von der Straße gefegt wirst«, bemerkte Biaoge und fügte hinzu: »Und wenn man solche Raser erwischt, dann sagen sie: ›Mein Vater ist Li Gang.‹«

Alle nickten wissend, nur Mulan blickte fragend in die Runde. »Wer ist denn Li Gang?«

»Li Gang war Vize-Polizeichef«, erklärte Biaoge, der auf diese Gelegenheit nur gewartet zu haben schien. »Sein Sohn hat zwei Studentinnen überfahren, von denen eine starb. Als ihn Polizeibeamte stellten, rief er ihnen zu: ›Klagt mich doch an, wenn ihr könnt. Mein Vater ist Li Gang!‹ Das Ganze wäre garantiert vertuscht worden, wenn im Netz nicht ein gigantischer Shitstorm losgebrochen wäre. Es war das erste Mal, dass Netzbürger im großen Stil bei der Aufdeckung von Korruption und Vetternwirtschaft aktiv wurden. Der Sohn ist am Ende doch noch verurteilt worden, und der Vater hat sich öffentlich für ihn entschuldigt.«

»Zu meiner Zeit hat man Konterrevolutionäre öffentlich an den Pranger gestellt. Sie bekamen einen Schandhut auf den Kopf und mussten Selbstkritiken schreiben«, warf Oma ein.

»Das Internet ist auch eine Art Öffentlichkeit, Waipo.«

»Von diesem modernen Zeug versteh ich nichts«, grummelte sie.

Mulan wunderte sich einmal mehr, was ihr Cousin so alles trieb. War er an solchen Aktionen im Netz beteiligt? Vielleicht machte er ja, wenn er nach dem Abendessen mit seinem Laptop im Schlafzimmer verschwand, nicht nur Hausaufgaben, sondern auch Jagd auf korrupte Kader und legte sich mit dem Polizeimännchen an.

Nach der Schule war Mulan mit Nianshen an der U-Bahn-Station Volksplatz verabredet. Selbst durch dieses Labyrinth navigierte Mulan inzwischen problemlos. Sie hatte gelernt, sich am Ordnungssystem von Shanghais Straßen zu orientieren: den Himmelsrichtungen. Lange Straßen waren in Abschnitte unterteilt; es gab eine Nanjing Donglu – die Nanjing-Oststraße, die zum Bund führte – und eine Nanjing Xilu – die Nanjing-Weststraße, die in entgegengesetzter Richtung verlief, Trennlinie war der Volksplatz. Genauso funktionierte es mit Norden und Süden. Wer das einmal begriffen hatte, konnte kaum fehlgehen. Mulan steuerte zielstrebig auf den Ausgang Nanjing-Weststraße zu, wo Nianshen sie hinbestellt hatte. Er hatte nicht verraten, was er ihr diesmal zeigen wollte. »Eine Überraschung«, war alles, was er gesagt hatte. Wie wunderbar, einen so kundigen Stadtführer zu haben.

Einmal mehr genoss Mulan den Moment, wenn sein Gesicht beim Wiedersehen in Lächeln ausbrach. Ihr trieb es dann auch jedes Mal die Mundwinkel auseinander. Inzwischen hatten sie keine Scheu mehr zu zeigen, was sie füreinander empfanden. Mulan ließ sich hineinfallen in die innige Umarmung, mit der er sie empfing.

»*Chī fàn le méi yǒu?*«, begrüßte Nianshen sie mit der traditionellen Frage, ob sie schon gegessen hatte. »Diesmal meine ich's aber ganz wörtlich«, fügte er hinzu.

»*Méi yǒu*«, verneinte Mulan. Sie war direkt von der Schule zum Volksplatz gefahren. Jede Minute der gemeinsamen Zeit zählte.

»Sehr gut. Dann gibt's heute was Süßes«, erwiderte er, während sie die von Platanen gesäumte Nanjing Xilu entlanggingen. »Das ist das ehemalige International Settlement, der Stadtteil, der vor dem Krieg von den Amerikanern und Engländern verwaltet wurde. In den Dreißigerjahren gab es hier viele ausländische Geschäfte und

Lokale. Eine Filiale des bekannten deutschen Café Kiessling aus Tianjin existiert heute noch.«

Vor einer historischen Fassade mit dem Schild »Xin Kaiseling« blieben sie stehen. »Ich dachte, du würdest vielleicht gern mal was Heimatliches essen. Hier gibt's echten *Ape-fel-ste-lu-del.*«

»Apfelstrudel«, wiederholte Mulan lachend. Sie brauchte eine Weile, bis sie merkte, welches deutsche Wort er hier in chinesische Silben zerlegt hatte.

»Keine Ahnung, wie du es schaffst, so viele Konsonanten hintereinander auszusprechen. Jedenfalls scheint das gut zu schmecken.«

Sie betraten ein Café, das sich genauso auch in München oder Wien hätte befinden können: dunkle Holztäfelung, typische Kaffeehausstühle, Kronleuchter und gleich beim Eingang eine gewaltige Kuchentheke hinter Glas. Nachdem sie sich gesetzt hatten, entdeckte Mulan sogar ein Deckengemälde mit rosigen, blondschopfigen Nackedeiengeln, die zwischen wattigen Wolken im Himmelsblau schwebten.

Als die Bedienung kam, bestellte Nianshen zweimal Apfelstrudel mit Schlagsahne und zwei Tassen Kaffee. »Ich glaube, dazu passt kein Tee«, erklärte er. Mulan nickte. Sie war gerührt von seinem Versuch, ihren deutschen Gaumen zu verwöhnen.

Während sie sich durch ein dickes Stück warmen Strudel mit schmelzender Schlagsahne aßen, erzählte Nianshen vom Vorkriegs-Shanghai und den unterschiedlichen ausländischen Konzessionen, in die die Stadt unterteilt war.

»Nach 1938 sind dann zu den bereits hier lebenden Ausländern noch viele deutsche und österreichische Juden dazugekommen. Sie konnten in Shanghai Zuflucht finden, weil es in dieser internationalen Stadt keine einheitliche Verwaltung gab. Andere Länder waren den Emigranten damals bereits verschlossen, nur hier konnte man noch ohne Visum und Bürgschaft einreisen.«

»Muss ganz schön hart gewesen sein, sich ohne Sprache und ohne Verwandte hier zurechtzufinden«, überlegte Mulan. Im Vergleich dazu waren ihre eigenen Erfahrungen in der Fremde geradezu privilegiert.

»Ja. Zuerst wurden sie in Massenunterkünften untergebracht. Später mussten sie dann auf Betreiben der Deutschen zusammengepfercht in einem Ghetto im Stadtteil Hongkou leben. Alles sehr beengt und primitiv. Heute ist dort ein Museum, wo man sehen kann, wie es damals zuging. Immerhin haben die meisten auf diese Weise den Holocaust überlebt.«

»Woher weißt du das alles?«

»Ich interessiere mich eben für Geschichte. Außerdem begegnet man hier auf Schritt und Tritt historischen Zeugnissen. Du musst nur mal darauf achten, wie viele alte Häuser Schilder haben, die sie als ›Cultural Heritage‹ ausweisen.«

Auch Mulan war aufgefallen, dass Shanghai nicht nur aus glitzernden Hochhausfassaden bestand. Dazwischen gab es viele alte Gebäude, die von der internationalen Vergangenheit einer Stadt erzählten, in der sich die Kulturen schon immer begegnet waren.

»Bist du schon mal in Peking gewesen?«, fragte Mulan.

»Ja. Das ist eine viel chinesischere Stadt. Auch dort stößt man ständig auf Geschichte, aber es ist die chinesische Geschichte. Die riesigen Plätze und Boulevards haben etwas Einschüchterndes. Am besten sieht man das auf dem Tian'anmen-Platz.«

»Meine Oma, meine Mutter, alle reden ständig von diesem Platz.«

»Das liegt daran, dass er immer schon eine Schnittstelle zwischen der Macht und dem Volk war. Das Tor zum Himmlischen Frieden war ursprünglich der Vordereingang zur Verbotenen Stadt, in der der Kaiserpalast lag. Dieses Machtsymbol haben die Kommunisten nahtlos übernommen. Mao hat von dort oben die Volksrepublik ausgerufen und die Massen indoktriniert.«

»Ich weiß, meine Oma war dabei. Die schwärmt heute noch davon, wie sie das rote Büchlein geschwenkt hat.«

»Da ist sie nicht die Einzige. Inzwischen steht dort Maos Mausoleum, direkt in der Sichtachse zum Tor.«

»Das Mao-soleum.« Mulan musste über ihren eigenen Scherz grinsen, der auf Chinesisch natürlich nicht funktionierte. Dafür aber auf Englisch, sodass Nianshen schließlich auch mitlachen konnte.

»Andererseits wurde auf diesem Platz schon immer gegen die Macht aufbegehrt. Nicht erst 1989, auch vorher. Aber nie wurden die Proteste so brutal niedergeschlagen wie damals im Juni.«

»Davon hat mir meine Mutter erzählt. Es war einer der Gründe, warum sie in Deutschland geblieben ist.«

»Kann man ihr nicht verdenken.«

Sie schwiegen eine Weile.

»Seither ist sie nicht mehr hier gewesen.«

Das war der Punkt, auf den Mulan immer wieder zurückkam. Hatte die Mutter mit ihrem Land oder mit ihrer Familie gebrochen oder mit beidem? Warum war sie nicht einfach mal mit Mann und Tochter losgeflogen und hatte ihnen ihre Heimat gezeigt?

Mit Nianshen konnte man über solche Dinge reden. Als Taiwaner wusste er, welches Durcheinander die Politik in Familien anrichten kann. Aber eigentlich wollte sie darüber nicht nachdenken. Nicht jetzt. Viel wichtiger war, dass sie beide hier saßen und sich über die leer gegessenen Teller hinweg ansahen. Dass Nianshen ihre Hand nahm.

Seine Berührung schickte Blitze durch ihren Körper. Plötzlich lag ihr eine ganz andere Frage auf der Zunge.

»Sag mal, warum hast du mich eigentlich angesprochen in der Bar Rouge?«

»Weil du schön bist, Mulan«, kam es ohne Überlegen.

Mulan sah ihn forschend an, horchte auf Untertöne in seiner Stimme, doch er sagte es ganz schlicht und voller Ernst.

»Du meinst, wegen dem Kleid?«

»Nein, wegen dir. Weißt du das denn nicht?«, fragte er, als er ihre Verunsicherung bemerkte. »Dann wird's Zeit, dass es dir jemand sagt. Und weil du anders bist. Und ein bisschen verloren sahst du auch aus, wie du so über den Fluss geschaut hast.« Eine Pause entstand. »Weißt du was, Mulan? Ich glaube, ich bin verliebt.« Er zögerte kurz, als sei er selbst verwundert und müsse seine Gefühle nicht nur ihr, sondern auch sich selbst erklären. »Ich liebe dich.«

Wǒ ài nǐ – drei Wörter, so neu und unverbraucht, dass Mulan ganz heiß wurde vor Glück. Hätte Nianshen ihr seine Liebe auf Deutsch gestanden, so hätte das abgegriffen und austauschbar geklungen. So aber bezeichneten die Silben etwas, das nur sie beide empfanden, genau jetzt in diesem Augenblick; neue Vokabeln für ein neues Gefühl. Künftig würde für Mulan die Liebe nach Apfelstrudel schmecken, und sie würde Chinesisch sprechen.

»Ich dich auch, Nianshen.«

Den Weg nach Hause ging Mulan wie in Trance, umgeben von einer Hülle aus Glück. Sie ließ sich von der Menge treiben und hätte in der U-Bahn-Station beinahe den falschen Ausgang genommen. Auf einmal blieb sie so abrupt stehen, dass ihr Hintermann schimpfend gegen sie prallte. Plötzlich begriff sie, warum alles so schnell gegangen war mit Nianshen – weil es schnell gehen musste. Die Zeit lief, die Uhr tickte, ihnen blieb nur begrenzte Zeit, eine sehr begrenzte Zeit. In sechs Wochen würde Mulan nach München zurückfliegen, und Nianshen wartete auf seinen Studienplatz, der überall in China, vielleicht aber auch in Taiwan oder in den USA sein konnte. Und selbst wenn er in Shanghai bliebe – bei geschätzten 9000 Kilometern Luftlinie war eine Fernbeziehung nicht drin.

Noch bevor alles richtig angefangen hatte, spürte Mulan, wie ihr der Trennungsschmerz die Kehle zuschnürte. Sie musste an Waipo denken, die ihr erklärt hatte, dass man die Süße bestimmter Früchte durch eine Prise Salz noch hervorheben kann, Ananas oder Erdbeeren zum Beispiel. Es war so schön, und so traurig zugleich. Und weil es so schön war, war es so traurig, und weil es so traurig war, war es so schön. Das soll einer verstehen, dachte Mulan. Aber vielleicht ließ sich das gar nicht verstehen; es reichte, wenn man es fühlte.

Als Mulan die Wohnung betrat, musste sie ihre ganze Beherrschung aufbieten, um ein normales Mädchen zu sein, das sich mit seiner Familie zum Abendessen setzt. Sah man ihr den Ausnahmezustand der Gefühle denn nicht an? Merkten die nicht, dass ihr das Glück aus allen Poren quoll? Nur Waipo musterte ihre Enkelin mit dem diagnostischen Blick der lebenserfahrenen Barfußärztin; die anderen waren mit ihren Alltagssorgen beschäftigt.

»Habt ihr schon gehört? Es gibt wieder einen neuen Lebensmittelskandel«, empörte sich die Tante. »Jetzt, mitten in der Krabbensaison, ist bekannt geworden, dass die großen Wollhandkrabben mit Antibiotika vollgepumpt werden, damit sie in den Aufzuchtbecken nicht krank werden.«

»Hätte man sich denken können«, bemerkte Biaoge.

»Musst du uns allen den Appetit verderben?«, sagte der Onkel mit einem Seitenblick auf Mulan.

»Unter Mao haben wir auch nicht ständig Krustentiere gegessen. Zu viel Eiweiß ist ungesund und belastet die Leber«, mischte Oma sich ein.

Mulan hielt sich raus. Dass diese armen Tiere lebend und wie Päckchen verschnürt in Körben auf Käufer warteten, schien hier niemanden zu stören. Schließlich waren das nur *dongwu* – sich bewegende Gegenstände; das chinesische Wort für »Tier« sagte doch schon alles.

Aus der Wohnung nebenan drang wie aufs Stichwort schrilles Kläffen durch die Wand.

»Das ist der Hund, den sich die Lius angeschafft haben. So eine halbe Portion mit Schleife im Haar. Die Tochter trägt ihn immer spazieren«, kommentierte Biaoge.

»Solche Schoßhündchen kommen immer mehr in Mode. Neulich habe ich einen auf der Straße gesehen, der hatte doch tatsächlich Schuhe an, vier winzige Turnschuhe. Völlig unnatürlich so was«, brummte der Onkel.

»Der soll bloß aufpassen, dass er nicht im Topf landet«, sagte Waipo düster.

Mulan sah sie erschrocken an. Meinte sie das ernst?

Oma grinste, dass der Goldzahn blitzte.

Nach dem Essen widmete sich jeder seiner Elektronik. Die Tante ließ noch rasch die Waschmaschine abfahren, bevor sie den Fernseher einschaltete, Mulan und Biaoge tauchten vor ihren Rechnern ab.

»Es gibt nichts Schöneres als den Gesang der Zikaden am Abend«, sagte Waipo und verschwand mit einer Zigarette auf den Balkon. Auch Mulan hatte die Zikaden lieben gelernt. Oft steigerte sich ihr Zirpen zu einem vielstimmigen metallischen Hämmern. Die ideale Einschlafmusik.

Mulan war mitten in einer Skype-Session. »Nein, Mama, wirklich, mir geht es prima. Alles in Ordnung.« Mit untrüglichem Instinkt für die Stimmungslagen ihrer Tochter hakte die Mutter nach. – »Ja, doch, ich helfe mit.« – »In der Schule alles bestens.« – »Was macht denn Papa?« – »Ich weiß. Sag ihm einen lieben Gruß.«

In dem kleinen Badezimmer der Lins setzte die Waschmaschine zum Schleudergang an. Dann ging das Licht aus. Auch das Wlan gab den Geist auf. Mamas Kopf wurde kleiner und verschwand schließlich ganz, der Bildschirm wurde dunkel. Mulan tastete sich zur Tür.

»Nicht schon wieder«, stöhnte der Onkel, der die in der Küche bereitliegende Taschenlampe geortet hatte.

»Was ist denn los?«, fragte Mulan.

»Die Sicherung ist raus. Die alten Leitungen hier im Haus sind auf so viele Geräte nicht ausgelegt.« Damit verschwand er im Hausflur.

»Sei vorsichtig«, rief die Tante ihm nach, »diesen alten Stromkabeln ist nicht zu trauen.«

Auch Biaoge war aus dem Schlafzimmer gekommen.

»Twentyfirst century meets the middle ages«, bemerkte er trocken.

Die beiden wirkten wie Kinder, denen man das Spielzeug weggenommen hat. Nur Oma saß ungerührt auf dem Balkon, rauchte und schmunzelte in die Nacht hinaus.

Nach einer gefühlten Ewigkeit flackerten die Glühbirnen zurück ins Leben, der Nachrichtensprecher setzte mitten im Satz ein: »... hat die Disziplinarkomission beim Zentralkomitee der Kommunistischen Partei Chinas in ihrer heutigen Sitzung beschlossen.« Die Tante kümmerte sich um die Wäsche.

»Ich glaub, ich geh ins Bett«, verkündete Mulan. Dem Gespräch mit Mama war nichts hinzuzufügen. Es waren ohnehin immer dieselben Floskeln, die sie via Skype austauschten, Berichte von alltäglichen Begebenheiten, Beteuerungen, wie man sich vermisste, Grüße an die Familie. Das wirklich Spannende hob sich die Mutter für ihre blauen Briefe auf. Sie waren wie eine neue Geheimsprache zwischen Mutter und Tochter, eine Kommunikationsform, die nur ihnen beiden zugänglich war, auch wenn Mulan ihr nicht antwortete. Was sie wirklich bewegte, behielt sie für sich.

Mulan wollte mit ihren Gefühlen am liebsten allein sein. Im Kopfkino noch einmal jedes Detail dieses Nachmittags durchgehen, sich dem Verliebtsein und dem Gesang der Zikaden überlassen.

Ich dich auch, Nianshen.

17

Tags darauf sagte Nianshen ihr bei seinem morgendlichen Anruf, der Mulan immer auf dem Schulweg erreichte, dass er sie heute nicht treffen könne. Eine neue Lieferung Tee war angekommen, und in der Firma wurden alle Hände gebraucht.

Mulan verbarg ihre Enttäuschung hinter fröhlichem Geplauder. Dabei war die Zeit doch so kostbar. Sie merkte, wie sie sich nach ihm sehnte, obwohl sie sich doch erst gestern Abend von ihm verabschiedet hatte. Sich nach Nianshen sehnen – ha, das war ja fast schon ein Wortspiel.

Als sie von der Schule heimkam, lag wieder ein Brief da. Inzwischen wurde die Post aus Deutschland nicht länger kommentiert, sie war zur Selbstverständlichkeit geworden. Mulan konnte sich in aller Ruhe auf den Balkon setzen und lesen, was Mama zu sagen hatte.

München, den 9. Oktober

Meine liebe Mulan,

im letzten Brief habe ich Dir erzählt, wie es kam, dass ich in München geblieben bin. Du kannst Dir sicher vorstellen – jetzt mehr als vor Deinem Aufenthalt in Shanghai –, dass mir diese Entscheidung nicht leichtgefallen ist: ein fremdes Land, eine fremde Sprache und weder Familie noch Freunde in der Nähe. Aber das sollte sich bald ändern. Eine der Lehrerinnen im Goethe-Institut hat mir geholfen, weit über ihre Rolle als Dozentin hinaus. Sie ist dann Deine Tante Erna geworden, Deine *gānmā* oder »Trockenmutter« – eine Patin ohne Taufe.
Die deutsche Bürokratie ist für Ausländer eine nicht zu unterschätzende Hürde: die Sprachprüfung machen – und bestehen, sich um einen Studienplatz bewerben, eine Aufenthaltsgenehmigung beantragen, ein Zimmer suchen. Allein hätte ich das nie geschafft. Und natürlich brauchte ich auch Geld. Ich bekam zwar ein kleines Stipendium, musste aber dazuverdienen, zunächst als Kellnerin in einem Chinarestaurant, später dann durch besser bezahlte Jobs als Dolmetscherin.
Zum Glück wurde mein Abitur in Deutschland anerkannt, und ich habe einen Platz am Sprachen- und Dolmetscherinstitut bekommen. Dort wurde die Sprachkombination Chinesisch/Deutsch angeboten. Genau das, was ich machen wollte und worauf mein bisheriges Leben mich vorbereitet hatte. Die Berufswahl ist ja oft eine Serie von Zufällen, die sich dann zu einem Weg öffnet. Im Rückblick hört sich das immer so einfach und eindeutig an, als wäre von Anfang an alles klar gewesen. Aber so ist es nicht; jede einzelne Entscheidung ist ein

Schritt ins Ungewisse, eine Entscheidung gegen viele andere Möglichkeiten.
Manchmal saß ich in meinem Wohnheimzimmerchen und wurde von Heimweh regelrecht geschüttelt. Meine Mutter hat für meine Entscheidung wenig Verständnis gezeigt, ihr konnte ich also nichts vorjammern. Der Einzige, mit dem ich Kontakt gehalten habe, war mein *dìdi*, mein kleiner Bruder, Dein Onkel.
Er war ja praktisch in einer anderen Familie aufgewachsen, aber wir hatten immer ein gutes Verhältnis zueinander, das bis heute andauert. Damals konnte man nicht mal eben telefonieren, das wäre viel zu teuer gewesen. Außerdem gab es in dem *lǐlòng* – der Gasse, in der er wohnte – nur einen Gemeinschaftsanschluss; man hätte ihn von weit her ans Telefon holen müssen, und die ganze Nachbarschaft hätte mitgehört. Also hat sich alles auf dem Papier abgespielt, so wie jetzt zwischen uns. Die blauen Luftpostumschläge waren meine einzige Verbindung mit zu Hause. Vielleicht bin ich es deshalb gewohnt, mich dem Papier anzuvertrauen.
Wie es weiterging in München, erzähle ich Dir im nächsten Brief. Ein Märchenerzähler muss sich ja auch immer etwas Spannendes aufsparen, um sein Publikum bei der Stange zu halten.

Bis zum nächsten Mal grüßt Dich ganz herzlich
Deine Mama

PS. Eines wollte ich Dir noch sagen: Papa ist immer ganz frustriert, weil er wegen der Zeitverschiebung unter der Woche nicht an unseren Skype-Sessions teilnehmen kann. Wenn er aus dem Büro kommt, schlaft ihr in Shanghai ja schon längst.

Nächstes Mal will er extra früher heimkommen, damit er sich mit eigenen Augen überzeugen kann, dass es seiner Lanlan gut geht. Ich dachte, das solltest Du wissen ☺.

Mulan wurde ganz wehmütig zumute, wenn sie an ihren geliebten Papa dachte. Inzwischen war sie ihm unendlich dankbar, dass er ihr diesen Ausweg eröffnet hatte. Im Nachhinein musste sie zugeben, dass sie wirklich oft unausstehlich gewesen war und ihren armen Vater mit dem ganzen Gezicke in eine Situation gebracht hatte, in der er es keiner seiner beiden Frauen recht machen konnte.

Mulan ließ den Blick über die Baumkronen schweifen, in denen sich die Blätter langsam färbten. An der langen Bambusstange flatterte die Wäsche, die die Tante gestern noch aufgehängt hatte. Ein paar Teile von Mulan waren auch dabei.

Mit ihren Briefen hatte es die Mutter tatsächlich geschafft, dass die Tochter ihr zuhörte und der nächsten Lieferung mit Spannung entgegensah. Jetzt musste bald der Moment kommen, wo sie Gregor kennengelernt hatte. Plötzlich interessierte sich Mulan brennend dafür, ob ihre Mutter, diese beherrschte Frau, die so selten Gefühle zeigte, jemals richtig verliebt gewesen war. Hatte sie damals auch gemeint, zehn Zentimeter über dem Boden durch die Straßen zu schweben, wie Mulan jetzt?

Wie gern hätte Mulan eine Vertraute gehabt, mit der sie das alles besprechen konnte. Aber Junice war ihr zu forsch. Deren Lästermaul wollte Mulan ihre innersten Gefühle nicht ausliefern. Und die Freundinnen zu Hause, diese kichernde Clique, in der sie sich bisher so wohlgefühlt hatte, waren plötzlich weit weg. Nicht nur räumlich. Mulan kam es vor, als sei sie mit einem Schlag älter und erwachsener geworden, so als wäre Shanghai eine Zeitmaschine, mit der sie in die eigene Zukunft unterwegs war.

Träge blinzelte sie in die schräge Sonne. Der strahlende Herbsttag entsprach so ganz ihrer Stimmung: pralle Fülle mit absehbarem Ende. Dann hörte sie drinnen die Wohnungstür gehen. Oma mit dem unvermeidlichen Einkaufsnetz.

»Hallo, Waipo. Was gibt's denn heute Gutes? Kann ich helfen?«

»Hallo, Lanlan. Ja, du kannst Gemüse schneiden. Ich mache drei Gerichte und eine Suppe. Karotten und Rettich bitte in feine Streifen, den Tofu in Würfel, die Bohnen entfädeln und die Sojasprossen waschen«, kamen die klaren Anweisungen von der Großmutter.

In der Küche waren die beiden inzwischen ein unschlagbares Team. Mulan rückte dem Gemüse mit dem Hackmesser zu Leibe, während Waipo sich dem Fleisch widmete, von dem selbst das kleinste Fitzelchen verwendet wurde.

»Manchmal mache ich mir wirklich Sorgen um die anderen«, sagte Waipo plötzlich in die geschäftige Stille hinein.

Mulan sah von ihrer Arbeit auf. Was war denn mit Oma los?

»Sie arbeiten alle viel zu viel. Die Eltern, um dem Sohn eine gute Ausbildung zu ermöglichen, und der Junge, um die Erwartungen der Eltern zu erfüllen. Und dann diese ganzen Maschinen, die man heute zum Leben braucht. Kein Wunder, dass es die Sicherungen raushaut. Letztlich dreht sich alles nur noch ums Geldverdienen. Ich muss schon deshalb fit bleiben, um ihnen wenigstens im Haushalt helfen zu können.«

Nach einer Pause fuhr sie fort: »Wenn ich da an meine eigene Jugend denke ...«

Oh Gott, dachte Mulan, jetzt kommt wieder diese Mao-Seligkeit. Aber heute war Waipos Ton ein anderer: »Wir hatten totale Freiheit. Zu viel, wenn ich es rückblickend betrachte. Wir wurden dazu aufgefordert, jegliche Autorität und Tradition infrage zu stellen. Das haben wir uns natürlich nicht zweimal sagen lassen. Dabei ist manches passiert, was ich heute bereue. Unser jugendlicher Widerspruchsgeist wurde ausgenutzt und missbraucht. Aber wir haben gelebt, wild und gefährlich.«

Einer plötzlichen Eingebung folgend, fragte Mulan: »Warst du mal so richtig verliebt, Waipo?«

»Ja, das war ich. Auch wenn sich bald herausgestellt hat, dass es nicht der Richtige war.« Dann sah sie Mulan lange unverwandt an. »Obwohl im Nachhinein auch das sein Gutes hatte, denn sonst wärst du jetzt nicht hier.«

Mulan war klar, dass sie damit ihre erste, missglückte Beziehung meinte. Aber Waipo war noch nicht zu Ende.

»Was dich und deinen Taiwaner angeht, so genieße es, aber mach nicht denselben Fehler wie ich.«

Mulan blieb die Spucke weg, sie spürte, wie sie knallrot wurde.

»Du weißt doch, wie man das macht. Oder muss ich es dir erklären?«

Rasch verneinte Mulan, bevor die Barfußärztin eine Lektion in Empfängnisverhütung und sicherem Sex loswerden konnte. Ihre Großmutter war ihr meilenweit voraus. Sie war längst da, wo ihre Enkelin sich nicht mal in Gedanken hintraute.

Mulan wollte möglichst schnell weg von diesem Thema, andererseits war es eine gute Gelegenheit, Fragen zu stellen, die Mutters Briefe aufgeworfen hatten. »Und was ist mit deinem zweiten Mann, dem Vater von Jiufu?«

Waipo sah Mulan verblüfft an. Solche direkten Fragen war sie nicht gewohnt. Nach kurzem Zögern antwortete sie: »Der war in Ordnung. Wir haben uns geliebt, aber es blieb uns nur wenig Zeit. Er ist gestorben, als mein Sohn fünf Jahre alt war. Ich hatte einfach kein Glück mit den Männern.«

Gleich darauf drehte sich ein Schlüssel im Schloss. Die Tante kam nach Hause. Der Moment der Nähe war vorüber. Mulan wandte sich nach kurzer Begrüßung wieder ihrer Schnippelei zu. Aus den Augenwinkeln beobachtete sie die zierliche Person mit dem winzigen grauen Haarknoten, die mit energischen Bewegungen am Herd hantierte und zwar wie eine Oma aussah, aber trotzdem nicht in ihr Bild von einer Großmutter passte.

18

Als Mulan am Montag von der Schule nach Hause kam, wartete schon der nächste Brief auf sie.

München, den 20. Oktober

Liebe Mulan, mein kleiner Drache,

Du weißt jetzt, wie es dazu kam, dass ich in München geblieben bin. Meine Entscheidung für Deutschland war gleichzeitig eine Entscheidung gegen mein Land. Da ich nicht wusste, wie die Behörden reagieren würden – man erwartete ja, dass ich nach meinem Stipendienaufenthalt nach Hause zurückkehren würde –, traute ich mich zunächst nicht nach Hause. In den ersten Jahren hätte ich auch gar kein Geld für den damals noch sehr teuren Flug gehabt. Inzwischen bin ich deutsche Staatsbürgerin und habe einen deutschen Pass, man kann mir nichts mehr anhaben, aber in all den Jahren sind mir mein Land und meine Familie fremd geworden. Ich merke, dass ich in vielem schon sehr deutsch geworden bin ☺. Deshalb bin ich ja so dankbar, dass Du die Verbindung jetzt wiederbelebst. Richtig heimisch wurde ich in Deutschland erst, nachdem ich

Gregor kennengelernt habe. Die Liebe ist eben doch der beste Quartiermeister, wie bei uns der Volksmund weiß. Wir haben uns kennengelernt, als eine chinesische Delegation bei ihm in der Firma war und ich gedolmetscht habe. Die Chinesen blieben eine Woche; jeden Tag haben wir miteinander gearbeitet und uns jeden Tag ein bisschen besser kennengelernt. Beide haben wir gespürt, dass wir trotz des Altersunterschieds gut zueinanderpassen. Später habe ich mir überlegt, dass ich in ihm vielleicht den Vater gesucht habe, den ich nie hatte. Aber zuerst war ich einfach nur verliebt. Ich hatte vorher schon Freunde gehabt, Chinesen und Deutsche, aber das waren kurze, oberflächliche Beziehungen – oft nur ein Mittel gegen Einsamkeit und Heimweh.

Mit Deinem Vater war das anders. Am Ende des Auftrags hat er mich zum Essen eingeladen. Wir haben uns den ganzen Abend wunderbar unterhalten. Es war so einfach mit ihm, er verstand, ohne dass ich viel erklären musste. Das war mein schönster Sommer. Ich war verliebt, und meine Liebe wurde erwidert. Die Stadt habe ich auf diese Weise noch einmal ganz neu kennengelernt. Wir gingen im Englischen Garten spazieren und wanderten die Isar entlang. Endlich war ich wirklich in München angekommen. Jetzt dienten meine Deutschkenntnisse nicht mehr nur dem Broterwerb; aus dem Beruf war eine Berufung geworden. Im Nachhinein kam es mir so vor, als hätte ich nur Deutsch gelernt, um mich mit diesem einen Mann unterhalten zu können.

Bald war klar, dass wir es beide ernst meinten, aber mit dem Heiraten haben wir noch gewartet. Ich »musste« ja nicht heiraten, ich hatte eine Aufenthaltsgenehmigung, die ich regelmäßig erneuern konnte. Er war also nicht mein *fēijīpiào* – mein Flugticket –, wie man in China die Beziehung zu einem

Ausländer manchmal nennt. Seine Eltern waren nicht gerade begeistert über eine Chinesin als Schwiegertochter. Als wir uns dann doch »getraut« haben, war ich sehr erleichtert, dass meine Schwiegereltern nicht zu uns gezogen sind, wie das in China zwangsläufig der Fall gewesen wäre. (Deshalb wollen ja alle chinesischen Eltern unbedingt einen Sohn, als Versorgungsgarantie fürs Alter. Von einer Tochter haben sie in dieser Hinsicht nichts zu erwarten, denn die heiratet ja in die Familie des Mannes ein.) Die ersten Jahre konnte ich also weiter berufstätig sein. Als Du Dich dann angekündigt hast, waren wir überglücklich, und ich bin zu Hause geblieben.

Du warst das leibhaftige Ergebnis unserer Verbindung, ein bisschen chinesisch und ein bisschen deutsch. Manchmal stand ich an Deinem Bettchen und habe Dich einfach nur angestaunt. Natürlich wollten wir Dich von Anfang an zweisprachig erziehen, und es war erstaunlich, wie rasch Du auf uns beide in der jeweiligen Sprache reagieren konntest. Ich war so froh, endlich jemanden zu haben, mit dem ich meine Sprache sprechen konnte. Aber das sagte ich schon.

Vielleicht kannst Du Dir vorstellen, wie enttäuscht ich war, als aus dem niedlichen kleinen Mädchen, mit dem ich meine Sprache teilte, ein kratzbürstiger, schlecht gelaunter Teenager wurde, dem ich nichts recht machen konnte. Bisher habe ich immer nur den Verlust gesehen, aber seit ich Dir schreibe, merke ich, dass ich auch etwas dazugewonnen habe: eine junge Frau und Freundin, die sich in der Fremde allein zurechtfindet, die ihre eigenen Erfahrungen macht und der ich meine Geschichte auf Augenhöhe erzählen kann.

Ich glaube, Dein Aufenthalt in Shanghai hat uns beide ein Stück weitergebracht.

Grüße die Familie ganz herzlich von mir, und genieße den Rest Deiner Auszeit,

Deine Mama

Mit Tränen in den Augen faltete Mulan den Brief zusammen. Wie gut, dass niemand zu Hause war. Was die Mutter da über sich schrieb, berührte die Tochter mehr, als diese ahnen konnte; es traf mitten hinein in die Konfusion der eigenen Gefühle. Einmal mehr wurde Mulan bewusst, dass Nianshen und sie die Chance einer Zukunft nicht bekommen würden. Sie hatten nur das Hier und Jetzt. »Der Rest Deiner Auszeit« – bei dieser Formulierung fuhr Mulan der Schreck in die Glieder. Was sie beim Zusammensein mit Nianshen nur zu gern verdrängte, stand ihr jetzt hart und klar vor Augen: Der drohende Abschied, und zwar bald.

Ohne zu überlegen, griff sie zu ihrem Smartphone, ließ es die vertraute Nummer wählen. Jede Minute zählte, sie hatten keine Zeit zu verlieren.

»Nianshen, ich muss dich sehen. Jetzt gleich, geht das?«, fragte Mulan atemlos, sobald er sich meldete.

»Ja, okay.« Er willigte sofort ein, ohne weiter zu fragen. »Nimm die Linie, mit der du sonst zur Schule fährst, aber fahr durch bis Hengshan Lu. Du weißt schon, die Haltestelle beim Teehaus. Dort warte ich wie beim letzten Mal. Bis gleich.«

Mulan riss ein Blatt aus ihrem Ringheft und wollte den anderen eine Botschaft hinterlassen, als ihr plötzlich klar wurde, dass sie das auf Chinesisch tun musste, wenn sie verstanden werden wollte. (Ihrem Biaoge auf Englisch zu schreiben, verbot der Stolz.) Also malte sie in krakeligen Schriftzeichen:

我在Junice家，晚饭以后才回来。
不要担心。木兰

Dann schnappte sie Rucksack und Hausschlüssel und war zur Tür hinaus.

Auf dem Weg durch die Anlage wurde Mulan gegrüßt, als würde sie hier schon jahrelang wohnen. Inzwischen hatte sie aber auch gelernt, neugierigen Fragen diplomatisch auszuweichen. Auf ein allzu direktes »Wo gehst du hin, Mulan?« antwortete sie verbindlich: »Nur ein bisschen spazieren, Tantchen. Ist so schönes Wetter heute.« Es war tatsächlich ein herrlich blauer Tag. Glasklare Luft, die einen Hauch von Meer mitbrachte, aber auch eine erste Ahnung von kühleren Tagen.

Wieder sah sie ihn außerhalb der U-Bahn-Sperre stehen. Waren seit dem ersten Mal tatsächlich erst drei Wochen vergangen? Wortlos ließ Mulan sich in seine Arme sinken, schmiegte ihren Körper fest an seinen. Dann schob sie ihn gerade so weit weg, dass sie ihm in die Augen sehen konnte: »Uns bleibt so wenig Zeit, Nianshen.«

Mehr brauchte sie nicht zu sagen. Er nickte, dann vergrub er sein Gesicht in ihrem Haar. »Mulan.«

Doch ebenso unausgesprochen waren sie sich einig, dass in der verbleibenden Zeit die Traurigkeit nicht die Oberhand bekommen durfte. Sie hatten nichts zu verschenken.

»Was machen wir?«, fragte Mulan tapfer.

»Ich dachte, wir spazieren ein bisschen durch die alten Straßen des Franzosenviertels, und wenn wir keine Lust mehr haben, gehen wir irgendwo Abend essen. Geht das bei dir?«

Mulan dachte an ihren Zettel und musste grinsen. Vielleicht hatte der alte Spruch, dass man fürs Leben und nicht für die Schule lernte, ja doch seine Berechtigung. Statt einer Antwort hakte sie sich bei Nianshen unter. »Gehen wir.«

Sie schlenderten die breiten Gehwege entlang, unter den Füßen das raschelnde Laub mächtiger Platanen. Die fleckigen, nackten Äste schienen sich über die Fahrbahn hinweg die Hände zu reichen. Eine Weile sahen sie einem Trupp Arbeiter in Sicherheitswesten zu, die mit Motorsägen die Bäume zuschnitten und wie neonrote Früchte in den kahlen Zweigen hingen.

Durch gusseiserne Tore und über Gartenmauern hinweg zeigte Nianshen ihr Gebäude in allen möglichen westlichen Stilrichtungen: Verwinkelte Fachwerkhäuser mit kleinen Erkern, Villen mit verspielten Jugendstil-Ornamenten und die sachlich-strengen Linien der Bauhaus-Architektur.

»Wenn man sich die chinesischen Ladenschilder und die Bambusstangen mit der Wäsche wegdenkt, könnte man meinen, im Villenviertel einer deutschen Stadt zu sein«, sagte Mulan.

»Heidelberg oder München würde ich gern mal sehen«, griff Nianshen ihren Gedanken auf.

Eine stille Übereinkunft verbot ihnen, weiter als bis zu Mulans Abreise zu denken, dennoch blitzten immer wieder Wünsche und Hoffnungen auf. Aber letztlich wussten beide, dass ihre Liebe ortsgebunden war, eine Shanghai-Liebe – für den Export nicht vorgesehen. Und die herbstliche Kühle des Abends machte ihnen fröstelnd bewusst, wie unbehaust diese Liebe war. Ein Kuss an eine Mauer gedrückt, eine Umarmung in einer Toreinfahrt; bei jeder Gelegenheit suchten sie die Nähe des anderen, und es war doch nie genug.

> Wer jetzt kein Haus hat, baut sich keines mehr.
> Wer jetzt allein ist, wird es lange bleiben,
> wird wachen, lesen, lange Briefe schreiben
> und wird in den Alleen hin und her
> unruhig wandern, wenn die Blätter treiben.

Wo kam das plötzlich her? Die Zeilen waren in Mulans Kopf aufgetaucht wie eine Flaschenpost aus einem anderen Leben. Klar, Rilke. Irgendwas mit Herbst. Ein Gedicht, mit dem der Deutschlehrer sie gequält hatte. Lyrik nervte. Und doch meldeten sich diese Strophen genau jetzt zu Wort – und brachten auf den Punkt, was Mulan fühlte.

> Herr, es ist Zeit, der Sommer war sehr groß.
> Leg deinen Schatten auf die Sonnenuhren
> und auf den Fluren lass die Winde los.

So fing es an. Die Worte schnürten ihr die Kehle zu. Sie versuchte, sie für Nianshen zu übersetzen, aber es gelang nicht. Ihre unbeholfene Übertragung ins Chinesische klang wie ein Wetterbericht, mit Reim und Rhythmus war auch der Zauber dahin. So streiften sie, jeder in Gedanken versunken, durch das Viertel, bis es dämmrig wurde. Wie immer brach die Dunkelheit unvermittelt und ohne Vorwarnung über die Stadt herein.

»Hungrig?«, brach Nianshen das Schweigen und deutete auf ein kleines Lokal im Tiefparterre eines Apartmenthauses aus den Dreißigerjahren. »Hast du schon mal *lā miàn* gegessen?«

»Ja, aber nur in Deutschland.« Mulan liebte die von Hand gezogenen Nudeln, eine uighurische Spezialität. Sie war mit den Eltern in München schon öfter »beim Uighuren« gewesen. »Würde mich interessieren, ob die hier anders schmecken. Ich seh so gern, wenn sie gemacht werden.«

»Dann probieren wir's.«

Sie gingen ein paar Stufen in das Lokal hinunter und nahmen an einem der winzigen Tische Platz. Die Wärme in dem kleinen, von der Küche nur durch einen Tresen abgetrennten Gastraum tat gut. Es roch nach Kreuzkümmel und Knoblauch, eine Mischung, die Mulan sofort den Speichel in den Mund schießen ließ.

»Kannst du scharf?«, erkundigte sich Nianshen, während er die Karte studierte.

»Kein Problem.«

In der Küche, in die man über die Theke hinweg schauen konnte, war die Show bereits in vollem Gange. Ein junger Mann, offenbar der Sohn des Besitzers, zog einen Batzen Teig auseinander, legte die so entstehenden Bahnen zusammen und wiederholte den Vorgang, bis ein Strang langer Nudeln entstanden war. Wenn sie gerade noch dick genug waren, um viel Soße aufzusaugen, landeten sie in einem Kessel mit heißem Wasser. Das Ganze ging blitzschnell und sah aus wie eines dieser Fadenspiele, das kleine Mädchen einzeln oder zu zweit mit Wollfäden spielen.

Nianshen wählte zwei verschiedene Nudelsoßen, einmal Rind, einmal Lamm. Dazu einen Teller Teigtäschchen, die ebenfalls mit Lammfleisch gefüllt waren.

»Die meisten Uighuren sind Muslime. Schweinefleisch gibt's hier nicht«, klärte er Mulan auf, die das längst wusste.

Nachdem der Besitzer des kleinen Familienbetriebs die Bestellung aufgenommen und sie allein gelassen hatte, nahm Nianshen ihre Hände. Stumm sahen sie sich über den Tisch hinweg an. Es war ein bisschen wie bei dem Spiel, wo zwei sich anstarren und derjenige verloren hat, der zuerst grinst. Mulans Mundwinkel wanderten als Erste nach oben. »Ich hab einfach keine Lust, traurig zu sein, wenn ich mit dir zusammen bin, Nianshen. Wozu haben wir uns gefunden, wenn wir ständig darüber nachdenken, dass wir uns wieder verlieren?«

Es war das erste Mal, dass einer aussprach, was beide nur zu genau wussten.

»Müssen wir das? Uns verlieren, meine ich?«

»Nein. Doch. Ich meine, wie soll das gehen über eine solche Entfernung?«

»Mail, Skype, SMS – wir leben im Zeitalter moderner Kommunikationsmittel.«

»Und was ersetzt uns das hier?« Sie sah ihm direkt in die Augen und drückte seine Hände.

Bevor Nianshen etwas erwidern konnte, wurden zwei dampfende Nudelportionen und ein Teller mit Teigtäschchen vor sie hingestellt. Wieder einmal merkte Mulan, wie tröstlich Essen sein konnte. Iss, so lange es heiß ist, Genuss, der keinen Aufschub duldet. Sie hielt seinen Blick fest und sagte: »Lassen wir's nicht kalt werden.«

Mit den Stäbchen attackierten sie ihre Nudeln. Mulan

war beim Einschlürfen der langen Gebilde mittlerweile so enthemmt, dass niemand mehr Zweifel an ihrer chinesischen Herkunft hegen konnte. Die Schale dicht am Mund, die Stäbchen als zusätzliche Hilfestellung, schiebend und stopfend, ließ sie sich die Nudeln in einem unaufhörlichen Strom in den Mund wandern.

»Das nennt man goldene Brücke«, lachte Nianshen. »Und? Wie schneiden die Nudeln ab im internationalen Vergleich?«

»Shanghai schlägt München drei zu null.«

Die Beklommenheit des Augenblicks war vorüber, sie unterhielten sich und machten Pläne. Dann winkten sie den alten Herrn zum Zahlen her. Mulan musste los.

»*Zài lái a*!« Der Sohn winkte ihnen über den Küchentresen hinweg zum Abschied.

Mulan winkte zurück. »Ja, hier müssen wir noch mal herkommen. Das war wirklich lecker«, sagte sie zu Nianshen.

»Ich bring dich nach Hause«, schlug Nianshen auf dem Weg zur U-Bahn vor. Wieder eine halbe Stunde, die sie dem Schicksal abgetrotzt hatten.

»Aber wir müssen uns in der Station verabschieden. Die Spione sind überall. Als du mich das erste Mal heimgebracht hast, hat uns der Torwächter entdeckt, und natürlich hatte er nichts Besseres zu tun, als es überall rumzuerzählen. Meine Waipo weiß Bescheid.«

»Deine Maoisten-Oma? Hat sie was gesagt?«

»Sie hat's erstaunlich locker genommen.« Was Waipo wirklich gesagt hatte, konnte sie ihm unmöglich erzählen. »Überhaupt ist sie voll in Ordnung. Am Anfang war sie mir ein bisschen unheimlich. Sie ist ziemlich streng und hat ständig irgendwelche Sprüche drauf. Aber neulich hat sie von sich erzählt, nicht dieses Propagandazeug. Sie ist gar nicht so unkritisch, wie man meinen könnte. Und für die Familie ist sie eine große Hilfe. Sie kauft ein und kocht und schmeißt praktisch den Haushalt.«

»Wir haben auch eine Oma zu Hause. Aber meine Nainai, die Mutter meines Vaters, ist pflegebedürftig und liegt den ganzen Tag im Bett. Weil meine Eltern beide in der Firma arbeiten, haben wir eine *āyí*, die bei uns wohnt und sie versorgt.«

»So ähnlich ist das bei uns zu Hause auch, nur dass meine Nainai in einem Altenheim lebt.«

In der U-Bahn herrschte selbst um diese Tageszeit Gedränge. Doch was sonst nervte, kam Mulan heute gerade recht. Widerstandslos ließ sie sich von den Umstehenden gegen Nianshen pressen, der schützend die Arme um sie gelegt hatte. Ihr Kopf lehnte an seiner Schulter. Aus dem Augenwinkel sah sie ihre Haltestelle auf der Leuchtanzeige unaufhörlich näher rücken. Sie hätte ewig so weiterfahren können, geborgen im Gemurmel fremder Stimmen, aufgehoben in der Umarmung ihres Freundes. Noch vor ein paar Wochen hätte Mulan sich nicht vorstellen können, dass sie die Fahrt in einer überfüllten Shanghaier U-Bahn einmal genießen würde.

»Wir müssen raus.« Nianshens Stimme riss sie aus ihrer Träumerei. Sanft schob er sie vor sich her aus der Tür. Sie verabschiedeten sich innerhalb der Sperre. Diesmal küssten sie sich im Schutz der Menschenmenge. Und es war kein verschämtes Küsschen auf die Wange wie damals, als der Torwächter sie verpfiffen hatte.

19

»Seit du diesen Kerl hast, bist du eine echte Spaßbremse«, beklagte sich Junice.

»Stimmt nicht«, verteidigte sich Mulan. Im Unterricht war sie für jeden Unsinn zu haben. Sie ging nach wie vor gern in die Sprachschule. Die tägliche Routine und die Gesellschaft ihrer Klassenkameraden bildeten eine Art neutrale Zone zwischen familiärer Vereinnahmung und dem Tumult ihrer Gefühle. Doch die Nachmittage blieben, sofern er sich freimachen konnte, Nianshen vorbehalten. Beide wussten, wie kostbar ihre Zeit war.

»Nie hast du Zeit, dass wir zusammen was unternehmen. Dabei müsstest du mir eigentlich dankbar sein. Du hättest ihn niemals kennengelernt, wenn ich dich nicht in die Bar Rouge geschleppt hätte.«

»Überhaupt. Was wären wir ohne dich!« Mulan legte den Arm um die Freundin.

»*Shénme dōu méi yǒu,* nothing, nada!« Beide kicherten. Sie hatten sich in dem kleinen Gärtchen vor der Sprachschule die Beine vertreten, jetzt war die Vormittagspause vorüber, und sie gingen für die zweite Unterrichtseinheit zurück ins Klassenzimmer. Es sollte ein kleiner Aufsatz zum

Thema »Meine Familie und ich« geschrieben werden, die Benutzung des Lexikons war erlaubt. Da würde Mulan der Stoff nicht ausgehen. Doch bevor Lehrerin Wang das Klassenzimmer betrat, meldete sich Herr Maier zu Wort.

»Hört mal, Kinder.« Er war der Einzige, bei dem sie eine solche Anrede ohne Protest hinnahmen. »Unser Kurs geht langsam dem Ende zu, und es hat wirklich Spaß gemacht mit euch. Es war mir eine Ehre, euer Klassenopa zu sein, auch wenn mein greises Hirn nicht mehr so viel und so schnell aufnimmt, wie das bei euch der Fall ist. Ist ja auch in Ordnung so. Jedenfalls bin ich stolz auf euch, ihr habt hart gearbeitet. Und bevor ihr in alle Himmelsrichtungen davonfliegt, möchten meine Frau und ich euch gern zu uns zum Essen einladen. Lehrerin Wang ist natürlich mit von der Partie.«

Zustimmendes Gemurmel.

»Bitte haltet euch den kommenden Freitagabend frei.«

»Vielen Dank für die Einladung, Mai Gonggong. Wir kommen gern.« Junice war wie immer die Sprecherin der Gruppe, deren Einverständnis sie ungefragt voraussetzte. Miles, Eric und Mulan nickten eifrig.

»Sehr gut. Lehrerin Wang sage ich nach dem Unterricht Bescheid. Die Adresse gebe ich euch noch.«

Dann vertiefte sich jeder in seine Familienangelegenheiten. Ein sehr chinesisches Thema, zu dem jeder etwas sagen konnte. Doch die Schriftzeichen begrenzten die Ausdrucksmöglichkeiten, auch wenn es mittlerweile schon viel besser ging als am Anfang. Mulan kaute an ihrem Stift. Komplizierte Einsichten ließen sich da nicht formulieren, deshalb hielt sie ihre Sätze bewusst einfach. Zwischendurch musste sie immer wieder nachschlagen:

我母亲是中国人，父亲是德国人，
一家人住在慕尼黑。奶奶也健
在，住在养老院。今年夏天，我第
一次认识了我的中国亲人：舅
舅，舅妈，表哥和外婆，他们和我
的德国亲人完全不同。外婆身
体硬朗，依然忙外地操持家务。
表哥拼命学习，因为他面临
重要的高考。舅舅、舅妈两人
都要上班赚钱供表哥上学。
我很高兴有机会来到上海，
我有了更多的亲人，也明白了
更多的事情。以前妈妈时不时会叫
我"半条龙"，但我并不喜欢这个外
号。现在我为我是半个国人而
骄傲。1→

Mulan sah sich ihr Gekrakel noch einmal durch. Auf dem Computer wäre das wesentlich einfacher gewesen; der bot einem, wenn man die Umschrift eingab, eine Reihe von Zeichen an, aus denen man nur das richtige heraussuchen musste. Aber natürlich sollten die Schüler durch diese Übung selbst ein Gespür für Anzahl und Reihenfolge der Striche entwickeln. Schön waren sie nicht, ihre Schriftzeichen, aber es schien alles gesagt.

Tatsächlich hatte sich vieles verändert, seit Mulan hier angekommen war. Ihre Familie war nicht nur größer geworden, sie kannte jetzt, nicht zuletzt dank der Briefe ihrer Mutter, auch die dazugehörigen Geschichten. Aber so genau brauchte Lehrerin Wang das nicht zu wissen. Für einen Schulaufsatz musste das hier genügen.

Sie schrieb ihren Namen darunter, faltete das Blatt zusammen und gab ab. Ihre Klassenkameraden saßen noch über ihre Texte gebeugt. Während sie einen nach dem anderen betrachtete, wurde ihr schon wieder ganz wehmütig. Diese gemischte Truppe war ihr in den vergangenen Monaten richtig ans Herz gewachsen, auch das eine Art Familie, deren Mitglieder sie alle auf die eine

---

1 Meine Mutter ist Chinesin, mein Vater Deutscher. Wir leben in München. Dann gibt es noch meine Oma väterlicherseits, sie lebt im Altenheim. In diesem Sommer habe ich zum ersten Mal meine chinesische Verwandtschaft kennengelernt: Onkel, Tante, einen Cousin und meine Oma mütterlicherseits. In meiner chinesischen Familie läuft vieles anders als bei uns in Deutschland. Meine Waipo ist sehr fit und hilft im Haushalt. Mein Cousin muss dauernd für die Schule lernen, er bereitet sich auf die Uniaufnahmeprüfung vor. Onkel und Tante arbeiten beide, damit sie die Schule für ihren Sohn bezahlen können.
Ich bin sehr froh, dass ich nach Shanghai gekommen bin. Meine Familie ist größer geworden, und ich kann jetzt vieles besser verstehen. Meine Mutter hat mich früher manchmal »Halbdrache« genannt. Das habe ich gehasst. Inzwischen bin ich stolz auf meine chinesische Hälfte.

oder andere Weise lieb gewonnen hatte, besonders Kurt, den Klassenopa Maier. Sie beobachtete ihn, wie er konzentriert und ein wenig unbeholfen seine Zeichen zu Papier brachte, und bewunderte den Elan und die Mühe, die er in die Sprache seiner Frau investierte. Dann riss sie sich los. Sie war mit Nianshen an ihrer Bank im Bund-Park verabredet. Die Sonne schien, und es war leidlich warm – gute Bedingungen für ein unbehaustes Liebespaar.

Am Tag der Einladung trafen sich Junice und Mulan schon am späten Nachmittag, um noch ein Gastgeschenk zu besorgen.

»Blumen?«, schlug Mulan vor.

»Das ist aber nicht sehr chinesisch«, wandte Junice ein. »Und wenn, dann dürfen sie auf keinen Fall weiß oder gelb sein, sonst denkt jeder gleich an Friedhof.«

Junice hatte recht. Bei genauem Überlegen fiel Mulan auf, dass es im Shanghaier Straßenbild kaum Blumenläden gab, und wenn, dann verkauften sie keine Schnittblumen, sondern fertigten vor allem Gestecke für Beerdigungen oder Geschäfts- und Ausstellungseröffnungen an.

»Pralinen?«

»Schon besser, aber westliche Schokolade ist vielen Chinesen zu süß.«

»Die Frau von Mai Gonggong ist doch bestimmt an westliche Sachen gewöhnt. Die war sicher schon oft mit ihm in Deutschland.«

»Auf die bin ich echt gespannt. Wahrscheinlich ist sie wesentlich jünger als er und hat ihn als *fēijīpiào* benutzt.«

Typisch Junice. Sie kannte diese Frau überhaupt nicht, äußerte aber bereits wilde Vermutungen über sie. Mulan hatte sofort das Bedürfnis, sie zu verteidigen. »Wenn sie ihn nur geheiratet hätte, um aus China rauszukommen, dann würden sie doch jetzt, nach seiner Pensionierung, nicht hier wohnen«, gab sie zu bedenken. »Und außerdem müssen wir Mai Gonggong auch was mitbringen. Er hat uns so oft zum Kaffee eingeladen.«

»Ja, er ist ein Schatz. Was hältst du von Rotwein?«, schlug Junice vor.

»Gut, da kenne ich mich zwar nicht aus, aber wir finden schon was.«

Als sie im Supermarkt vor dem Weinregal standen, kam Mulan, die mit Waipo immer nur in der Markthalle eingekauft hatte, aus dem Staunen nicht heraus. Hier gab es jede Menge Importprodukte.

»Rotwein ist hier jetzt schwer angesagt«, wurde sie von Junice belehrt. »Meine Leute haben sich extra sündteure Weingläser gekauft, damit sie ihn stilecht genießen können. Machen ein furchtbares Getue.«

Sie entschieden sich für einen Bordeaux in mittlerer Preisklasse. Für Frau Maier gab es eine Tafel bittere Schweizer Schokolade mit kandierten Orangenstückchen. Angesichts der stolzen Summe auf der Registrierkasse bemerkte Junice: »Wenigstens geben uns diese Geschenke Gesicht. Man sieht ihnen an, dass sie teuer waren. Und Miles und Eric werden ja auch noch zur Kasse gebeten.«

Das Konzept des »Gesichts« kannte Mulan von ihrer Mutter, die auch ständig das »Gesicht wahren« oder anderen »Gesicht geben« musste. In diesem Fall lief es darauf hinaus, dass man sich nicht durch kleinliche Geschenke blamierte, auf der anderen Seite durfte man das Gegenüber aber auch nicht der Peinlichkeit eines zu protzigen Geschenks aussetzen und es damit zu übertriebener Dankbarkeit zwingen. Es waren immer beide Seiten, die das »Gesicht verlieren« konnten. Da galt es vieles zu berücksichtigen: Alter, Art der Beziehung und sozialer Status spielten eine Rolle. Mulan konnte nur hoffen, dass sie es richtig gemacht hatten.

Sie trafen Miles und Eric am Volksplatz. Beide trugen wieder ihre Ausgehblazer, das störrische Haar war mit Gel gescheitelt. Mulan konnte sich ein Grinsen nicht verkneifen, als sie sie, einer das Spiegelbild des anderen, wie zwei Musterknaben an der Sperre stehen sah. Was die Jungs an den Nachmittagen und Abenden so trieben, war Junice und Mulan weitgehend verborgen geblieben. Aber ihr forsches Vorgehen damals in der Bar Rouge wies darauf hin, dass die beiden keine Gelegenheit ungenutzt verstreichen ließen.

»Die Haltestelle, die er uns genannt hat, liegt ganz schön weit draußen«, sagte Miles, der sich schlaugemacht hatte, wo sie hinmussten. »Er wohnt in einer dieser neuen Wohnanlagen auf der Pudong-Seite, mitten in der Pampa. Wir müssen Richtung Flughafen fahren. An der Metro-Station nehmen wir uns dann am besten ein Taxi.«

»Ich hab seine Handynummer. Im Notfall können wir nachfragen«, sagte Mulan.

Diesmal querte Mulan den Fluss nicht wie beim ersten Mal auf einer der großen Brücken, sondern fuhr in einem Tunnel darunter durch. Als die Bahn endlich wieder an die Oberfläche kam, folgte ein gesichtsloses Neubauviertel nach dem anderen. Riesige Ansammlungen von identischen zwei- bis dreistöckigen Reihen- oder Einzelhäuschen, Architektur, die sich direkt vom Reißbrett auf die noch verfügbaren Flächen ergossen hatte, auf denen bis vor Kurzem noch Chinakohl wuchs. Die Hochhauskulisse am Horizont ließ erkennen, wo der Finanzdistrikt, der Fluss und das »richtige« Shanghai lagen.

»Unser Klassenopa hat ja einen ziemlich weiten Schulweg«, bemerkte Mulan, die sich gerade überlegte, wann Mai Gonggong morgens wohl aufstehen musste, um pünktlich zum Unterrichtsbeginn in der Innenstadt zu sein. Ihre Hochachtung vor seinem Lerneifer wuchs noch weiter.

Der Taxifahrer ließ sie an der Pforte einer Gated Community mit dem Namen »Shanghai Oxford« aussteigen. Das Gelände wurde von einer Mauer gesichert und von einem Wachmann bewacht. Hier ging es nicht so lax zu wie in Mulans Compound, wo der Wachposten vor allem als Infobörse diente. Man durfte nur passieren, wenn der Bewohner, zu dem man wollte, dies zuvor per Telefon bestätigt hatte. Nachdem der Mann vom Sicherheitsdienst bei den Maiers nachgefragt und sie durchgewinkt hatte, suchten sie sich ihren Weg durch Häuser, die alle gleich aussahen und an eine nagelneue englische Kleinstadt erinnerten.

»Wenn man hier abends besoffen heimkommt, kann es schwierig werden, das eigene Bett zu finden«, bemerkte Eric.

Spitzgiebelige Dächer, Balkone und Erker sollten europäisches Flair erzeugen, aber das war nur Fassadenkosmetik. In hundert Jahren würden diese Häuser längst nicht mehr stehen, um die Geschichte der Stadt zu erzählen, wie es die großzügigen Anwesen im Franzosenviertel taten.

»Schlafen geht ja noch. Aber stell dir mal vor, wie sterbenslangweilig es sein muss, den ganzen Tag hier zu verbringen.« Mulan war froh, im wenig schicken, dafür aber lebendigen Stadtteil Zhabei zu Hause zu sein.

Auf den gepflegten Kieswegen kam ihnen eine junge Filipina mit zwei blonden Kindern entgegen.

»Wahrscheinlich wohnen hier vor allem Ausländer und stinkreiche Chinesen«, meinte Eric.

»Ich glaube, wer stinkreich ist, nimmt sich eher eine Wohnung im 30. Stock eines Wolkenkratzers am Bund. Das würde ich jedenfalls machen«, erklärte Junice. »Dann könnte ich den ganzen Tag den Schiffen zuschauen und der Bar Rouge von oben auf die Terrasse gucken.«

»Ich würde mir eine Villa im Franzosenviertel nehmen«, meinte Mulan. Auch wenn jeder seine eigenen Vorlieben hatte, so war doch klar, dass die Stadt sie alle in ihren Bann gezogen hatte. Shanghai war ihnen unter die Haut gegangen.

Endlich hatte Miles das Häuschen der Maiers geortet. »Lane 88, Nr. 8, das muss es sein.«

»Wow, für diese Hausnummer haben sie bestimmt extra bezahlt«, vermutete Mulan, die sich mit chinesischen Glückszahlen und ihren Preisen mittlerweile auskannte.

Als sie klingelten, schallte ihnen lautes Gebell entgegen. Opa Maier öffnete die Tür und musste einen Golden Retriever zurückhalten, der sich freudig auf die Besucher stürzte und an ihnen hochsprang.

»Der tut nichts! Er ist nur furchtbar neugierig. Aber kommt doch herein!«, rief er seinen Gästen zu. Er führte sie in ein Wohnzimmer, wo ein großer runder Tisch gedeckt war. »Lehrerin Wang ist schon da, sie ist mit dem eigenen Wagen gekommen.«

»Ohne Navi hätte ich das nie geschafft«, begrüßte sie ihre Schüler. »Ein Glück, dass er aktuelle Software hat. Hier draußen sprießen die Neubausiedlungen ja aus dem Boden wie der Bambus nach dem Regen.«

»Herzlich willkommen.« Eine Frau um die vierzig mit flottem Kurzhaarschnitt winkte aus der Küche. »Entschuldigt mich noch einen Moment, fünf Minuten, dann ist alles fertig!«

»Das ist Mingming, meine Frau«, stellte Opa Maier sie vor.

Junice stieß Mulan in die Seite und warf ihr einen triumphierenden Blick zu.

»Sie ist Physikerin und arbeitet für die Akademie der Wissenschaften in der Abteilung für Theoretische Physik. Sie ist aber auch viel unterwegs. Deshalb haben wir uns hier draußen in der Nähe des Flughafens niedergelassen«, erklärte Lao Mai. »Ich bin ja schon auf dem Altenteil und kann mich um diesen Racker hier kümmern.« Er deutete auf den Hund, der sich in seinen Korb verrollt hatte, bei seiner Erwähnung aber sofort die Ohren spitzte. »Und endlich mal Schriftzeichen lernen.« Er sah zu Lehrerin Wang hinüber und zuckte fast entschuldigend mit den Schultern. »Auch wenn's nur langsam vorangeht.«

»Nein, nein, Mai Xiansheng«, widersprach Lehrerin Wang, die ihn weiterhin höflich mit »Herr Maier« anredete. »Bei uns heißt es ja nicht umsonst: Alter Ingwer ist der schärfste. Was die Jugend Ihnen an Gedächtnisleistung voraushat, das machen Sie durch Lebenserfahrung wett.« Hier kicherte sie verlegen, weil sie ihm nicht zu nahetreten wollte. Aber Alter, das wusste Mulan, war in China kein Handicap, sondern ein Privileg.

Schließlich kam auch Mingming aus der Küche, eine zierliche Gestalt in schlichtem, aber modischem Outfit, die verschmitzt hinter ihrer runden Brille hervorsah. Mulan schien es fast, als hätte sie die erste Vorstellungsrunde absichtlich ausgelassen, um dem offenkundigen Stolz ihres Mannes zu entgehen.

»Aha, das sind also die Weltbürger der Zukunft«, begrüßte sie die Ankömmlinge, die sie verblüfft ansahen.

»Na ja, ihr kennt euch aus in den Metropolen dieser Welt, beherrscht mehrere Sprachen und seid in verschiedenen Kulturen zu Hause. Solche wie ihr werden gebraucht«, erklärte sie.

So hatte Mulan das noch nie betrachtet. Diese Frau gefiel ihr, sie war so ganz anders als erwartet. Die Schokolade, die sie immer noch in der Hand hielt, kam ihr jetzt ziemlich spießig vor. Aber andererseits – warum sollte eine Physikerin keine Schwäche für Süßes haben?

»Wir haben eine Kleinigkeit mitgebracht«, sagte Junice wie auf Stichwort und stellte die Flasche auf den Tisch. Mulan legte die Schokolade daneben.

»Das ist aber lieb von euch, vielen Dank.« Sie stellte die Geschenke beiseite, ohne sie auszupacken, eine Maßnahme, die Peinlichkeiten vorbeugen sollte. »Lao Mai hat so viel von euch erzählt, dass ich das Gefühl habe, euch schon lange zu kennen. Aber setzt euch doch, es geht gleich los. Wang Laoshi, die Hauptperson des Abends, bitte hier auf den Ehrenplatz.« Souverän manövrierte sie die sich höflich sträubende Lehrerin auf den Platz gegenüber der Tür, die anderen gruppierten sich drum herum. »Eric, Miles, könnt ihr mir bitte beim Reintragen helfen? Lao Mai kümmert sich inzwischen um die Getränke«, dirigierte sie souverän ihre Gäste. Das ließen die beiden Jungs sich nicht zweimal sagen, gastronomieerprobt wie sie waren, lieferten sie einen tadellosen Service ab.

Als die Teller mit den Vorspeisen auf der Drehscheibe in der Mitte des Tisches standen, als alle zugriffen und das Essen lobten, gestand die Gastgeberin: »Ich habe ein bisschen gemogelt. Manche Sachen sind fertig gekauft, sonst hätte ich es zeitlich nicht geschafft. Ich musste noch ein Paper für eine Konferenz in Kopenhagen fertig machen, zu der ich nächste Woche fliege.«

Mulan warf Junice einen vielsagenden Blick zu: Von wegen *fēijīpiào*! Die Frau hatte in Harvard studiert und flog zu internationalen Konferenzen. Mulan spürte eine heimliche Freude, dass Junice so gründlich falschgelegen hatte mit ihrer Einschätzung.

Es wurde ein richtig schöner Abend: Die lebhafte Mingming erzählte interessante Geschichten von schwarzen Löchern, Lehrerin Wang verwandelte sich vom Lehrkörper in eine Privatperson und gestand ihre Schwäche für Kungfu-Filme, und Lao Mai genoss es sichtlich, dass alle sich so gut verstanden und kräftig zulangten.

Als Miles nach dem Nachtisch unter wohligem Stöhnen bekannt gab, dass man ihn jetzt nach Hause rollen könne, nahm Lehrerin Wang das als Zeichen zum Aufbruch. »Ich kann euch bis in die Innenstadt mitnehmen«, bot sie an. »Drei hinten, einer vorn.« Der Vorschlag wurde erleichtert aufgenommen.

Mulan stellte die Essschalen zusammen und folgte Mingming in die Küche, wo sie ihr half, das Geschirr in die Spülmaschine zu laden.

»Darf ich Sie mal was fragen, Mingming?«, begann sie.

Den ganzen Abend hatte sie dieses ungleiche Paar beobachtet. Jetzt lag ihr eine Frage auf der Zunge, die sie ihren eigenen Eltern nie gestellt hatte. »Sie sind Chinesin. Und Ihr Mann ist Deutscher. Ist das nicht manchmal schwierig?«

Mingming sah sie lächelnd an. »Ach, weißt du, Mulan, ich sehe da eher physikalische Kräfte am Werk – Gravitation, Erdanziehung, Magnetismus, so was in der Art. Und dafür, dass es funktionieren kann, bist du doch der beste Beweis. Das Konzept der Nationalität spielt in meinen Kreisen kaum noch eine Rolle. Da muss man sich höchstens manchmal fragen, ob man einen Kollegen anskypen kann oder ob die Leute in seinem Teil der Welt gerade schlafen. Oder schau dir diese Küche an: Der Geschirrspüler ist von *Bó shì*, wie man hier sagt, und der Gasherd ein chinesisches Modell, weil die einfach besser für den Wok geeignet sind. Ich glaube, das kannst du ruhig ein bisschen lockerer sehen.«

»Mulan, wo bleibst du? Wir gehen!«, rief Junice aus dem Wohnzimmer.

»Danke«, sagte Mulan rasch. Etwas anderes fiel ihr auf die Schnelle nicht ein. Sie hatte tatsächlich das Gefühl, sich bedanken zu müssen für die ehrliche Antwort dieser ungewöhnlichen Frau.

Die anderen waren bereits im Aufbruch, der Hund drehte voll Vorfreude auf den bevorstehenden Spaziergang wilde Pirouetten. Nach der Verabschiedung von den Gastgebern stapelten sie sich in den Kleinwagen von Lehrerin Wang. Mulan durfte nach vorn, die Jungs nahmen Junice in die Mitte. Durch menschenleere Straßen fuhren sie in Richtung Innenstadt.

»Puh, jetzt ist mir wohler«, sagte Junice, als sie wieder in den Stadtverkehr eingetaucht waren, der auch am späten Abend nicht nachließ. »Da draußen ist ja der Hund begraben.« Dann hielt sie sich in gespieltem Entsetzen die Hand vor den Mund. »Oh, sorry, ich wollte Lao Mais Liebling nicht zu nahetreten.«

Am Volksplatz stiegen sie aus und verteilten sich auf die jeweiligen U-Bahn-Linien. Als der Torwächter – nicht der von neulich – Mulan am Eingang zu ihrem Compound begrüßte, empfand sie fast heimatliche Gefühle. Die Wohnung war dunkel, aber diesmal war hinter der Tür von Tante und Onkel kein verhaltenes Flüstern oder Hüsteln mehr zu hören. Aus Waipos Schlafzimmer drang regelmäßiges, röhrendes Schnarchen. Dafür wartete ein Brief für sie auf dem Esstisch, das Kuvert war liebevoll an ein Schüsselchen mit Sesamgebäck gelehnt. Nein, nichts mehr zu essen, aber auf den Inhalt des Briefes war Mulan gespannt. Sie setzte sich auf ihr Bett und riss den Umschlag auf.

München, den 1. November

Meine liebe Mulan,

im letzten Brief habe ich Dir nicht alle Gründe genannt, warum ich so lange nicht nach Hause gefahren bin. Du hast Dich sicher schon gefragt, warum wir nicht längst gemeinsam meine Familie in Shanghai besucht haben. Zuerst, wie gesagt, fehlte das Geld für ein Flugticket, das damals noch unerschwinglich war. Was mich aber wirklich abgehalten hat, war die Reaktion meiner Mutter auf die Heirat mit Gregor. Als ich ihr freudig in einem Brief davon berichtete, hat sie zurückgeschrieben, mit einem Ausländer bräuchte ich nicht nach Hause zu kommen. Das hat mich, wie Du Dir vorstellen kannst, sehr verletzt. Welches Recht hatte sie, die mich zwar in die Welt gesetzt, aber nicht großgezogen hatte, mir so etwas zu schreiben?

Inzwischen habe ich viele Gründe zu ihrer Entschuldigung gefunden. Damals war man in China noch nicht so weltoffen wie heute. Für Deine Großmutter, die immer noch den alten maoistischen Ideen anhängt, hatte ein Ausländer zudem den Makel, ein Kapitalist zu sein. Außerdem, und das ist vielleicht der wichtigste Grund, ist sie eine verbitterte Frau, die selbst nie eine wirklich gute Beziehung zu einem Mann hatte. Mein Vater hat sie geschwängert und ist dann aus ihrem Leben verschwunden, und mit ihrem zweiten Mann blieb ihr nicht viel gemeinsame Zeit. Jemand, der immer allein zurechtkommen musste, den macht das Leben stark, aber manchmal auch hart.

Ich erzähle Dir das erst jetzt, weil ich nicht wollte, dass Du ihr voreingenommen begegnest. Du sollst Dir ein eigenes Bild machen und hast inzwischen sicher auch ihre guten Seiten kennen- und schätzen gelernt. Und ich bin sicher, dass sie ihre Lanlan längst ins Herz geschlossen hat.

In gewisser Weise habe ich Dich also vorgeschickt; meine tapfere Mulan, die stellvertretend für ihren Vater in den Krieg zieht, wie es Dein Name nahelegt. Aber das klingt nun wirklich zu krass, denn Du bist bei meiner Familie ja freundlich aufgenommen worden. Trotzdem bist Du, das ist mir in den letzten Wochen klar geworden, als eine Art Botschafterin nach Shanghai gefahren, eine neue Generation, die die Last der vorherigen abstreift und neu beginnen kann.

Das war's für heute aus München. Papa und ich freuen uns

schon sehr, Dich bald wiederzusehen. Hier ist bereits der erste Schnee gefallen. Beim nächsten Skypen zeige ich Dir, wie der Garten jetzt aussieht. Also genieße das milde Klima in Shanghai, der deutsche Winter wird Dich bald genug einholen.

Alles Gute,
Deine Mama

Jetzt war Mulan hellwach. War sie in den Augen ihrer Oma nicht auch eine Ausländerin? Wieder sah sie sich dem prüfenden Blick ausgesetzt, mit dem ihre Großmutter bei der ersten Begegnung ihr Gesicht nach Spuren des fremden Vaters abgesucht hatte. Wie lange waren ihre Eltern jetzt verheiratet? Bald siebzehn Jahre. Wie konnte eine einzige, im Zorn gemachte Äußerung das Verhältnis zweier Menschen so lange belasten?

Dann fiel ihr das Gespräch mit Mingming von vorhin ein. Die Frau ihres Klassenopas bewegte sich in einer Umgebung, in der das Konzept »Ausländer« keine Rolle spielte. So wollte Mulan es auch halten, schließlich war sie der lebende Beweis, dass man überall und nirgends Ausländer sein konnte.

20

Das Klingeln von Mulans Smartphone war im Haushalt der Lins nach wie vor ein Ereignis, das sofort die Aufmerksamkeit aller auf sich zog, zumal wenn beim Abendessen das Publikum vollzählig versammelt war. Doch Mulan konnte mit der Situation inzwischen souverän umgehen. Sobald sie die Nummer auf dem Display erkannte, verließ sie, ein entschuldigendes »*duibuqǐ*« murmelnd, mit ungerührtem Gesichtsausdruck den Tisch und verschwand in ihrem Zimmer. Nur mit Waipo tauschte sie einen raschen Blick. Sie würde ihrer Familie schon beibringen, was Privatsphäre bedeutete, auch wenn es im Chinesischen angeblich kein Wort dafür gab.

»Nianshen?«

»Mulan! Können wir uns sehen?«

»Jetzt?« Sie wollte schon einwenden, dass das schwierig werden könnte, aber die Dringlichkeit in seiner Stimme ließ sie aufhorchen. »Ich lass mir was einfallen. Wo sollen wir uns treffen?«

»Unsere Bank?«

»Zu kalt. Außerdem ist es schon dunkel.«

»Stimmt«, er überlegte kurz. »Ich komme in deine Richtung. Dann hast du's anschließend nicht so weit nach Hause.«

»Gut. Wir werden schon was finden. Ich treffe dich in einer halben Stunde an meinem U-Bahn-Ausgang. Schaffst du das?«

»Ja. Bis gleich.«

Rasch ging Mulan im Geist die Umgebung durch. Sich auf ein Glas Bier oder Wein in der Eckkneipe zu verabreden war hier nicht üblich. In China traf man sich zum Essen, nicht zum Trinken. Mulan konnte sich nicht erinnern, in der ganzen Zeit je einem Betrunkenen auf der Straße begegnet zu sein, und Jugendliche mit Bierflaschen hingen hier auch nicht ab. Alkoholkonsum beschränkte sich auf Schnaps oder Reiswein, der nach einem üppigen Essen getrunken wurde. Wo immer Chinesen sich betranken, in der Öffentlichkeit taten sie es jedenfalls nicht.

Das engte allerdings die Möglichkeiten ein, sich abends zu verabreden. Nianshen hatte nicht so geklungen, als sei er in der Stimmung für eine Bar mit lauter Musik. Da fiel Mulan ein kleines Café ein, in das die Krankenhausbesucher ihre Patienten ausführten, nicht selten im Pyjama. Mulan hatte dort sogar schon mal jemand mit einem Infusionsständer sitzen sehen. Hoffentlich hatten die auch am Abend geöffnet.

Aber zuerst musste sie sich von der Familie loseisen. Sie begegnete den fragenden Blicken mit einem Pokerface und setzte sich wieder an den Tisch. Bewusst ließ sie zwischen dem Anruf und ihrer Ankündigung, noch einmal wegzugehen, eine Weile verstreichen. Nachdem sie aufgegessen und abgeräumt hatte, verkündete sie beiläufig: »Ich geh noch ein bisschen shoppen. Muss langsam an die Mitbringsel für daheim denken.«

Zum Glück war es nichts Ungewöhnliches, um diese Zeit einkaufen zu gehen. Die Geschäfte waren bis in den späten Abend hinein geöffnet, für viele Berufstätige die beste Zeit, um Besorgungen zu machen.

»Du fährst jetzt noch in die Innenstadt?«, fragte die Tante leicht besorgt.

»Nein, ich schau mich bloß hier ein wenig um.« Mulan befürchtete schon, dass die Tante anbieten werde, sie zu begleiten, das hätte Mulan in echte Schwierigkeiten gebracht. Aber zum Glück lief um sieben ihre Lieblings-Seifenoper, ein Historiendrama, das am ming-zeitlichen Kaiserhof spielte, in die dreiundzwanzigste Folge ging und keinesfalls verpasst werden durfte.

Der Stadtteil Zhabei war zwar nicht gerade ein Shoppingparadies, aber ein paar Outlets gab es schon, und auf dem illegalen Straßenmarkt, wo allabendlich auf Decken am Gehwegrand Waren feilgeboten wurden, konnte man ebenfalls das eine oder andere Schnäppchen machen. Eigentlich war das verboten, und sobald ein Polizist gesichtet wurde, rafften die Händler blitzschnell ihre Decken mit den Waren zusammen und flohen in den nächsten Hauseingang. Kaum war die Streife durch, ging der Verkauf weiter.

Mulan verabschiedete sich mit einem lässigen »Bis bald«, dann stürmte sie die Treppen hinunter und eilte zur U-Bahn-Station. Die Zeit lief.

Nianshen war schon da, und Mulan rannte in seine Arme.

»Es ist so weit«, flüsterte er ihr ins Ohr.

»Was ist so weit?«, fragte Mulan, sie spürte sofort, dass etwas nicht stimmte.

»Ich habe einen Studienplatz in Taipeh bekommen. Genau den, den ich mir gewünscht habe: Geschichte an der Taida. Im Nachrückverfahren. Das Semester hat schon begonnen, deshalb muss ich so schnell wie möglich hin und mich einschreiben.« Das alles stieß er in einem Atemzug hervor, als drohte ihm die Luft auszugehen.

Mulan war so starr vor Schreck, dass sie nichts herausbrachte. Die Knie wurden ihr weich, und sie musste sich an Nianshen lehnen.

»Meine Eltern haben mir für Freitag einen Flug gebucht. Ich kann zunächst mal bei meinem Onkel wohnen.«

Mulans Gedanken rasten. Heute war Dienstag. Noch zwei Tage. Sie hatte immer gedacht, dass sie diejenige sein werde, die durch die Abreise ihrem Glück ein Ende setzte. Sie hatte geglaubt, die Sache in der Hand zu haben, dann hätte sie sich immerhin darauf einstellen können. Jetzt kam der Schlag aus der anderen Richtung – und traf sie völlig unerwartet. So schnell? Nur zwei Tage noch. Die Vorstellung schnürte ihr die Kehle zu.

Aber durfte sie nur an sich denken? War es nicht wunderbar für Nianshen, dass er dort studieren durfte? Und wie fühlte sich das für ihn an? Der Riss zwischen Freude und Traurigkeit musste ja mitten durch ihn hindurchgehen.

Zwei Tage noch. Plötzlich war dieses Gedicht von neulich wieder da, diesmal die zweite Strophe:

Befiehl den letzten Früchten, voll zu sein;
gib ihnen noch zwei südlichere Tage,
dränge sie zur Vollendung hin, und jage
die letzte Süße in den schweren Wein.

Zwei südlichere Tage.

Hand in Hand gingen sie schweigend die Straße entlang, bis Mulan auf das Café deutete, das zum Glück noch offen war. Heute hatte sie keinen Blick für die anderen Gäste. Sie suchten sich einen möglichst abgelegenen Tisch, Mulan bestellte eine Papayamilch, Nianshen einen Kaffee.

Als sie wieder ungestört waren, stützte Nianshen die Ellbogen auf den Tisch, nahm das Kinn in die Hände und murmelte zwischen den Fingern hindurch: »Es zerreißt mich fast, wenn ich daran denke. Ein Platz an der National Taiwan University ist wie der Jackpot. Die ranghöchste Universität auf der Insel mit den besten Dozenten und entsprechend guten Zukunftsaussichten. Andererseits will ich hier nicht weg, um keinen Preis.«

»Aber, Nianshen, überleg doch. In gut zwei Wochen bin ich nicht mehr da. Das haben wir die ganze Zeit gewusst. Nur dass jetzt du es bist, der als Erster geht.«

»Zwei Wochen sind eine Menge Gegenwart angesichts von so viel ungewisser Zukunft.«

Mulan nickte. Tränen der Verzweiflung tropften in ihre Papayamilch. Dann riss sie sich zusammen. »Wir müssen was tun, Nianshen. Ich meine, mit der Zeit, die uns bleibt. Ich könnte die Schule schwänzen. Kannst du einen Tag entbehren, oder musst du packen?«

»Packen kann ich zur Not auch nachts. Du hast recht,

wir müssen hier weg. Raus aus der Stadt, raus aus der Familie. Wir brauchen Luft, Wind um die Nase. Ich weiß auch schon, wohin.« Sein alter Enthusiasmus war zurück. »Wir fahren mit dem Schiff zum Putuoshan. Das ist einer der vier heiligen buddhistischen Berge Chinas. Er ist zwar nicht hoch, aber dafür liegt er auf einer Insel. In einem Tag hin und zurück ist zwar Wahnsinn, aber man kann es schaffen. Normalerweise ist das ein Wochenendausflug. Ich werde mich erkundigen, aber stell dich drauf ein, dass wir früh losmüssen und spät heimkommen.«

Mulan merkte, wie erleichtert sie war, nicht weiter als bis übermorgen denken zu müssen. »Übermorgen also. Aber jetzt muss ich los. Ich gehe besser allein. Das hier ist vermintes Gelände. Ruf mich an, wenn du weißt, wann und wo wir uns treffen.«

Von nun an war jeder kleine Abschied ein Stück vom großen, ein Vorgeschmack auf das, was ihnen unausweichlich bevorstand und jetzt ein konkretes Datum hatte.

Auf dem Heimweg erstand Mulan bei einem Straßenhändler noch schnell ein T-Shirt, auf dem Pandas die 24 Positionen des Tai Chi vorführten, ein wunderbares Geschenk für Gregor, der lieber andere den Sport machen ließ. Sie durfte nicht ohne Beute heimkommen. Vor lauter Aufregung vergaß sie sogar das Feilschen.

Angenehm überrascht reichte ihr der Händler die gestreifte Plastiktüte. Ein bisschen fremdländisch sieht sie ja aus, diese junge Frau, wird er sich wohl gedacht haben. Wahrscheinlich eines von diesen Landeiern aus den Westprovinzen, die nicht wussten, was hier abging. Mulan war es egal, welcher Minderheit man sie zuordnete, sie war eine Klasse für sich.

Am Mittwoch Morgen auf dem Weg zum Unterricht klingelte bei Mulan wieder das Telefon.

»Nianshen?« Das Herz schlug ihr bis zum Hals.

»Mulan, ich kann nicht in derselben Stadt sein und dich nicht sehen. Wenigstens für eine Stunde. Kannst du das einrichten?« Seine Stimme war ganz rau vor Sehnsucht.

»Klar.«

»Um zwei?«

»Wo?«

»Ein letzter Blick auf unsere Stadt. Steig an der ersten Haltestelle auf der Pudong-Seite aus.«

»Der Flaschenöffner?«

»Lass dich überraschen.«

Als Mulan die Sperre des U-Bahnhofs erreichte, war Nianshen schon da. Sie versuchte, sich alles genau einzuprägen: sein Gesicht, wenn er sie erspähte, seine Arme, wenn sie sich um sie legten, den Moment, wenn seine Lippen die ihren berührten. Konserven für später.

»Wir fahren auf den Shanghai Tower. Derzeit das höchste Gebäude Chinas, es ist erst diesen Sommer fertiggestellt worden. Die Aussichtsplattform ist 561 Meter hoch. Bist du schwindelfrei?«

»Mit dir schon«, erwiderte Mulan und hakte sich bei ihm unter.

Sie legte den Kopf in den Nacken, um die Spitze des Gebäudes zu sehen, das sich mit elegantem Schwung in den Himmel schraubte, aber die verbarg sich in den Wolken.

Von verschiedenen Liften wurden sie in rasender Geschwindigkeit nach oben transportiert. Mulan hatte das

Gefühl, als würden ihr die Füße vom Boden gehoben, gleichzeitig sackte der Magen nach unten durch, Druck baute sich in den Ohren auf. Irgendwie passte das. Seit sie von Nianshens Abreise wusste, hatte sie ohnehin das Gefühl, den Boden unter den Füßen verloren zu haben.

Als sie oben ausstiegen und auf die offene Plattform hinaustraten, hielt sich Mulan dicht hinter Nianshen. Kalter Wind riss an ihren Haaren. Die bis unten verglasten Wände boten dem Blick keinen Halt. Dafür gaben sie ein Panorama frei, das von ziehenden Wolkenfetzen dramatisch inszeniert wurde. Sie warfen fliegende Schatten auf die Welt darunter, eine Welt aus Bauklötzchen und Spielzeugautos, selbst auf die höchsten Wolkenkratzer konnte man hinabschauen.

»Da fahren wir morgen hin.« Nianshen deutete in die Richtung, wo am diesigen Horizont Meer und Himmel sich trafen. Jetzt erst wurde Mulan klar, wieso Shanghai die Stadt »über dem Meer« genannt wurde. Im Häuserdschungel war ihr der Gedanke an das nahe Meer, das sie nur kurz bei der Landung gesehen hatte, völlig abhandengekommen.

Sie umrundeten die Plattform, Nianshen zeigte auf die Landmarken ihrer gemeinsamen Unternehmungen: den Volksplatz, das Franzosenviertel, den Bund. Ein Abschied aus der Vogelperspektive, seltsam entrückt. Mulan wusste nicht, ob ihr die Knie von der Höhe weich wurden oder vom Wissen um die baldige Trennung.

21

Am nächsten Tag stand Mulan leise auf, um die anderen nicht zu wecken. Es war sechs Uhr früh und noch dunkel draußen. Sie hatte ihnen erzählt, dass die Klasse einen Abschlussausflug auf die Insel Putuoshan machen würde. Natürlich hatte es sofort Diskussionen darüber gegeben, warum man kein näher gelegenes Ziel gewählt hatte, aber ernsthafte Einwände kamen nicht. Nur jede Menge gute Ratschläge: »Zieh dich warm an, auf dem Schiff ist es windig.« – »Pack was zu essen ein, wer weiß, wann ihr dort ankommt« – »Nimm deine Trinkflasche mit. An solchen Touristenorten sind die Getränke immer völlig überteuert.« – »Das ist ein wichtiger buddhistischer Wallfahrtsort. Vergiss nicht, ein paar Räucherstäbchen für Guanyin anzuzünden und dir was zu wünschen.« Letzteres von Waipo.

Nianshen hatte die schnellste Verbindung herausgefunden, trotzdem würde eine Fahrt etwa drei Stunden dauern. Mulan sollte ihn an der Metro-Station Nanpu-Brücke treffen. Unter dem gewaltigen Auffahrtkreisel der Schrägseilbrücke befand sich der Busbahnhof. Von dort fuhren die Schnellbusse zum Luchao-Hafen, wo das Schnellboot nach Putuoshan ablegte.

Trotz Hoody und Windjacke fröstelte Mulan in der morgendlichen Kühle. Sie fühlte sich innerlich hohl, nicht nur, weil sie ohne Frühstück aus dem Haus gegangen war. Vielleicht hatte sie einfach zu wenig geschlafen. Die Vorfreude auf den gemeinsamen Tag und das Wissen, dass es ihr letzter sein würde, hatten sie wachgehalten. Schließlich war sie doch noch eingedämmert, aber es schienen nur Minuten vergangen zu sein, bis das Klingeln des Weckers sie aus dem Schlaf riss.

Sie hatte Junice gebeten, sie bei Lehrerin Wang zu entschuldigen, weil sie morgen krank sein würde.

»Wie kannst du heute schon wissen, dass du morgen krank sein wirst?«, hatte die Freundin sofort nachgehakt. »Was hast du vor? Erzähl!«

Aber Mulan war hart geblieben. Vielleicht später mal. Im Moment war dieser Punkt zu wund, als dass andere ihn berühren durften.

Um diese frühe Stunde bot Shanghai ein ganz anderes Bild: verstärkte Tai-Chi- und Qi-Gong-Aktivitäten in der Wohnanlage, zartes Morgenrot hinter den schwarzen Konturen der Hochstraßen und Wolkenkratzer, Gesichter, die noch nicht vom Tag verbraucht und von der Hektik der Stadt gezeichnet waren. Mulan stellte auch fest, dass sich viele Leute nicht die Zeit nahmen, zu Hause zu frühstücken. Im Umkreis der Metro-Station entdeckte sie mobile Imbissstände, die offenbar längst verschwunden waren, bis sie normalerweise aufstand. Hier verpflegten sich die Eiligen auf dem Weg zur Arbeit: ein heißes Dampfbrötchen oder ein in Fett ausgebackener Teigwickel auf die Hand, süße Sojamilch aus Plastikbeuteln, die im Wasserbad warm gehalten und in die nur rasch ein Trinkhalm gesteckt wurde. Aber Mulan ließ sich nicht aufhalten. Ihren Reiseproviant konnten sie am Busbahnhof kaufen.

Das erwies sich als unnötig, denn als Mulan Nianshen am Busbahnhof entdeckte, war er bereits mit Tüten beladen. Und darin befand sich kein billiges Fastfood vom Imbissstand. Er hatte die Verköstigung für diesen besonderen Tag nicht dem Zufall überlassen und seine ganze Zuneigung in die Auswahl besonderer Leckerbissen gelegt. Sie würden fürstlich speisen.

Fahrkarten hatte er auch schon. Da es ein Wochentag war, herrschte kaum Andrang, und sie hatten freie Platzwahl in dem halb leeren, luxuriösen Fernbus. Mulan war es völlig egal, wo sie saß, nicht einmal der Blick aus dem Fenster interessierte sie heute. Alles, was zählte, war die Nähe zu Nianshen. Sie kuschelte sich an ihn und sog den vertrauten Geruch ein, eine Mischung aus frisch gewaschenem T-Shirt und männlichem Körper. Sein Herz pochte neben ihrem Ohr, seine Hand umfing schützend ihre Schulter. Kaum war der Bus um ein paar Ecken gebogen, schlief sie ein.

Von der allgemeinen Aufbruchsstimmung wurde sie geweckt.

»Gleich sind wir da«, flüsterte ihr Nianshen zu.

»Wie dumm von mir, die kostbare Zeit zu verschlafen«, murrte sie.

»Ich fand es herrlich. Würde dir gern viel öfter beim Schlafen zusehen«, sagte Nianshen. Er streichelte ihre Wange, auf der die Falten seines T-Shirts ein willkürliches Tattoo hinterlassen hatten. »Dein Haar riecht so gut.«

Der zärtliche Moment wurde von den Mitreisenden gestört, die samt ihrem Gepäck durch den Gang im Bus drängten. Die beiden schnappten sich ihre Tüten und hasteten hinterher. Zum Glück kannte Nianshen den Weg.

Mulan, die sich einen romantischen Hafen mit Leuchtturm vorgestellt hatte, meinte, in der Zukunft angekommen zu sein: endlos lange Piers, neue Geschäfts- und Wohnquartiere und am Horizont ein Wald aus Kränen, die rastlos riesige Containerschiffe be- und entluden.

Auch die Fähre war kein normales Schiff, wo man an der Reling stand und sich den Wind durch die Haare wehen ließ, sondern ein hochmodernes Schnellboot, in dessen Bauch die Fahrgäste verschwanden wie im nächsten Reisebus. Allerdings gab es hier Tische, und Nianshen begann, die mitgebrachten Köstlichkeiten vor ihr auszubreiten.

»Zweites Frühstück«, verkündete er. »Soll ich dir einen Kaffee holen?« Natürlich gab es hier auch eine Cafeteria.

»Ja, bitte. Den brauche ich jetzt.«

Ein Seitenblick auf die Mitreisenden bestätigte Mulan, dass die anderen es genauso machten. Wenn Chinesen unterwegs waren, musste die Versorgung gesichert sein, sie hatten eigens dafür geeignete Formate entwickelt. Überall wurden in Tee gekochte harte Eier gepellt und extra für die Reise in Pappschachteln zusammengestellte Menüs mit Einwegstäbchen in den Mund geschaufelt. Wer es einfacher haben wollte, holte sich heißes Wasser und brühte vor Ort die mitgebrachte Instantnudelsuppe auf.

»Iss, damit dir nicht flau wird im Magen«, drängte Nianshen. Inzwischen hatte das Schnellboot abgelegt und querte mit harten Stößen die Wellen. Gischt klatschte an die Fensterscheiben und ließ das Meer noch grauer aussehen.

»Schaukelt ganz schön«, gab Mulan zu. Aber das Essen und die belebende Wirkung des Kaffees taten gut. Allmählich füllte sich die Leere in Kopf und Bauch, das schummerige Gefühl verschwand. Als sie wie alle anderen ihr Mahl beendet hatten, senkte sich schläfrige Stille über den Raum.

»Ich könnte ewig so weiterfahren«, murmelte Mulan, an Nianshens Schulter gelehnt.

»Ja, ab in den Weltraum.«

»Nur wir beide.«

»Eine Zeitreise.«

»Und wo würdest du gern ankommen?«

»Ich glaube, der chinesische Kaiserhof war kein besonders gemütlicher Ort. Vielleicht wäre ich doch lieber ein Kaufmann im mittelalterlichen Nürnberg«, meinte der geschichtsbesessene Nianshen.

»Und ich müsste als deine Angetraute eine Schar Kinder aufziehen. Na, danke«, entgegnete Mulan.

»Was würdest du denn vorziehen?«

»Hmm, ich wäre gern eine Forscherin, irgendwas Naturwissenschaftliches, eine Pionierin auf dem Gebiet der Humangenetik. Könnte ruhig im Hier und Heute sein.«

»Und was mache ich so lange?«

»Du gehst mit dem Hund Gassi.«

Beide lachten. Mulan hatte Nianshen von dem Besuch bei den Maiers erzählt, der nachhaltigen Eindruck auf sie gemacht hatte.

Doch aus der Zeit, die unbarmherzig weitertickte, konnten sie sich nicht einfach ausklinken. Unaufhaltsam raste das Schnellboot auf seinen Bestimmungsort zu, eine winzige Insel im Ostchinesischen Meer.

»Ich mach mal rasch den Fremdenführer, damit du weißt, wo wir gleich anlanden werden«, sagte Nianshen und holte sie wieder in die Gegenwart zurück. »In China gibt es vier heilige Berge des Buddhismus, drei davon liegen auf dem Festland und sind ziemlich hoch, der Putuoshan bringt es nur auf knapp 300 Meter, liegt dafür aber auf einer kleinen Insel. Sie gilt als irdische Heimat der Barmherzigkeitsgöttin Guanyin. Es gibt dort jede Menge Klöster und natürlich Herbergen für die Pilger, die seit Jahrhunderten die Insel besucht haben. Heutzutage ist das alles eher touristisch. Man kann die Insel zu Fuß umrunden, Autos gibt es nicht, nur Kleinbusse, die die Besucher zu den Sehenswürdigkeiten bringen.«

»Du bist offenbar schon mal da gewesen.«

»Schon öfter. Ich habe meine Mutter begleitet. Als kleiner Junge konnte ich den Ritualen im Kloster allerdings wenig abgewinnen. Ich habe immer nur ungeduldig darauf gewartet, bis ich endlich am Strand spielen durfte.«

»So richtig Beach mit schwimmen und so?«

»Die Insel hat zwei wunderschöne Sandstrände, den Hundert-Schritt-Strand und den Tausend-Schritt-Strand. Aber schwimmen tut dort kaum jemand. Die meisten Chinesen sind wasserscheu oder können nicht schwimmen, die halten höchstens mal den großen Zeh ins Wasser. Ich glaube, aus Sicherheitsgründen ist es sogar verboten.«

»Haie?«

»Ich glaube eher, es soll Nichtschwimmer davon abhalten, sich ins Unglück zu stürzen. Sehr, sehr viele Chinesen sind nun mal Landratten, die noch nie das Meer gesehen haben.«

»Und deine Mutter, ist die gläubige Buddhistin?«

»Ja, sie macht regelmäßig ihre ›kleine Wallfahrt‹ hierher. Aber ich vermute, dass sie auch aus Heimweh herkommt. Die Insel erinnert sie an Taiwan, Klima und Vegetation sind nämlich ganz ähnlich. Wenn sie von Shanghai die Nase voll hat, macht sie einen Ausflug hierher, zum Auftanken.«

Mulan schoss kurz der Gedanke an ihre Mutter durch den Kopf. Die hatte in all den Jahren bestimmt auch Heimweh gehabt. Wohin hatte sie sich geflüchtet? Sie hatte nicht mal kurz auf eine Insel verschwinden können. Mulan nahm sich vor, künftig mehr nach solchen Dingen zu fragen. Aber jetzt war sie hier.

»Und wir?«, fragte sie Nianshen.

»Wir suchen uns einen Platz, der nur uns gehört.«

»Waipo hat mir aufgetragen, ein paar Räucherstäbchen für Guanyin zu verbrennen.« Das mit dem Wunsch verkniff sie sich. Wünsche, die man aussprach, gingen nicht in Erfüllung, das wusste Mulan von den Sternschnuppen, die sie im August immer mit Gregor beobachtete.

»Schau mal da vorne. Da steht sie schon und erwartet uns.« Von einem Hügelrücken – offenbar der heilige Berg – blickte eine riesige Bronzestatue hinaus aufs Meer und hob segnend die Hand.

Das Erste, was Mulan auffiel, als sie mit den anderen Passagieren von Bord gingen, war die Luft. Seidig weich und ein paar Grade wärmer als in Shanghai war sie eine Wohltat nach dem Mief unter Deck. Auch das Meer hatte die Farbe gewechselt. Das bleierne Grau der Frühe war einem lichten Türkis gewichen, ein Widerschein des mittlerweile makellos blauen Himmels. Ihr übermüdeter Kopf nahm alles überdeutlich wahr: den grellen Sonnenschein und seine Reflexe auf dem Wasser, die Schreie der Möwen, den Geruch nach Seetang, Fisch und Salz. Mulan glaubte, den Fuß in eine andere Welt zu setzen, als sie das Reich der Guanyin des südlichen Meeres betrat. Hier hatte der Herbst noch nicht Einzug gehalten, üppig grüne Vegetation überzog die Hügelkette.

Nachdem sie ihren »Eintritt« für die Insel entrichtet hatten, ließen sie den Touristenrummel mit seinen Einkaufs- und Verpflegungsangeboten hinter sich und tauchten ab in das dämmrige Grün eines Bergpfads. Er war von mannshohen Farnen gesäumt und von einem dichten Laubdach überspannt. Hand in Hand stiegen sie die ausgetretenen Stufen zur Aussichtsterrasse am Fuß der Statue hinauf. Plötzlich öffnete sich die Aussicht zum Meer hin und gab den Blick frei auf die riesige Bronzefigur, die Mulan – mehr noch als der Seewind – den Atem nahm.

Nianshen entging ihre Reaktion nicht. »Sie ist auch die Schutzheilige der Reisenden und Seefahrer. Deshalb muss sie ein wachsames Auge auf ihre Schutzbefohlenen haben und sie sicher in den Hafen lenken. So ähnlich wie ein Leuchtturm.«

Mulan, der dank Waipo die Kommunikationswege mit der Sphäre des Überirdischen mittlerweile vertraut waren, steuerte auf einen der Verkaufsstände zu und erstand ein Bündel Räucherstäbchen, von dem sie Nianshen die Hälfte in die Hand drückte. Sie entzündeten sie an einem der großen Räucherfässer und verbeugten sich vor dem Standbild. Dann sahen sie sich über die aufsteigenden Rauchkringel hinweg an. Keiner sagte etwas.

Als sie über einen Höhenweg weiterwanderten, deutete Nianshen auf Reihen halbhoher, dicht mit kleinen Blättchen besetzter Büsche, die sich den Hang entlangzogen. »Hast du schon mal gesehen, wie Tee wächst?«

»Sieht aus wie Buchshecken.«

»Das ist Putuoshan-Buddha-Tee. Wegen der hohen Luftfeuchtigkeit und des milden Klimas gedeihen die Teeblätter hier besonders gut. Sie werden von Hand geerntet, eine ziemlich mühsame Arbeit.«

Aber Mulans Blick war schon weiter: »Schau mal da vorne!«

Unter ihnen wölbte sich ein sanft geschwungener Halbmond aus Sand, an den die Wellen des Pazifischen Ozeans brandeten.

»Das ist der Tausend-Schritte-Strand.«

Nach fast drei Monaten im Großstadtdschungel war es wie eine Befreiung, den Horizont einmal nicht von Hochhäusern verstellt zu sehen. Mulan rannte mit wehendem Haar den Weg hinunter, über den breiten Sandstreifen bis an die Wasserlinie. Nianshen hatte Mühe, Schritt zu halten.

Außer Atem standen sie nebeneinander und schauten übers Wasser.

»Jetzt liegt nichts mehr zwischen uns und der amerikanischen Westküste«, sagte Nianshen.

Mulan hatte bereits die Schuhe ausgezogen und bohrte die Zehen in den kühlen, nassen Sand.

»He, ich hab heute noch gar nicht Zeichen geübt.« Der Gedanke, dass sie eigentlich in der Schule sein müsste, ließ Mulan den Augenblick noch kostbarer werden. Sie griff sich ein angeschwemmtes Stück Holz und begann, Schriftzeichen in den Sand zu malen. Zwischen den Strichen zeichneten sich die Eindrücke ihrer nackten Füße ab. Es war wie ein kalligrafischer Tanz, den Nianshen auf seinem Smartphone festhielt. Als Mulan fertig war, standen ihre Namen in riesigen Lettern kurz über der Wasserlinie.

念申 & 木兰

Eng umschlungen schauten sie zu, wie das Wasser an den Zeichen zu lecken begann. In ein paar Stunden würde nichts mehr von ihnen übrig sein.

»Ich würde dir gern noch den Tempel des magischen Regens zeigen«, sagte Nianshen nach einem raschen Blick auf die Uhr. »Da war ich immer mit meiner Mutter. Die Mönche dort bieten Pilgerspeisung an. Wir müssen uns doch für die Rückfahrt stärken. Wenn wir anschließend mit dem Shuttlebus zurückfahren, schaffen wir es auf das letzte Schiff.«

»Wenn's denn sein muss.« Damit meinte Mulan das letzte Schiff, nicht den Tempel.

Schweigend wanderten sie den Strand entlang. Je mehr die Zeit drängte und die Zeiger vorrückten, desto einsilbiger wurde Mulan. Einen kurzen, anarchischen Moment lang überlegte sie, wie es wäre, dieses Schiff einfach zu verpassen: Mulan und Nianshen auf der einsamen Insel! Gestrandet im Paradies! Doch die Realität holte sie rasch wieder ein. Morgen, während sie im Unterricht saß, würde Nianshen nach Taiwan fliegen. Sie durfte ihm das Herz durch solche aufmüpfigen Gedanken nicht noch schwerer machen. Aber sie hätte wetten mögen, dass ihm diese Idee ebenfalls im Kopf herumspukte.

Im Kloster, einem imposanten Gebäudekomplex unmittelbar oberhalb des Strands, kaufte Nianshen Tickets, für die sie bei der Essensausgabe zwei vegetarische Menüs erhielten: gebratene Glasnudeln, zweierlei Gemüse, Tofuhaut und eine Suppe. Obwohl sich der Nachmittag langsam dem Abend zuneigte, waren die Temperaturen so mild, dass sie ihr Mahl draußen unter den ausladenden Baumkronen einnehmen konnten.

Henkersmahlzeit, dachte Mulan und hatte Mühe, die Reisnudeln hinunterzuwürgen.

Mönche in senfgelben Kutten und Stoffschuhen machten sich im Hof zu schaffen, fegten Blätter und den Müll der Touristen zusammen, eine Szene, wie sie genauso vor dreihundert Jahren hätte stattfinden können, als die Insel auch schon Ziel buddhistischer Pilgerfahrten gewesen war. Manche Dinge blieben eben immer gleich – andere änderten sich viel zu rasch.

»Nianshen, es fällt mir so schwer, nicht in die Zukunft zu denken«, stieß Mulan plötzlich hervor.

Nianshen ließ die Stäbchen sinken und sah sie an. »Ich weiß. Mir doch auch. Man möchte planen, was sich nicht planen lässt.«

»Das mit uns«, stammelte sie, »das ist etwas ganz Besonderes. Und egal, was passiert, es soll so bleiben, ja?«

Nianshen nickte stumm, auch er hatte auf einmal ein Problem mit seiner Stimme. Unausgesprochen verstanden beide, dass das nicht der Moment für Treuegelöbnisse war.

Dann ging alles ganz schnell. Ein Brotlaibauto brachte sie zur Anlegestelle, wo bereits das Schnellboot wartete. Die Überfahrt nahm Mulan nur verschwommen wahr. Ob es am Wellengang draußen oder an dem Tränenschleier vor ihren Augen lag, ließ sich nicht feststellen. Gischt rann in funkelnden Tropfen über die Fensterscheiben, schwankende Lichter schickten flirrende Reflexe übers schwarze Wasser. Ihre Finger waren in die von Nianshen verkrallt, den Kopf an seine Schulter gepresst, versuchte sie, der Übelkeit zu widerstehen, die ihren Magen mit den Wogen hob und senkte. Jetzt bloß nicht kotzen, dachte Mulan und biss die Zähne zusammen.

Die kühle Nachtluft auf dem kurzen Weg vom Anleger zum Bus tat gut. Sie ließen die Bucht hinter sich und tauchten stattdessen ins Häusermeer der Metropole ein, auch sie nur ein schemenhafter Wirrwarr aus Licht und Dunkel draußen vor der Scheibe.

Am Busterminal unter der Brücke stiegen sie aus.

»Danke für diesen Tag, Nianshen. Danke für alles.« Mulan legte die Hände auf seine Schultern. »Das letzte Stück fahre ich allein. Ist besser so.«

Dann küssten sie sich ein letztes Mal, küssten sich in dem Bewusstsein, dass es für lange reichen musste, küssten sich ohne Rücksicht auf ihre Umgebung.

Nianshen drückte ihr einen kleinen Stoffbeutel in die Hand. Mulans Finger schlossen sich um das Geschenk, doch sie ließ sich nicht aufhalten. »Danke!«, rief sie ihm zu und rannte die Treppe zur U-Bahn hinunter, ohne sich noch einmal umzudrehen.

Als Mulan zu Hause ankam, baumelte, gut unter ihrem Shirt versteckt, ein kleiner weißer Jadedrache an einer roten Seidenschnur um ihren Hals.

22

Am nächsten Morgen verschlief Mulan, oder besser, sie hatte nicht den Nerv aufzustehen. Die Schule, Junice und die anderen, die Diktate von Lehrerin Wang – das war einfach zu viel. Sollte ihre »Krankheit« eben noch einen Tag länger dauern. Sie lag im Bett und starrte an die Decke. Was machte Nianshen jetzt? Wo war er? Auf dem Weg zum Flughafen? Oder schon beim Einchecken? Sie konnte ihre Gedanken einfach nicht von ihm lösen, hatte das Gefühl, dass sich ein Teil von ihr mit auf den Weg gemacht hatte.

Ein energisches Klopfen an der Tür holte sie in die Gegenwart zurück.

»Mulan? Bist du wach?« Waipos Kopf schob sich durch den Türspalt.

Mulan konnte sich nicht erinnern, dass sie »Herein« gesagt hatte. Aber jetzt war nicht der Moment für Haarspaltereien.

»Geht's dir nicht gut?«

»Nein, ja, doch.«

»Was ist los, Lanlan? Das bin ich gar nicht gewöhnt von dir. Du hast doch sonst nie verschlafen. Ganz im Gegensatz zu deinem Biaoge, hinter dem man ständig her sein musste.« Ihre Großmutter setzte sich auf die Bettkante und musterte sie unverhohlen.

»Sind die anderen weg?«

»Schon längst. Es ist halb zehn. Wie war dein Ausflug? Ist ja ziemlich spät geworden gestern.«

»Du hast mich gehört?« Mulan hatte versucht, so leise wie möglich ins Bett zu kommen.

»Natürlich. Wenn nicht, hätten wir längst einen Suchtrupp losgeschickt.« Omas Goldzahn blinkte.

Da brach es plötzlich aus Mulan heraus: »Waipo, ich war nicht mit der Schule unterwegs. Ich war mit Nianshen auf dem Putuoshan. Es war unser letzter Tag. Heute fliegt er nach Taipeh. Er hat einen Studienplatz ...« Kaum waren die Schleusen offen, kamen auch die Tränen und spülten die Worte weg. »Ach, Waipo«, war alles, was sie noch herausbrachte, bevor heftiges Schluchzen sie schüttelte.

Ungeschickt streckte die alte Dame die Hand nach ihrer Enkelin aus und streichelte ihr übers Haar. Körperliche Nähe war eindeutig nicht ihr Ding. Dafür hatte sie andere Tröstungen parat.

»Lanlan, du musst es positiv sehen. Das ist eine große Chance für ihn, und in zwei Wochen bist du sowieso wieder zu Hause in München.«

Doch ein Blick auf ihre hemmungslos weinende Enkelin sagte ihr, dass Logik hier nicht verfing. Also versuchte sie es anders. »In der traditionellen chinesischen Medizin gibt es leider kein Mittel gegen Liebeskummer, aber jemand, der weiser war als wir, hat es so formuliert: ›Leuchtende Tage – nicht weinen, dass sie vorüber, lächeln, dass sie gewesen.‹«

»Konfuzius«, ergänzte Mulan, und für einen Moment brachte sie fast so etwas wie ein Lächeln zustande.

»Genau!«

Als Waipo wieder draußen war, checkte Mulan rasch ihr Smartphone. Junice hatte sie angesimst: »Was ist los? Immer noch krank?« Sonst keine Nachrichten. Sie hatte mit Nianshen verabredet, keine Botschaften zu schicken, und wünschte sich doch nichts sehnlicher, als dass er dieses Abkommen bräche.

Waipo, die das Frühstück herrichtete, während Mulan duschte, war längst zur Tagesordnung übergegangen. Es tat gut, sich ein bisschen verwöhnen zu lassen, eine Vertraute zu haben, die dem Chaos der Gefühle die Rituale des Alltags entgegensetzte. Mulan warf ihr über den Tisch hinweg einen dankbaren Blick zu. Wer hätte gedacht, dass ausgerechnet ihre taffe, anfangs so unnahbare Oma das sein würde.

»Ich glaube, ich muss ein bisschen an die frische Luft«, verkündete Mulan, nachdem sie brav ihren warmen Reisbrei gelöffelt hatte – Waipos Wundermittel gegen alle Leiden dieser Welt.

»Ja, rumsitzen bringt nichts. Das Qi muss im Fluss bleiben.«

»Am Montag gehe ich wieder in die Schule, da ist sowieso nur noch Abschlussbesprechung, aber heute pack ich das noch nicht«, entschuldigte sich Mulan.

»*Mànmàn lái* – lass dir Zeit. Ich sage den anderen nichts. Hauptsache, du bist zum Abendessen wieder da.«

Wenig später saß Mulan auf ihrer Bank im Bund-Park. Aus »unsere Bank« war wieder »meine Bank« geworden. Sie starrte aufs Wasser. So viel hatte sich verändert, seit sie das letzte Mal hier saß, und es war doch erst vorgestern gewesen. Sie meinte, die Gegenwart Nianshens noch zu spüren. Plötzlich erinnerte sie sich an ihren Wunsch bei ihrem ersten Besuch. Eine kurze, glückliche Weile lang waren sie eines dieser unbehausten Liebespärchen gewesen, die sich hier Raum für ihre Zweisamkeit suchten.

Der Wind vom Fluss her war empfindlich kalt geworden.

> Wer jetzt kein Haus hat, baut sich keines mehr.
> Wer jetzt allein ist, wird es lange bleiben,
> wird wachen, lesen, lange Briefe schreiben
> und wird in den Alleen hin und her
> unruhig wandern, wenn die Blätter treiben.

Briefe schreiben? So wie ihre Mutter? Sie hatten sich vorgenommen, das nicht zu tun. Ganz gleich, ob sie ihre Gefühle nun dem Papier oder elektronischen Impulsen anvertrauten – zu schmerzlich wäre das Fehlen leibhaftiger Nähe und einer konkreten Zukunft. Mamas Geschichte hatte sich gut in blaue Umschläge packen lassen, die lag weiter zurück, war bereits abgehangen. Aber mit Nianshen hatte doch gerade erst alles angefangen. Wie konnte sich ihre Liebe auf Worte beschränken – ganz gleich, in welcher Sprache.

Sie fühlte sich wie ausgehöhlt. Alles, was sie in ihrem Blickfeld duldete, waren die Schiffe, die von links und rechts ins Bild fuhren, um es gleich darauf wieder zu verlassen. Hin und her, raus und rein. Alles war in Bewegung, nichts ließ sich festhalten.

Mulan wusste nicht, wie lange sie so dagesessen hatte. Irgendwann zitterte sie vor Kälte. Sie musste nach Hause.

Beim Abendessen berichtete sie vor versammelter Mannschaft von ihrem Ausflug. Dabei wurde ihr peinlich bewusst, dass sie mit leeren Händen heimgekommen war. Wie egoistisch! Jeder Chinese hätte etwas mitgebracht: die Teeblätter der Region, lokale Süßigkeiten – und wenn es nur eine Packung Kekse oder kandierte Früchte war. Jetzt würden sie denken, dass sie eben doch ein unverbesserlicher »Halbdrache« war. Sei's drum. Am Ende gelang ihr immerhin eine elegante Begründung für das morgendliche Verschlafen: »Und weil wir so spät heimgekommen sind gestern, hat uns Lehrerin Wang heute die ersten zwei Stunden freigegeben.« Dabei warf sie Waipo einen nervösen Blick zu. Die schien die Flunkerei ihrer Enkelin aber keineswegs verwerflich zu finden. Im Gegenteil, sie amüsierte sich.

»Wir haben auch Neuigkeiten«, meldete sich der Onkel strahlend zu Wort. »Seit du hier bei uns bist, habe ich wieder öfter Mails mit deiner Mutter gewechselt.«

Aha, dachte Mulan: Kontrolle, Überwachung. Aber es kam anders.

»Sie ist so lange nicht mehr hier gewesen, und da dachte sie, dass es doch schön wäre, wenn sie dich abholen kommt. Ich glaube, du hast da ein paar Türen geöffnet, Mulan.«

Mulan war sprachlos. Mama? In Shanghai? Ihr Blick wanderte zu Waipo, die ihr selbstgefällig zunickte. Sie hatte die ganze Zeit Bescheid gewusst, aber kein Wort verlauten lassen.

»Wann kommt sie denn?«

»Es sollte eine Überraschung für dich sein. Sie fliegt am Montag los und wird am Dienstag hier sein. Aber wahrscheinlich hat sie dir hier alles noch einmal selbst geschrieben«, fuhr der Onkel fort und reichte ihr ein blaues Kuvert.

»Dein Sprachkurs geht ja am Montag zu Ende«, mischte sich die Tante ein. »Für den Rückflug hat sie sogar noch einen Platz in der Maschine bekommen, auf die du gebucht bist. Ihr habt also eine gemeinsame Woche hier und könnt dann zusammen zurückfliegen. Deinen Papa wollte sie eigentlich auch mitbringen, damit wir ihn kennenlernen, aber der konnte so kurzfristig keinen Urlaub nehmen.«

Mulan warf einen raschen Blick zu Waipo hinüber, die ihr undurchdringliches Goldzahnlächeln zur Schau trug. Dafür schauten alle jetzt erwartungsvoll auf Mulan, deren Reaktion schon viel zu lange auf sich warten ließ.

»Ja, super«, hörte sie sich sagen. Es klang lahm. Nicht, dass sie sich nicht gefreut hätte, aber das war einfach zu viel. Nianshen weg, Mama im Anmarsch – die anderen hatten ja keine Ahnung, auf welcher Achterbahn der Gefühle sie dahinraste.

»Wir dachten, wir legen eine Matratze in dein Zimmer, dann könnt ihr es euch gemütlich machen«, sagte die Tante, die immer zuerst ans Praktische dachte. »Ich bin so gespannt auf meine *jiějie*.«

Ältere Schwester? Mulan sah ihren Cousin fragend an.

»Sie meint *dàgūzi* – Schwägerin –, aber hier in Shanghai sagt man einfach *jiějie*«, erklärte er.

»Damit wären wir vollständig«, sagte Waipo. Die Befriedigung in ihrer Stimme war nicht zu überhören.

Mulan begriff, wie wichtig es für ihre Großmutter war, dass die verlorene Tochter endlich heimkehrte. Mama kam nicht nur die Tochter abholen, das war eine Familienzusammenführung, eine Versöhnung. Und sie, Mulan, hatte die Voraussetzungen dafür geschaffen, die Türen geöffnet, wie der Onkel es nannte. Auf einmal erkannte sie, was für eine wichtige Stellung ihr im komplizierten Geflecht dieser Familie zukam. In ihren Briefen hatte die Mutter nicht nur der Tochter, sondern auch sich selbst ihre Geschichte erzählt. Dabei war einiges in Bewegung geraten.

»Das ist ja das reinste *dà tuányuán*!«, warf Biaoge ein.

Alle kicherten, bis auf Mulan, die natürlich wieder nichts kapierte. Schließlich erbarmte sich Biaoge und erklärte ihr seinen Scherz: »Das bedeutet ›großes Familientreffen‹, aber in den alten Romanen benutzte man den Ausdruck für ein Happy End in einem Haushalt mit mehreren Ehefrauen. Na ja, wir Männer haben es hier mit ein paar ganz schön starken Frauen zu tun«, schloss er seine Erklärung und grinste zu seinem Vater hinüber.

»Schließlich tragen wir die Hälfte des Himmels«, ergänzte Waipo, »dazu braucht man starke Arme.«

»Sagt Mao«, echoten Mulan und Biaoge im Chor.

Dennoch war Mulan auch ein bisschen stolz, eine dieser Frauen im Hause Lin zu sein. Sie war noch ganz benommen von der Neuigkeit.

Beim Abräumen warf sie einen Blick auf die Uhr und zog acht Stunden ab. In Deutschland war jetzt Vormittag, genau die richtige Zeit für eine Skype-Session mit Mama. Aber zuerst würde sie den Brief ihrer Mutter lesen. Vielleicht schrieb sie, wie es zu diesem Entschluss gekommen war.

München, den 7. November

Meine liebe Mulan,

das ist der letzte Brief, den ich Dir nach Shanghai schreibe, denn bald werden ich selber dort sein. Ja, Du hast richtig gelesen: Deine Mutter hat sich entschlossen, nach Hause zu kommen.
Und dass ich endlich über meinen eigenen Schatten gesprungen bin, das habe ich Dir zu verdanken, Mulan. Du hast mir klargemacht, dass man nicht stehen bleiben darf, Du hast die Verbindung zwischen mir und meiner Familie wieder hergestellt. Und in meinen Briefen an Dich habe ich gelernt, meine eigene Geschichte anders zu sehen. Ich danke Dir, dass Du mir zugehört hast.
Das Haus war sehr leer ohne Dich, aber das hat mir Gelegenheit zum Nachdenken gegeben, und da ist der Entschluss gereift, Dich abzuholen. Ich glaube, dass ich in Shanghai eine ganz andere Mulan antreffen werde als jene, die vor drei Monaten hier aufgebrochen ist. Papa wäre auch gern mitgekommen, konnte aber so kurzfristig keinen Urlaub nehmen. Und vielleicht ist es erst mal ganz gut, wenn die Lin-Frauen unter sich sind.
Heute mache ich es kurz, denn wir sehen uns ja bald.

Es umarmt Dich
Deine Mama

Mulan wurde ganz warm ums Herz. Plötzlich schämte sie sich, zu Hause oft so unausstehlich gewesen zu sein. Sie hatte etwas gutzumachen. Auch sie würde über ihren

Schatten springen und der Mutter sagen, wie sehr sie sich freute, dass sie kam. Es war das erste Mal, dass sie direkt auf einen ihrer Brief reagierte.

Sie klappte den Laptop auf und skypte die Mutter an. Nach einer Weile erschien ihr Gesicht auf dem Bildschirm.

»Hallo, Mama!«

»Mulan, du?«, fragte die Mutter fast ein wenig unsicher.

»Ich find's toll, dass du mich abholen kommst!«

Die Erleichterung war der Mutter anzusehen. Sie nannte Mulan ihre Ankunftszeit.

»Schade, dass Papa nicht mitkommt«, sagte Mulan.

»Dafür freut er sich umso mehr, wenn er seine beiden Frauen bald wieder hat. Dann bis Dienstag.«

»Bis Dienstag. Ich hole dich vom Flughafen ab.«

Der Samstag begann mit einer großen Leere. Keine Schule, kein Nianshen, mit dem sie sich verabreden konnte. Und dass immer noch keine Nachricht von ihm eingegangen war, machte die Sache nicht besser. Der Junge hielt Wort. Oder nahm ihn seine neue Umgebung so sehr in Anspruch? Immer wieder starrte sie herausfordernd ihr Smartphone an.

Mulan vertrödelte den Vormittag und konnte sich zu nichts aufraffen. Schließlich fiel ihr doch ein Ort ein, an dem sie jetzt gern wäre.

»Waipo, könnten wir nicht noch mal zum Stadtgotttempel gehen?«

Waipo sah ihre Enkelin prüfend an.

»Es gibt immer gute Gründe, den Göttern einen Besuch abzustatten.«

Als sie in der U-Bahn saßen, fragte Waipo:

»Na, Lanlan? Freust du dich auf deine Mutter?«

»Ja, schon. Das kommt nur alles so plötzlich.« Mulan stützte das Kinn in die Handflächen und sah ihre Großmutter an. Sie war immer noch ein wenig sauer, dass sie als Letzte von den Plänen der Mutter erfahren hatte. »Und du?« Sie wollte ihrer Großmutter ein bisschen auf den Zahn fühlen.

»Natürlich freue ich mich«, sagte sie, und nach einer Pause: »Wir waren nie so eng, weißt du. Aber sie ist meine Tochter, und die Beziehung zwischen Eltern und Kindern ist, laut Konfuzius, eine der fünf menschlichen Grundbeziehungen. Es wird höchste Zeit, dass wir uns richtig kennenlernen.«

»Und warum hat sie euch niemals besucht, seit sie in Deutschland ist?«

»Das musst du sie selber fragen.«

Nach allem, was Mulan inzwischen wusste, fand sie es ganz schön mutig, dass die Mutter sich zu diesem Schritt entschlossen hatte. Mehr als fünfundzwanzig Jahre war sie von zu Hause fort gewesen. Vielleicht war es ganz gut, dass Gregor diesmal nicht mitkam, auch wenn Mulan ihren Papa liebend gern in die Arme geschlossen hätte. Das war eine Sache zwischen Waipo und ihrer Tochter. Wie würden die beiden aufeinander reagieren? Mulan nahm sich vor, sie im Auge zu behalten. Sie betrachtete sich inzwischen als eine Art Botschafterin in Familienangelegenheiten, schließlich wusste sie aus eigener Erfahrung, dass Mütter und Töchter es nicht immer leichthatten miteinander.

Als die beiden, jede mit einem Bündel Räucherstäbchen ausgestattet, den Innenhof der Tempelanlage betraten, ging Mulan zu dem großen Räucherfass und ließ sich ganz von den duftenden Schwaden einhüllen. Der Geruch nach Sandelholz hatte etwas Tröstliches.

Dann suchte sie zielstrebig ihren persönlichen Beschützer auf, den kleinen Kerl ganz links in der oberen Reihe. Sie hatte das Gefühl, sich bedanken zu müssen, aber sie hatte auch ein Anliegen. Die Tatsache, dass Nianshen sich nicht gemeldet hatte, ließ ihr keine Ruhe. Andererseits hätte ja auch sie sich melden, das Versprechen brechen können. Ja, nein, oder vielleicht doch? Die Ungewissheit zerriss sie fast. Fragend blickte sie zu dem hölzernen Bildnis auf, doch die aufgemalten Augen schauten stoisch an ihr vorbei.

Es wäre wohl besser, sich mit dieser Frage an einen leibhaftigen Berater zu wenden.

Auf dem Rückweg fasste Mulan sich ein Herz: »Darf ich dich mal was fragen, Waipo?«

»Aber immer, Lanlan.«

»Nianshen und ich haben beschlossen, uns nicht zu simsen oder zu mailen oder zu skypen.« Das Elektronikchinesisch ging Mulan inzwischen locker über die Lippen.

Diesmal war es die Großmutter die sie fragend anschaute.

»Du weißt schon, Waipo. Was man mit diesen elektronischen Geräten so alles machen kann. Wie Briefe schreiben, nur schneller. Und er hat sich bisher an diese Abmachung gehalten. Keine Botschaft. Aber das macht mich ganz fertig. Oder meinst du vielleicht, dass ich ihm schreiben sollte?«

Die Großmutter sah ihre Enkelin lange an und sagte dann: »Ob du eilst oder langsam gehst, der Weg vor dir bleibt der gleiche.«

Was sollte denn das nun wieder heißen? Statt einer Antwort hatte Waipo ihr einen neuen Knochen hingeworfen, an dem sie nagen konnte.

Der Sonntag verging in häuslicher Langeweile. Die Ruhe vor dem Sturm. Oder die Ruhe nach dem Sturm?

Jeder schien noch einmal abzuhängen, bevor die neue Woche das nächste Kapitel im Familiendrama bringen würde.

Nun merkte Mulan auch, wie wohl und geborgen sie sich unter diesen Leuten fühlte, die sie gerade mal drei Monate kannte, wie vertraut und selbstverständlich der Umgang mit ihnen geworden war. Hier war sie nicht länger Gast, und sie brauchte sich nicht anzustrengen; man nahm sie, wie sie war.

Sie setzte sich sogar mit der Tante vor den Fernseher, um die neuste Folge von deren geliebter Seifenoper anzuschauen. Nachdem man sie aufgeklärt hatte, wer hier mit wem und gegen wen intrigierte, machte das richtig Spaß. Das lag auch daran, dass es für Mulan inzwischen keine Anstrengung mehr bedeutete, den Dialogen auf dem Bildschirm zu folgen. Oma sang rote Lieder. Der Onkel studierte die Zeitung. Nur bei Biaoge war sie sich nicht sicher: Sammelte er Materiel für ein Referat, oder probte er mit den Netzbürgern den Aufstand?

Am Montag war der nächste Abschied fällig. Es war Mulans letzter Schultag oder besser das Abschlusstreffen.

Bei der morgendlichen Fahrt in der überfüllten U-Bahn wurde ihr ganz wehmütig. Nicht schon wieder! Jeder Abschied fraß sich ein Stück weiter in ihre Seele.

Ein letztes Mal schlenderte sie durch die Julu Lu, schlüpfte ein letztes Mal beim Klingeln der altmodischen Schulglocke knapp vor Lehrerin Wang ins Klassenzimmer.

»Schön, dass es dir wieder besser geht, Mulan. Wir hätten dich sehr vermisst am letzten Tag«, begrüßte die Lehrerin sie.

Mulan nickte tapfer, als hätte sie Schlimmes überstanden. Hatte sie ja auch.

»Ich glaube, heute hat keiner mehr so richtig Lust zum Arbeiten«, sagte sie dann, an die ganze »Klasse« gewandt. »Ich wollte euch noch sagen, was für eine prima Truppe ihr wart. Erst hatte ich Bedenken, weil Hintergrund und Alter in dieser Gruppe so unterschiedlich waren, aber es hat wunderbar geklappt. Ich wünschte, ich hätte in jeder Gruppe so einen ›Klassenopa‹ – eine Stimme der Vernunft und des Ausgleichs.«

Mulan warf einen Seitenblick auf Kurt. Sie würde ihn vermissen, diesen Fachmann in Sachen Fremdsein.

Wie auf Stichwort holte der unter dem Tisch einen riesigen Blumenstrauß hervor, den er – immer der Gentleman – der Lehrerin im Namen der Klasse überreichte. »Wir finden auch, dass es prima geklappt hat. Und das haben wir vor allem Ihnen zu verdanken. *Xièxie Wāng lǎoshī.*«

»*Xièxie, xièxie!*«, fielen die anderen ein.

»Jeder von euch hat echte Fortschritte gemacht«, fuhr die Lehrerin fort. »Ich hoffe, ich konnte euch die Angst vor den Schriftzeichen nehmen. Ihr wisst jetzt, dass diese kunstvollen Gebilde eine innere Logik und einen ästhetischen Reiz besitzen. Ich hoffe nur, dass ihr das Gelernte im Alltag eurer Heimatländer nicht gleich wieder vergesst.«

»Ich hab eine Idee«, platzte Junice heraus. »Wie wär's, wenn wir uns über *wēixìn* vernetzen und eine Gruppe bilden. Dann können wir in Verbindung bleiben und uns Bilder und Nachrichten schicken – auf Chinesisch natürlich.«

»Ehrensache«, pflichteten Miles und Eric bei.

Mulan brauchte eine Weile, bis sie merkte, worauf Junice hinauswollte. Mit »kleine Nachricht« war der Mikrobloggingdienst WeChat gemeint.

»Da müsst ihr mir aber helfen«, kam es vom Klassenopa. »Ich habe zwar ein Smartphone, aber mehr als telefonieren kann ich damit nicht.«

»Kein Problem, das zeigen wir dir. Ist kinderleicht«, versicherte Eric.

»Für euch, Kinder, für euch.«

»Die Zeichen gibt man in der Pinyin-Umschrift ein, also so, wie sie ausgesprochen werden. Dann zeigt einem das Display eine Reihe von Zeichen, und man muss nur noch das richtige anklicken. Total easy, und es fällt nicht auf, wenn man mal einen Strich vergisst«, erklärte Miles.

»Genau«, schaltete Lehrerin Wang sich ein. »Das ist auch der Grund, warum chinesische Kinder, die mit dem Computer aufgewachsen sind, beim Schreiben immer mehr Fehler machen. Aber für euch ist das eine gute Übung, das gebe ich zu.«

Der Rest des Vormittags verging mit Erzählen. Jeder berichtete, wohin er heimkehrte und was er vorhatte. Eric und Miles würden in England ihr Studium beginnen, diesmal allerdings nicht im Paarlauf; der eine studierte Architektur, der andere Elektrotechnik. Junice hatte noch ein letztes Jahr Highschool vor sich. Nur Opa Maiers Shanghaier Alltag würde derselbe bleiben. Umso mehr betonte er, wie er seine »Klassenkameraden« vermissen würde.

»Es war wirklich schön mit euch jungen Leuten.«

Von Kurt fiel Mulan der Abschied besonders schwer. Er war ihr einziger deutscher Ansprechpartner gewesen und zugleich der einzige Opa in ihrem Leben. Diese Rolle im Familiendrama war bei ihr nicht besetzt, sie hatte weder einen *yéye* noch einen *wàigōng*. Zu viele starke Frauen, dachte Mulan.

Am Ende bekamen alle feierlich eine Urkunde über einen bestandenen dreimonatigen Sprachkurs überreicht.

Draußen auf der Straße lungerten sie noch eine Weile vor dem Schulhaus herum wie die Vertriebenen vor dem Paradies. Ehe sie vollends rührselig werden konnten, machte Junice einen ihrer praktischen Vorschläge: »Was stehen wir hier rum. Lasst uns einen Kaffee trinken gehen, dann können wir Opa Maier gleich sein WeChat-Account einrichten.«

»Gute Idee, ich lade euch ein, Kinder!«

Alle schienen erleichtert, sich noch nicht trennen zu müssen. Doch irgendwann ließ sich der Abschied nicht mehr länger hinauszögern, nach herzlichen Umarmungen ging jeder seiner Wege.

»Ich begleite dich noch zur U-Bahn-Haltestelle«, erbot sich Junice. Mulan wusste, was jetzt kam. »So einfach kommst du nicht davon. Dafür, dass ich dich entschuldigt habe, schuldest du mir einen Bericht. Du warst doch nicht wirklich krank, oder?«

Mulan ließ sich ungern drängen. Andererseits tat es gut, mit jemandem zu reden.

»Nianshen hat einen Studienplatz in Taipeh bekommen. Am Freitag ist er geflogen.«

»So schnell?«

»Ja, im Nachrückverfahren. Wir hatten nur noch diesen einen Tag.«

»Oje, da hätte ich auch Schule geschwänzt. Und? Was habt ihr gemacht?«

»Wir sind auf eine Insel gefahren, Putuoshan, mit lauter buddhistischen Klöstern.«

»Du meine Güte, statt ins Hotel zu gehen, gehen die ins Kloster!«, platzte Junice heraus.

»So ist ... so war das nicht zwischen uns. Wir wussten ja von Anfang an, dass wir nicht zusammenbleiben können«, verteidigte sich Mulan. Trotzdem spürte sie, wie sie rot wurde. Wie schrecklich vernünftig das klang. Hätte sie vielleicht doch ...? Ein Gefühl des Verlusts und der unwiederbringlich verpassten Gelegenheit überkam sie.

Nein, sie durfte sich von Junice nicht irre machen lassen. Das war etwas, das nur Nianshen und sie etwas anging. Die Wunde war zu frisch. Mulan war froh, als die U-Bahn-Station in Sicht kam. Hier würden ihre Wege sich endgültig trennen. Doch sie konnte der Freundin, die ihr trotz oder gerade wegen ihrer unverblümten Art ans Herz gewachsen war, nicht wirklich böse sein. Die beiden umarmten sich.

»Mach's gut.«

»See you on WeChat.«

Zu Hause angekommen, fühlte Mulan sich so erschöpft wie nach einer Bergtour. Der Abschied von ihren Klassenkameraden hatte sie noch mehr ausgehöhlt. Konnte man vom Auf und Ab der Gefühle eine Art seelischen Muskelkater bekommen? Eigentlich wollte sie nur noch schlafen. Wenigstens kam die Maschine der Mutter erst morgen Nachmittag an.

Lustlos saß sie am Esstisch. Die anderen waren noch unterwegs, Besorgungen machen. Wegen des bevorstehenden Besuchs war die Familie in heller Aufregung. Die Tante wollte für den nächsten Tag vorkochen, weil sie morgen arbeiten musste. Die Ankunft der Heimkehrerin wurde mit Spannung erwartet.

23

Am Dienstag machte Mulan sich auf den Weg zum Flughafen. Sie war froh, dass niemand sie begleitete; Jiujiu und Jiuma mussten arbeiten, Biaoge war in der Schule, und Waipo hatte diskret abgelehnt: »Ihr habt euch sicher viel zu erzählen.« Also saß sie jetzt allein im Flughafenbus. Sie hatte vorsorglich ihren Hoodie mitgenommen, diesmal nicht wegen aggressiver Klimaanlagen, sondern wegen des kühlen Wetters draußen.

Der Bus fuhr dieselbe Route wie bei ihrer Ankunft, nur in entgegengesetzter Richtung. War das tatsächlich erst drei Monate her? Mulan schien es, als hätte sich die Zeit unter der Fülle der Ereignisse gedehnt. Und war trotzdem rasend schnell vergangen. So vieles war geschehen, so vieles hatte sich verändert. Sie selber kam sich wie ausgewechselt vor. Wo war das zornige Mädchen, das mit sich und der Welt haderte und sich so gar nicht wohlfühlte in seiner Haut?

Pling! Das Smartphone riss sie aus ihren Gedanken. Wie elektrisiert starrte sie auf das Display, von dem ihr drei Schriftzeichen entgegenleuchteten: 我爱你

In dem Moment, als sie deren Bedeutung erfasste, reagierte auch ihr Körper. Eine heiße Welle des Glücks überlief sie, im Mund meinte sie den Geschmack von warmem Apfelstrudel zu spüren. Automatisch wanderte ihre Hand zu dem kleinen Drachen an ihrem Hals. Sie rieb den warmen glatten Stein, als wäre es lebendige Haut.

Mulan musste sich eingestehen, dass sie diese Botschaft vor drei Monaten nicht hätte entschlüsseln können. Da war sie noch ein *wénmáng* gewesen, ein Analphabet. Plötzlich ergriff sie ein Gefühl tiefer Dankbarkeit. Man hatte sie regelrecht zu ihrem Glück zwingen müssen. Wenn die Eltern sie nicht nach Shanghai geschickt hätten, hätte sie Nianshen niemals getroffen und ihre chinesische Familie nicht kennengelernt. Ihre Verweigerung kam ihr jetzt reichlich kindisch vor. Warum hatte sie einen Teil von sich systematisch ausgegrenzt, als Belastung empfunden, was doch eine Bereicherung war?

Inzwischen hatten sie die Lupu-Brücke überquert. Mulan warf einen Blick zurück auf die Skyline der Stadt, überragt vom Shanghai Tower. Dort oben war sie mit Nianshen gewesen. Nianshen – »sich nach Shanghai sehnen« – Mulan verspürte schon Sehnsucht, bevor sie überhaupt abgefahren war. Shanghai war die Stadt ihrer Herkunft, die Stadt ihrer ersten Liebe und eine Stadt, in der sie sich inzwischen fast zu Hause fühlte. Hatte sie sich hier vielleicht auch deshalb so rasch heimisch gefühlt, weil West und Ost sich hier schon immer begegnet waren? Genau derselbe Mischmasch wie bei mir, dachte Mulan.

Dann brach auch sie mit Genuss das Schweigegelübde und simste zurück: 我想念念申 – Ich sehne mich nach Nianshen (dem, der sich nach Shanghai sehnt). Sie musste über ihre clevere Formulierung grinsen. Ein Wortspiel auf

Chinesisch. Wer hätte ihr das vor drei Monaten zugetraut?

Inzwischen rumpelte der Bus über die Autobahn, durch tristes Flachland, aus dem sich neue Wohnsiedlungen wie Geisterstädte erhoben. Mulan musste an Kurt und seine Frau denken, Menschen, die an mehreren Orten dieser Welt zu Hause waren und daher die Nähe zu Flughäfen schätzten.

Je näher sie ihrem Ziel kam, desto aufgeregter wurde sie. Es war nicht die übermüdete, überwache Erregung der Ankunft, ein Gefühl von Vorfreude hatte sie ergriffen, ungeduldig wartete sie darauf, ihrer Mutter die neue Mulan vorzustellen.

Als der Bus am Terminal 1 hielt, stiegen die anderen Fahrgäste aus und rollten ihre Koffer Richtung Abflughalle. In einer Woche bin ich auch so weit, dachte Mulan wehmütig.

»Und wo willst du hin?«, fragte der Busfahrer, als er wieder einstieg und Mulan immer noch auf ihrem Platz sitzen sah.

»In den Ankunftsbereich.«

»Dann bleib sitzen.«

Sie umrundeten die Abflughalle und fuhren über leere Straßen, bis sie ein nahezu identisches Gebäude erreichten.

»Hier musst du raus.«

»Danke.«

Als Erstes schaute Mulan auf die große Tafel, die den Status der ankommenden Flüge anzeigte. Mamas Maschine war bereits gelandet, aber es würde noch eine Weile dauern, bis sie Passkontrolle und Gepäckausgabe hinter sich hatte.

Diesmal stand Mulan auf der anderen Seite der Absperrung. Sie suchte sich eine strategisch günstige Position, von wo sie die automatische Schiebetür im Auge hatte. Diese Plätze waren hart umkämpft; auch diesmal streckten viele Abholer den Ankommenden Namensschilder entgegen. Das würde nicht nötig sein.

Mulan erinnerte sich noch genau an den Moment, als sie diesem Meer aus Schildern und schwarzhaarigen Köpfen gegenübergestanden hatte und darin eingetaucht war wie in eine neue Welt. Wie würde es Mama ergehen? Auch sie landete in einer neuen Welt. Das Shanghai, das sie vor mehr als fünfundzwanzig Jahren verlassen hatte, war eine völlig andere Stadt gewesen. Nun war es an Mulan, den Fremdenführer zu machen. Sie würde mit ihr auf den Shanghai Tower fahren und ihr das neue Shanghai von oben zeigen.

Immer mehr Reisende rollten mit ihrem Gepäck in die Ankunftshalle, darunter auch die eine oder andere Langnase mit dem Anhänger einer deutschen Fluggesellschaft am Koffer. Jetzt konnte es nicht mehr lange dauern.

Mit jedem neuen Zurückweichen der automatischen Tür stieg die Spannung. Mulan machte den Hals lang. Und plötzlich war es da, das vertraute Gesicht der Mutter. Meine chinesische Hälfte, dachte Mulan. Dann rief sie:

»Hier, Mama, hier!«

dtv
SUSANNE HORNFECK
INA AUS CHINA
ODER
WAS HAT SCHON PLATZ
IN EINEM KOFFER
Reihe Hanser

SUSANNE HORNFECK
Torte mit
Stäbchen
Eine Jugend in Schanghai
Reihe Hanser